La meute de Chânais

Tome 5 :

Duncan – la genèse

W0472299

YSALINE FEARFAOL

Copyright © 2018 Ysaline Fearfaol
Illustration © 2018 Fleurine Rétoré
All rights reserved.
ISBN : 1973903806
ISBN-13 : 978-1973903802

À mon patient et aimant mari

Du même auteur :

La meute de Chânais :

Tome 1 : Aymeric – la malédiction
Tome 2 : Aloys – le sacrifice
Tome 2,5 : tranches de vie
Tome 3 : Faolan - la vengeance
Tome 4 : Ciaran – l'épreuve
Tome 5 : Duncan – la genèse

Les Plumes d'Ysaline :

Recueil 1 : Plume d'amour
Recueil 2 : Plume de vie
Recueil 3 : Plume de magie
Recueil 4 : Plume en folie

Les de Chânais et les Kergallen (avec Aurore Aylin) :

Pari risqué
Jeux de scène

Les légendes de Djaïd

Tome 1 : Tristan et Izabeau
Tome 2 : l'Ombre et le Chasseur

Retrouvez mon univers sur mes blogs,
http://fearfaolysaline.canalblog.com/
http://encoursdelecture.canalblog.com/

Ou sur Facebook :
www.facebook.com/LesChroniquesdYsalineFearfaol.
www.facebook.com/LesPlumesdYsaline

Sous le nom d'Ayleen Night :

Désirs inconnus :

Tome 1 : désir captif

Tome 2 : désir caché

Tome 3 : désir soumis

La défaite :

Tome 1 : la défaite

Tome 2 : le challenge

Tome 3 : le pari

Terre de Castes :

Tome 1 : rébellion

Tome 2 : capture

Mon enfer dans tes yeux

Tome 1

Retrouvez mon univers sur Facebook :

https://www.facebook.com/AyleenNightromancesMM

REMERCIEMENTS

Ce livre est ce qu'il est grâce à l'extrême gentillesse de Sophie Jomain, auteur de talent qui m'a fait l'immense joie de s'intéresser à mon univers et m'a donné de précieux conseils pour améliorer mes écrits. Merci à elle de m'avoir aiguillée vers Maxime Gillio, correcteur aussi taquin qu'impitoyable (une histoire d'avion et de tableau de bord…) et vers Fleurine Rétoré, illustratrice de génie.

Un très grand merci à mes bêtas lectrices, Aurore et Magali – qui m'ont permis de les transformer en bibliothécaires dans cette série –, toujours aussi sagaces et exigeantes dans leurs relectures.

Enfin à tout seigneur tout honneur, tout mon amour à mon mari, qui a toujours cru en moi et m'a inlassablement poussée à publier mes écrits. Je t'aime.

Et surtout merci à vous, mes lecteurs, pour votre fidélité, votre gentillesse et votre intérêt pour mes romans.

Introduction

Je n'appartiens pas à votre espèce. Vous ne me voyez pas, ne m'entendez pas, et pourtant, je suis là, tout près de vous.

Je suis une Chroniqueuse. Mon rôle est de relater la vie d'une lignée, de sa création à sa disparition. Je nais et meurs avec elle. Je n'interviens pas, je ne donne pas d'opinions, je ne fais que transcrire des faits.

J'ai eu la chance inouïe de naître avec la famille de Chânais, et j'ai été le témoin privilégié de leur histoire tumultueuse et des passions violentes dont elle a été et est encore le théâtre. De façon tout à fait exceptionnelle, et compte tenu du caractère extraordinaire du destin de cette lignée, j'ai été autorisée à en publier le récit. Bien sûr, vous n'en croirez pas un mot, et vous lirez mes livres comme des romans. Pourtant, ils sont vrais, de la première à la dernière ligne.

Mon nom étant imprononçable dans votre langue, j'en ai choisi un venu de votre monde. Je ne l'ai pas choisi au hasard ; il devait refléter l'histoire que j'écris encore à ce jour. J'ai choisi de m'appeler Ysaline, en hommage à Yseult et Ysolda. Nos trois prénoms signifient « belle » en celte. *Fear-faol* veut dire « loup-garou » en gaélique écossais.

Je suis Ysaline Fearfaol, et je suis la Chroniqueuse des de Chânais. C'est sur un parchemin couleur de lune que je vais vous conter l'histoire de Duncan, le Seigneur des de Chânais depuis près de huit cents ans, celui qui a créé la meute que vous connaissez dans une genèse de larmes, de sang et de douleur…

Le poids du passé

Debout au sommet d'une colline, Duncan de Chânais embrassait son domaine du regard vert que craignaient tant ses ennemis. Le vent jouait dans ses cheveux blonds, sur lesquels le soleil accrochait des reflets dorés. La silhouette athlétique à l'apparence d'un jeune homme d'une vingtaine d'années gardait une immobilité minérale tandis qu'il parcourait les terres du clan, tant avec les yeux qu'avec l'esprit.

Chaque fois qu'il revenait d'Avalon, il prenait ainsi le temps de redécouvrir ces lieux qu'il avait arrosés de son sang, bien des siècles auparavant.

Cela faisait presque huit cents ans à présent qu'il dirigeait les siens. Seigneur à la main de fer, il était craint, respecté, admiré, aimé. Seule sa sœur Ailis, la guérisseuse de la meute, connaissait le prix qu'il avait payé et payait toujours pour être ce qu'il était.

Un druide.

Un loup-garou.

Un immortel.

Un Alpha.

Un Seigneur.

Et autre chose encore, une part sombre et dangereuse qui avait failli le tuer lorsqu'il avait dû apprendre à la maîtriser. Une part terrifiante, née de circonstances exceptionnelles, qu'il n'avait libérée que rarement au cours de sa longue existence, manquant chaque fois de se perdre lui-même.

Un voile d'amertume traversa les prunelles de Duncan. Comme si cela ne suffisait pas, il bravait de plus en plus ouvertement les lois d'Avalon en s'affichant avec Ysolda, la Dame du Lac, son amante depuis des siècles. La souveraine de la contrée magique n'était pas censée n'avoir qu'un compagnon. Elle était censée faire passer Avalon avant tout, et pour cela, ne pas s'attacher à un seul homme. Autrefois, des Dames du Lac étaient tombées sous l'influence de leur époux, et Avalon avait failli être détruite, car seule la magie des femmes pouvait y régner. Depuis, la loi interdisait à une Dame du Lac de se lier à un unique amant. Choisie par magie, la souveraine d'Avalon ne pouvait pas non plus abdiquer. Elle ne quittait sa charge que le jour de sa mort.

Le Seigneur des de Chânais ne pouvait nier que des temps sombres l'attendaient, et que bientôt sans doute, il allait devoir payer le prix de sa rébellion, mais pour l'heure, c'était son passé qui venait frapper à sa porte, et quel passé…

Le regard de Duncan glissa machinalement vers ses poignets. Malgré les siècles, il sentait encore le poids des chaînes qu'il avait portées…

Partie 1
Le temps des souffrances

Chapitre 1

An de grâce 1210, en Terre des hommes

La petite fille se glissait comme une ombre dans les couloirs glacials du château. Ses pieds nus foulaient sans bruit les dalles de pierre tandis qu'elle descendait les escaliers aux marches usées par des siècles d'occupation humaine. Le château était vieux, très vieux. Elle ne savait pas exactement à quel moment la pierre avait remplacé le bois, mais elle savait que son clan vivait en ces lieux depuis un peu plus de huit siècles. Elle savait aussi que certaines des parties du château dataient de sa construction, au début du Ve siècle, mais surtout, malgré son très jeune âge, elle le connaissait dans ses moindres recoins.

Il en allait de sa survie, car il ne faisait pas bon être une petite fille de sept ans au château de Chânais en l'an de grâce 1210…

Un bruit au-dessus d'elle la conduisit à se dissimuler vivement sous une tenture poussiéreuse. Menue comme elle l'était, elle ne risquait pas d'être repérée, surtout à la chiche lueur des torches. Par précaution, elle retint sa respiration lorsque les hommes passèrent devant sa cachette. L'un d'eux était peut-être l'un des loups-garous d'Harold de Chânais, le Seigneur du clan, et le murmure ténu de l'air entrant et sortant de ses poumons pouvait la trahir. Elle avait masqué son odeur grâce à une potion qu'elle avait fabriquée dans le plus grand secret, hélas elle n'avait pas réussi à voler suffisamment d'ingrédients à l'herboristerie pour être protégée plus d'une petite heure.

Peu de gens le savaient, mais Ailis de Chânais était une guérisseuse exceptionnellement douée, et quiconque se fiait à son visage innocent piqueté de taches de rousseur, encadré de boucles couleur d'automne, où brillaient deux candides yeux verts, risquait fort de le regretter un jour. Elle était prête à tuer pour atteindre son objectif.

De toute façon, elle raisonnait en adulte depuis si longtemps qu'elle ne souvenait pas avoir été une enfant un jour.

Ailis sacrifia quelques précieuses minutes pour être sûre que les hommes s'étaient éloignés, puis quitta son refuge et reprit sa course silencieuse vers les cachots. Le froid se faisait de plus en plus vif, mais elle s'en moquait. Tout ce qui comptait à cette heure était de retrouver son frère avant qu'il ne soit trop tard.

Arrivée en bas des marches, la petite fille se laissa guider par son instinct. Sans lumière, elle progressait dans le noir absolu, mais le plan des lieux était gravé dans son esprit. Elle avait passé des jours et des jours à l'apprendre par cœur, jusqu'à savoir le dessiner les yeux fermés. Bien sûr, c'était tout de même très différent de parcourir réellement le labyrinthe des cachots, cependant, malgré sa peur, elle ne flanchait pas. Il en allait de la survie de son frère, et pour lui, elle aurait donné sa vie sans hésiter.

Enfin, Ailis atteignit sa destination, une geôle

minuscule et humide au plus profond des oubliettes. Rassemblant ses forces, elle retira la lourde barre de bois qui fermait la porte et la posa sur le côté avant de faire pivoter l'épais battant.

— Duncan ? chuchota-t-elle.

***

Le garçon tenta de bouger pour soulager ses épaules douloureuses, mais les chaînes étaient trop courtes. Avec un soupir, il se laissa aller contre les pierres glacées et suintantes d'humidité. Grand et fort pour ses dix ans, il devait à sa robuste constitution d'avoir résisté à la correction qu'il avait subie. Il pensait cependant avoir plusieurs côtes fêlées au vu des élancements que lui causait le simple fait de respirer. Rien qui ne l'inquiétât, néanmoins. Ce n'était ni la première ni la dernière fois que le Seigneur des de Chânais le punissait – il ne se fatiguait même pas à chercher une raison pour ça –, et l'héritage qu'il portait dans son sang lui permettrait de guérir vite.

Par contre, il taisait le fait qu'il guérissait aussi vite que ceux qui avaient accepté la morsure et étaient devenus des loups-garous. Cela lui aurait valu un traitement encore pire que celui qu'il subissait déjà.

J'espère qu'Ailis est en sécurité. Ce fou d'Harold est capable de tout, et peu lui importe qu'elle n'ait que sept ans. Personne n'osera seulement respirer plus fort s'il jette son dévolu sur elle. Et ce n'est pas d'ici que je vais pouvoir la protéger !

Le bruit de la porte qui tournait sur ses gonds tira le garçon de ses pensées. Il se tendit, sur le qui-vive, raidissant les muscles pour résister à une séance de torture. Surpris, il constata qu'aucune lumière n'accompagnait l'ouverture du battant, qui venait d'ailleurs de se refermer tandis qu'une petite voix chuchotait dans l'obscurité :

— Duncan ?

— Ailis ? fit-il sur le même ton. Mais qu'est-ce que tu fais ici ?

— Je suis venue voir comment tu allais, répondit sa cadette en allumant la torche qu'elle avait apportée.

— Ailis, c'est de la folie ! Et s'*il* te trouvait ?

— Pas de danger, *il* est un peu occupé avec tous les malades qu'il y a dans le château.

— Les malades ?

— Les champignons ne sont pas tous bons à manger, il est facile de confondre une espèce inoffensive avec une autre moins… comestible.

— Qu'est-ce que tu as fait ? fit Duncan en réprimant le rire qui n'aurait fait qu'augmenter les douleurs de ses côtes.

— Rien d'important. Écoute, je n'ai pas beaucoup de temps, inutile de le perdre en bavardages. Laisse-moi te soigner.

— *Il* va le voir.

— Oui, *il* le verrait si j'utilisais un onguent, mais je t'ai amené une potion.

— Bien joué, petite sœur.

— Bois, maintenant.

Les mains de Duncan étant enchaînées au mur, Ailis dut l'aider à avaler le remède qu'elle avait concocté. Des larmes silencieuses se mirent à couler sur son visage lorsqu'elle constata l'état de son frère. Du sang séché maculait ses cheveux blonds, et des hématomes marbraient son corps nu. Elle l'embrassa doucement sur la joue en réprimant ses sanglots.

— C'est un monstre.

— Je sais, petite sœur, mais il est le Seigneur du clan depuis plus de deux siècles, et il a remporté tous les défis qu'on lui a lancés.

— Il y aura bien un jour quelqu'un qui le vaincra !

Les prunelles vertes de Duncan se posèrent sur elle, mortellement sérieuses.

— Quand j'atteindrai mes vingt ans et que je deviendrai un loup-garou, si personne ne l'a encore tué, moi je le ferai.

— Et s'il te refuse la morsure ?

— Ce ne sera pas lui qui fera de moi un loup-garou, petite sœur. Je ne veux rien lui devoir.

Ailis s'immobilisa et la frayeur agrandit son regard lorsqu'elle comprit ce que sous-entendait son frère.

— C'est trop dangereux ! Presque tous en sont morts !

— Mais moi je ne mourrai pas. Seulement, pour réussir, j'ai besoin que toi et nos parents soyez en sécurité.

Ailis crut que son cœur allait s'arrêter de battre.

— Tu... tu veux dire que tu resterais seul ici ? C'est du suicide !

— Non. Il ne me tuera pas, il aura besoin de moi vivant pour vous retrouver. Ailis, il te veut. Je vois bien de quelle façon il te regarde !

— Mais je ne suis qu'une petite fille...

— Tu crois vraiment que ça le préoccupe ? Nous faisons partie d'une branche mineure du clan, nous n'avons pas d'appuis politiques pour nous protéger de lui, pas d'aide à escompter de qui que ce soit. Au contraire, ils nous livreraient pieds et poings liés si ça pouvait leur assurer qu'*il* détournera son attention d'eux.

— Notre famille n'était pas comme ça, avant lui.

Comme tous les de Chânais, Ailis connaissait l'histoire de son clan, la première des choses qu'elle ait apprises étant que le Seigneur actuel régnait depuis deux siècles, et la deuxième qu'il était un tyran de la pire espèce. Par contre, contrairement à ce qui se passait dans bien des familles, la sienne avait veillé à leur enseigner à quoi ressemblait un vrai clan de loups-garous.

— Je sais, ma puce, je sais. Un jour l'équilibre sera rétabli, je te le promets, mais en attendant, vous devez fuir. Aie confiance, je survivrai, et je vous retrouverai.

— Papa et maman ne voudront jamais te laisser !

La gravité dans le regard de son aîné alerta Ailis.

— Qu'est-ce que vous ne m'avez pas dit ? Vous avez déjà parlé de tout ça, c'est ça ?

— Oui, avoua le blessé avec un sourire penaud. Ailis, ça n'a pas été facile pour papa et maman, mais j'ai réussi à les convaincre. Je suis plus fort et j'ai plus de ressources que ne le laisse paraître mon âge. Alors oui, *il* va me malmener et me rosser plus souvent qu'à mon tour, mais je survivrai. Par contre, s'*il*… s'*il* s'en prend à toi, il te détruira. Fais-moi confiance, je ne risque rien de ce côté-là. Fuis, Ailis. On se retrouvera, je te le promets. Partez tout de suite.

La fillette ravala ses larmes et entoura de ses bras la taille de son frère.

— Tu me promets que tu survivras ? Tu me promets que tu nous retrouveras ?

— Je te le promets, Ailis. Va, maintenant.

Ailis embrassa la joue maculée de sang et de

crasse de Duncan et sortit à reculons, s'imprégnant de la vue du garçon enchaîné au mur, ses cheveux blonds sales et emmêlés formant malgré tout une auréole lumineuse autour de son visage aux traits d'ange, mais à l'expression dure, où des yeux émeraude brillaient d'un éclat farouche. Un sourire à la fois tendre et résolu étirait ses lèvres gercées.

Non, contrairement aux apparences, Duncan de Chânais n'était pas vaincu…

Le retour fut plus difficile que l'aller pour Ailis, qui avait du mal à se concentrer pour éviter les gardes. Elle n'était après tout qu'une enfant de sept ans qui avait promis d'abandonner le frère qu'elle adorait aux mains d'un Seigneur cruel et despotique. Plus d'une fois, elle dut essuyer avec rage les gouttes salées qui lui coulaient sur le visage, et quand enfin elle arriva chez elle, elle éclata en sanglots dans les bras de sa mère, sans même se demander par quel miracle celle-ci l'attendait alors qu'elle avait quitté leur demeure en catimini.

— Là, mon petit, là… calme-toi, ma chérie…

— Maman, il… il veut qu'on parte !

— Je sais, ma chérie. Nous l'avions décidé depuis longtemps, mais si tu ne l'avais pas entendu de la bouche de ton frère, tu ne l'aurais jamais cru.

— Vous… vous saviez que… ?

— Bien sûr. Ton père t'a suivie de loin pour être sûr qu'il ne t'arriverait rien pendant que je préparais nos affaires.

— Et je n'aurais même pas eu besoin de le faire, ajouta l'homme qui venait d'entrer. Tu t'es montrée très douée et très courageuse, ma puce.

— Alors… on va vraiment partir ? On va vraiment le laisser ici ? Entre les mains de… de ce monstre ?

— Ce n'est pas facile pour nous, tu sais, murmura sa mère en caressant doucement ses boucles rousses. Seulement, nous n'avons pas le choix. Duncan est le seul espoir pour notre clan.

— Mais il n'a que dix ans…

— Ton frère est différent, Ailis, intervint Amalric en s'accroupissant à côté d'elle. Dans sa tête il a bien plus de dix ans. Il résistera à Harold, fais-lui confiance. Ce sera plus facile pour lui s'il n'a pas à s'inquiéter pour nous et surtout pour toi. Duncan t'adore, il serait dévasté s'il t'arrivait quelque chose. Il est temps de partir, à présent.

Ailis jeta un dernier regard dans la maison où elle avait grandi puis glissa sa main dans celle de son père.

— J'ai promis à Duncan d'être courageuse.

— Et tu le seras, ma puce. Tu es une de Chânais.

La petite famille se fondit dans la nuit, aidée par les pouvoirs de druide d'Amalric, qui leur permirent de quitter le château sans se faire remarquer. Confiant en la peur qu'il inspirait, le Seigneur des de Chânais se montrait négligent pour certaines choses. Ne pouvant imaginer que l'on contrevienne à ses ordres – en particulier à celui de ne pas quitter l'enceinte du château sans son autorisation –, il n'avait pas mis en place une sécurité très élaborée. De plus, faute d'entretien, certaines parties du domaine étaient en ruines, y compris au niveau des remparts, et les fugitifs purent se faufiler à l'extérieur par l'une de ces brèches. Ils jetèrent un ultime coup d'œil derrière eux, le cœur serré à l'idée d'abandonner l'un d'entre eux, puis l'homme créa un portail où ils s'engouffrèrent, les larmes coulant sans retenue sur leur visage malgré la caresse qui effleura leurs esprits, dernier contact avec celui qui avait choisi de rester pour sauver les siens.

***

Duncan s'appuya contre le mur, le souffle court. Il avait eu besoin de toutes les forces qui lui restaient pour envoyer ce réconfort aux siens. Le garçon serra les dents pour lutter contre sa propre peine. Il n'avait pas le temps d'être triste, pas le temps de s'apitoyer sur lui-même. Il allait devoir très vite devenir un homme pour survivre dans l'enfer où il avait choisi de demeurer.

De toute façon, en 1210, à dix ans, on n'était déjà plus vraiment un enfant, et Duncan l'était encore moins que tout autre.

Il était un de Chânais.

Il était issu d'une lignée de chevaliers.

Un jour, il serait un loup-garou.

Il tuerait celui qui avait perverti son clan.

Il le tuerait, et il rendrait aux siens la splendeur qui avait été la leur.

Un rictus dur et décidé apparut sur son visage tandis qu'une lueur glaciale traversait ses yeux verts. Il était prêt. Il affronterait son destin la tête haute. Jour après jour, il défierait Harold et saperait son autorité, jusqu'au moment où il s'échapperait pour retrouver les siens.

Duncan de Chânais venait d'abandonner les dernières infimes parcelles de son enfance…

Chapitre 2

Bien qu'il sût que c'était inutile, Duncan ne put s'empêcher de tirer sur ses chaînes lorsqu'Ailis referma la porte de sa cellule. Elles avaient été enchantées par l'un des druides au service d'Harold et quoi qu'il fît, il lui serait impossible de les briser. L'homme lui avait jeté un regard d'excuse avant de procéder.

Il tient ma famille en otage…

La pensée avait frappé le garçon de plein fouet. Ce n'était pas la première fois qu'il percevait ainsi ce qu'il y avait dans la tête des autres, et il avait appris à ne rien trahir de ses sentiments quand cela se produisait. Il avait aussi appris à faire confiance à ses intuitions, et c'est pour cela qu'il avait su qu'il devait rester en arrière alors que les siens s'enfuyaient.

Ton pouvoir doit se développer dans la douleur et le sang... C'est à ce prix seulement que tu vaincras Harold.

Au départ, Duncan n'avait pas voulu accepter les paroles de la druidesse. Il avait l'âge d'Ailis lorsqu'il l'avait rencontrée dans les bois autour du château. Il était évident qu'elle l'attendait. Même s'il n'en avait rien montré, il avait été impressionné par cette jeune femme au regard clair qui lui avait dit venir d'Avalon.

Avalon, la contrée magique, qu'il ne connaissait que de nom, lui qui avait toujours vécu en Terre des hommes... Et voilà que devant lui se trouvait l'une de ses druidesses. Pas n'importe laquelle, qui plus est : la Dame du Lac en personne, Éréa d'Avalon.

Ton chemin sera un chemin de larmes, Duncan de Chânais. Tu te forgeras dans la souffrance, mais c'est hélas nécessaire pour que tu débarrasses ta famille du fléau qu'est Harold. Les lois d'Avalon nous interdisent d'intervenir tant qu'il ne menace pas la sécurité du royaume, et crois-moi, il est bien trop intelligent pour s'y risquer. Mais cet homme n'apportera que terreur, mort et destruction autour de lui. Aussi cruel que cela soit, tu es le seul à pouvoir y remédier.

Des mots durs à entendre pour un adulte, plus durs encore pour un enfant… Éréa le savait, il l'avait lu dans ses yeux.

Ne révèle jamais à personne que tu m'as vue, aujourd'hui, Duncan de Chânais. Tant que tu ne seras pas assuré de ta toute-puissance, garde le secret. Je n'avais pas le droit de venir te prévenir, mais les lois sont parfois faites pour être contournées. Ne perds jamais courage. L'instinct d'Harold lui dit que tu es son rival le plus dangereux, mais il est si imbu de lui-même qu'il est persuadé qu'il pourra te briser comme il a brisé ceux qui t'ont précédé, si bien qu'il trouve plaisant de jouer avec toi. Ta vie ne tient qu'à un fil. Défie-le si tu en as envie, mais apprends à plier si tu veux survivre et sauver ta sœur de sa convoitise.

Le jeune garçon soupira. À cette heure où il souffrait le martyre en raison de ses côtes fêlées et des coups reçus, il avait bien besoin de repenser à ces fugitifs instants.

Il allait lui falloir tout son courage et toute sa volonté pour résister aux années à venir…

***

Ailis n'avait plus de larmes à verser. Jamais par la suite elle ne put se souvenir de la fuite dans la nuit, cette fuite où elle avait suivi ses parents, aveuglée par les flots salés qui coulaient de ses yeux.

Savoir une chose et l'accepter n'étaient pas la même chose.

Sa raison savait pourquoi Duncan était resté en arrière, aux mains de son tortionnaire. Amalric et Brunehaut le lui avaient expliqué, jugulant leur propre douleur d'être contraints d'abandonner leur fils en n'ignorant pas les sévices qu'il allait subir.

Son cœur hurlait son désespoir, et il lui semblait que plus jamais elle ne pourrait un jour rire, voire sourire. Son enfance s'était terminée aussi brutalement que celle de son frère adoré.

J'espère que la mort de ce monstre sera cruelle et qu'il ne trouvera jamais le repos.

La fatigue eut enfin raison de la fillette, et elle s'endormit d'un sommeil lourd et peuplé de cauchemars. Elle ne sentit pas sa mère qui remontait la couverture sur ses épaules, mais s'apaisa un peu quand elle posa sa main fraîche sur son front brûlant.

— Ma pauvre petite fille… murmura Brunehaut

en l'embrassant tendrement.

Elle ferma les yeux pour lutter contre ses propres larmes.

*Et toi, mon fils, me pardonnerai-je un jour d'avoir dû te laisser derrière nous ? Mon cœur de mère me crie de venir te chercher... Je n'ai même pas pu te serrer dans mes bras avant qu'*il *t'emmène. Je sais que tu es celui qui doit sauver notre clan, mais les dieux me sont témoins que je préférerais que tu ne sois qu'un enfant comme les autres, et pas celui que tu es destiné à être.*

Brunehaut tressaillit lorsque la main d'Amalric se posa sur son épaule.

— Moi aussi ça me broie le cœur de le laisser, murmura son époux en se penchant pour l'embrasser. Mais tu le connais, il nous en aurait voulu si on l'avait obligé à nous suivre. Duncan fera toujours passer les siens avant lui.

— Il n'a que dix ans…

— Pourtant il est déjà un homme. Nous devons être forts, ma douce. Pour lui, et pour Ailis. Elle aura besoin de nous plus que jamais.

— Elle aime tellement son frère…

— Et il l'aime aussi. Allons, va te reposer un peu. Nous devons bientôt repartir.

— Et toi ? Tu ne te reposes pas ?

— Ne t'en fais pas pour moi. Tu sais bien que je n'ai pas besoin de beaucoup de sommeil.

Brunehaut se rendit aux raisons d'Amalric et s'allongea à côté d'Ailis. Son époux était un de Chânais, il portait en lui ce qui aurait pu le transformer en loup-garou s'il l'avait voulu, et même s'il n'avait pas choisi la morsure, il avait en lui certaines des capacités de sa lignée.

***

Quand la porte de sa cellule tourna sur ses gonds, Duncan se souvint qu'il ne devait pas montrer qu'il avait presque fini de guérir de ses blessures, et il s'appliqua à faire en sorte que celui qui entre le croie toujours affaibli par la raclée qu'il avait reçue. Il ne fut guère surpris de voir que c'était Harold en personne qui s'encadrait dans l'ouverture. Le Seigneur du clan ficha sa torche dans un creux du mur avant de se planter devant lui, bras croisés sur sa poitrine musclée. Son ombre menaçante recouvrait le garçon enchaîné.

— Où sont-ils ?

Un grognement guttural, bien plus dangereux qu'un hurlement.

— Comment pourrais-je le savoir ? répliqua Duncan en feignant de haleter.

Il ne perdit pas de temps à faire semblant d'ignorer de quoi parlait son visiteur. De toute façon, de qui d'autre aurait-il pu parler que de sa famille, et en particulier d'Ailis, qu'il regardait bien trop souvent pour qu'elle lui soit indifférente ? La gifle brutale l'étourdit et fit saigner ses lèvres craquelées par la soif.

— Je t'interdis de t'adresser à moi sur ce ton ! aboya le loup-garou. Je répète ma question : où sont-ils ?

— Je ne sais pas.

— Tu mens ! Hier, les trois quarts de mes hommes étaient malades. Ta sorcière de sœur n'est sans doute pas innocente !

— Ma sœur n'a que sept ans, je ne vois pas comment elle pourrait rendre qui que ce soit malade.

— Ne me prends pas pour un imbécile !

Nouvelle gifle, nouvel étourdissement, suivi d'un coup à l'estomac qui fit gémir le garçon.

— Tu crois peut-être que j'ignore que ta sœur possède le don des plantes ? Je suis le Seigneur de ce clan, je sais tout !

Duncan retint de justesse la réplique qui lui montait aux lèvres et qui ne lui aurait valu qu'un déluge de coups.

Mais tu ne sais pas où ils sont, gros porc…

Déjà Harold reprenait :

— Tu finiras par parler, sale garnement. Je te ferai ramper devant moi, et bientôt, tu me supplieras de t'écouter. Tu seras mon esclave personnel, et je vais me charger de faire de ta vie un enfer.

Les yeux émeraude du captif se posèrent sur son vis-à-vis, brûlants de haine rentrée. Que pouvait-il faire contre le destin qui l'attendait ? Il n'était qu'un garçon de dix ans, et il avait devant lui un loup-garou vieux de deux siècles, puissant et dangereux. Déjà en tant qu'homme, Harold était impressionnant : de haute taille, massif, des cheveux noirs comme la nuit, et s'il possédait les iris verts d'un grand nombre de de Chânais, les siens n'exprimaient que la cruauté.

Duncan ne résista pas lorsque son tortionnaire le jeta à genoux après l'avoir détaché. Un homme adulte n'avait pas la force de résister à un loup-garou, alors un enfant…

Le pire pour lui fut cependant de devoir ravaler sa fierté et de courber les épaules…

***

An de grâce 1212, en Terre des hommes

Duncan leva les yeux vers le ciel toujours aussi dépourvu de nuages. L'été 1212 était aussi sec que l'avait été toute cette année[1]. La soif l'avait torturé et le torturait encore plus souvent qu'à son tour. Harold

[1] Toutes les données climatiques sont réelles et ont été vérifiées par l'auteur.

faisait en sorte qu'il soit toujours le dernier à pouvoir boire, et s'il ne restait plus d'eau, il n'avait plus qu'à s'en passer.

Le Seigneur du clan cherchait par tous les moyens à le briser. Les coups et les humiliations étaient son quotidien, mais rien ne semblait pouvoir venir à bout de l'adolescent. Bien au contraire, chaque coup, chaque vexation renforçaient les pouvoirs qui étaient les siens et que personne n'avait su déceler. Quand sa situation devenait trop insupportable, il songeait aux paroles d'Éréa :

Ton chemin sera un chemin de larmes, Duncan de Chânais. Tu te forgeras dans la souffrance. C'est à ce prix seulement que tu vaincras Harold. Ne perds jamais courage.

Garder courage… Parfois, cela lui était difficile, et il faisait appel aux forces qui bouillonnaient en lui pour ne pas abandonner. Duncan ne savait pas vraiment ce qu'elles étaient ni comment il parvenait à les maîtriser. Il apprenait seul, par tâtonnements, le plus important pour lui étant de cacher ses dons à Harold et aux druides à son service. Être Seigneur ne signifiait pas forcément être druide, et par chance, Harold ne l'était pas, si bien qu'il ne pouvait pas déceler la magie chez les autres. Quant à ceux qui le servaient, si certains avaient détecté les pouvoirs de l'adolescent, aucun n'avait parlé. L'Alpha de la meute de Chânais ne faisait pas l'unanimité autour de lui, loin de là…

Druide, il aurait été invincible, songea le captif en se baissant pour ramasser les épieux jetés négligemment au sol par Harold et les siens au retour de la chasse.

Il rêvait de les planter dans le corps du Seigneur qui se tenait à moins de dix pas de lui, mais il savait bien que c'était perdu d'avance. Harold était un loup-garou, il ne se laisserait pas surprendre par un garçon de douze ans, surtout un garçon qu'il ne quittait jamais vraiment de l'œil, au point de le faire dormir enchaîné au pied de son lit… D'ailleurs, Duncan avait dû se trahir d'une façon ou d'une autre, car l'homme s'approchait de lui à grands pas.

— Tu n'as toujours pas compris, on dirait ?

Harold dénoua sa ceinture de cuir.

— Je n'aime pas l'insolence. À genoux et enlève ta chemise !

L'adolescent serra les mâchoires, mais quel choix avait-il ? Lentement, il retira sa chemise et plia les genoux, ne songeant plus qu'à une chose : tenir sans hurler une fois de plus que lors de la précédente correction… Il savait bien que c'était stupide, car Harold le frapperait jusqu'à ce qu'il crie, mais c'était sa façon à lui de le défier et de lui montrer qu'il n'avait pas réussi à le briser. La flagellation le laissa presque sans connaissance, cependant, un sourire lui étirait les lèvres.

Il avait résisté plus longtemps que la dernière fois…

***

La nuit régnait sur le château de Chânais. Duncan savait qu'il devait profiter de sa chance, hélas c'est à peine s'il tenait debout. Une fois de plus, le Seigneur des de Chânais avait tenté de le forcer à avouer où étaient ses parents et sa sœur, une fois encore il avait échoué. En plus de réellement l'ignorer, Duncan se plaisait à le défier subtilement, ce qu'Harold lui faisait payer au centuple.

Pourtant, l'occasion qui s'offrait à lui était unique. Son bourreau était parti courir avec sa meute. Il le pensait si affaibli qu'il l'avait enchaîné dans sa chambre au lieu de l'enfermer dans un cachot comme il le faisait d'ordinaire. L'adolescent savait qu'une telle opportunité ne se représenterait pas de sitôt. Or, depuis quelques semaines, une force le poussait à fuir. Il lui avait même semblé entendre la voix caressante de la Dame du Lac dans son demi-sommeil fiévreux :

Tu n'as plus rien à apprendre ici, Duncan de Chânais. Pars, rejoins les tiens et accomplis ton destin.

Le prisonnier se mit sur les genoux avec

difficulté. Il avait à nouveau des côtes brisées. En fait, elles avaient été cassées si souvent ces deux dernières années qu'il se demandait comment elles ne lui avaient jamais percé un poumon. Duncan secoua la tête, chassant ces pensées parasites. Il devait concentrer son énergie sur les fers qui lui enserraient les poignets. Il savait qu'il pouvait les contraindre à s'ouvrir. Comment, il l'ignorait. L'important était le résultat.

Les yeux verts de Duncan se posèrent sur les chaînes qui le blessaient et son esprit se focalisa sur les serrures. Le mécanisme joua avec lenteur, d'abord hésitant, incertain, puis, au fur et à mesure que l'adolescent prenait de l'assurance, plus franchement, jusqu'à céder enfin. Duncan essuya la sueur qui coulait sur son front et se redressa précautionneusement, la respiration douloureuse.

J'aurai mal un autre jour, songea-t-il tandis qu'un éclair glacé traversait ses prunelles.

Il prit plusieurs grandes inspirations, forçant il ne savait comment son organisme malmené à se réparer. Cela aussi, il le comprendrait un autre jour. Pour l'heure, seule l'utilisation de ses dons importait.

Lorsqu'il se jugea suffisamment remis, il ouvrit la fenêtre et enjamba la croisée. La descente qui l'attendait était périlleuse, mais pas impossible pour qui possédait des aptitudes de potentiel loup-garou, surtout qu'il n'était encore qu'un adolescent, certes bien bâti pour ses douze ans, néanmoins loin d'avoir la stature d'un homme.

Une fois qu'il aurait touché terre, il serait sauvé. De précédentes escapades lui avaient prouvé que personne n'était capable de le retrouver dans les bois. Là encore, ses étranges pouvoirs le protégeaient. Depuis toujours, il savait qu'il était différent. Ses deux ans de captivité avaient affûté ce qu'il portait en lui comme rien d'autre n'aurait pu le faire. Confusément, il sentait qu'il y avait encore autre chose, une chose qu'il découvrirait le moment venu et qui lui permettrait enfin de comprendre pourquoi il avait été forcé de quitter les siens pour subir le joug d'Harold.

La forêt se referma sur la silhouette du fugitif.

Duncan de Chânais se lançait sur la piste des siens…

Chapitre 3

Duncan ralentit en arrivant au cœur de la forêt. Il avait beau être plus résistant que la moyenne, il avait quand même reçu une sévère correction. Il porta la main à ses côtes et souffla. Le Seigneur des de Chânais aimait entendre le bruit des os qui cédaient sous ses coups, en particulier si sa victime se pliait en deux sous la douleur. Avec l'expérience, Duncan avait appris à amortir les chocs, cependant, il ne pouvait tous les éviter, et depuis qu'il était au pouvoir d'Harold, il avait pris l'habitude d'avoir en permanence des ecchymoses et autres meurtrissures.

Je te jure qu'un jour tu me payeras ce que tu m'as fait subir et ce que tu fais subir à notre clan, se promit l'adolescent en se fondant dans l'ombre. *Profite bien du temps qui te reste à vivre, Harold de Chânais, parce que je ne t'épargnerai pas !*

Repoussant ces pensées dans un coin de son esprit, le fugitif se concentra sur son but : retrouver les siens. Après tant d'années passées à cacher ses dons, il pouvait enfin les laisser parler et s'en servir pour renouer le contact avec sa famille. Selon le plan qu'il avait arrêté avec ses parents avant leur fuite, ils ne devaient pas être très loin. Bien qu'Amalric ne fût pas le plus puissant des druides existants, il avait suffisamment de pouvoirs pour dissimuler leur présence à ceux de la meute d'Harold. De plus, ils avaient tablé sur le fait que le loup-garou ne penserait pas à les chercher aussi près du château. Harold était certes fort, dangereux et intelligent, néanmoins il n'avait rien d'un brillant stratège, si bien qu'ils avaient parié qu'il ne songerait pas que des personnes qu'il traquait resteraient à proximité de son fief. À sa décharge, il fallait dire qu'en règle générale, la crainte qu'il inspirait faisait fuir au loin tous ceux qui avaient commis l'erreur de s'opposer à lui.

L'adolescent ferma les paupières et se concentra, cherchant la trace des siens dans les alentours. Son père et lui avaient convenu d'une sorte de signature pour se retrouver lorsque le temps viendrait pour lui de s'échapper. C'était elle qu'il traquait à présent, laissant son esprit s'imprégner de la magie qui rôdait autour de lui. Cela lui prit longtemps, mais soudain, ses yeux verts s'ouvrirent.

Il savait où était sa famille.

***

— Duncan est libre.

La voix soulagée d'Amalric fit sursauter Brunehaut et Ailis. Chaque jour depuis qu'ils avaient été séparés, Brunehaut et lui avaient espéré recevoir ce message. Chaque jour ils avaient regretté leur décision, et sans la présence d'Ailis, ils auraient sans doute fait machine arrière pour tenter de libérer leur aîné. Il leur avait fallu toute leur volonté pour respecter la promesse extorquée par Duncan. La fillette, qui s'apprêtait à se coucher, se remit brusquement sur ses pieds.

— Il est là ? Il revient ?

— Oui, ma puce. Il arrive.

— Ici ? Maintenant ?

— Bientôt.

— En fait, me voilà.

La porte de la minuscule cabane isolée au milieu des bois où ils vivaient depuis la capture de Duncan, sans jamais se mêler aux autres, venait de tourner sur ses gonds, livrant passage à un grand adolescent blond aux larges épaules et au regard d'émeraude.

— Duncan !

Personne n'eut le temps de bouger qu'une tornade rousse se jetait dans les bras de l'arrivant, qui la réceptionna en réprimant une grimace sous la douleur.

— Tu as mal ? Il t'a fait mal, c'est ça ? Duncan, réponds-moi !

— Pour ça, il faudrait que je puisse en placer une, petite sœur. Ce n'est rien, rassure-toi. Juste quelques bleus.

— Menteur !

— Tu ferais mieux de lui avouer la vérité, mon fils, sourit Brunehaut en s'approchant pour serrer son aîné contre elle. Ailis est une guérisseuse, elle sait quand quelqu'un a mal. Surtout s'il s'agit de son frère adoré.

— D'accord, je suis un peu abîmé, mais ça passera. J'ai connu pire.

— Montre, exigea Amalric en s'approchant à son tour.

Vaincu, Duncan retira sa chemise, dévoilant son torse marbré de coups.

Les larmes se mirent à rouler sur les joues d'Ailis tandis que Brunehaut pâlissait et que les lèvres d'Amalric se serraient en une fine ligne. Une fois encore, ils intériorisaient leur colère pour ne pas bouleverser davantage Ailis, qui en avait supporté bien plus que ne l'aurait dû une enfant de son âge ces deux dernières années, et qui l'avait fait avec beaucoup de courage. Combien de fois avaient-ils caché leurs sanglots et leur désespoir à la fillette…

— Mon fils, que t'a-t-il fait… ? murmura Brunehaut en caressant les mèches blondes de l'adolescent.

Elle embrassa la joue de son aîné, mettant tout son amour dans ce simple baiser, que Duncan lui retourna avec tendresse.

— Nous n'aurions jamais dû te laisser entre ses mains, grinça Amalric en crispant les poings.

— Vous saviez bien qu'il le fallait, le contra Duncan. Je me serais livré à lui que vous le vouliez ou pas, de toute façon.

— Tu es plus entêté qu'un troupeau de mules ! grogna son père en passant son bras autour de ses épaules et en le serrant contre lui avec affection.

Brunehault et lui auraient aimé l'étreindre à l'étouffer, mais il était visible que l'adolescent souffrait terriblement malgré ses dires, et ils n'auraient réussi qu'à aggraver ses blessures. Les grandes embrassades seraient pour plus tard.

— J'ai de qui tenir, répliqua son fils, l'ombre d'un sourire aux lèvres.

— Viens ici, je vais te soigner.

Tout en parlant, Ailis tirait son aîné par la main, jusqu'à l'obliger à s'asseoir sur son lit.

— Mais… commença Duncan.

— Leçon numéro un, s'amusa Amalric, ne jamais contrarier une femme. Surtout ta sœur.

L'adolescent sourit et se laissa faire. C'était si bon de retrouver les siens après deux années d'esclavage et de mauvais traitements… Même s'il n'ignorait pas que c'était risqué, il décida de s'accorder une nuit de tranquillité, une nuit durant laquelle il redeviendrait ce qu'il n'était plus depuis longtemps.

Juste un fils.

Juste un frère.

Juste un garçon de douze ans.

Au fond de lui-même, il savait que c'était la dernière fois qu'il le pourrait…

***

Quinze jours plus tard

— Il nous a retrouvés.

La voix d'Amalric était calme malgré l'angoisse

qui lui broyait le cœur. Depuis le retour de Duncan, ils fuyaient sans relâche, changeant de cachette chaque jour, n'emportant avec eux que le strict minimum et se contentant de ce qu'ils trouvaient en chassant ou en ramassant fruits et autres baies. Amalric commençait à craindre qu'il leur soit impossible d'atteindre leur but. Malgré les sortilèges qu'il lançait, la meute retrouvait toujours leur trace, et ils ne parvenaient à s'enfuir que de justesse. Amalric et Brunehaut soupçonnaient le druide accompagnant Harold de ne pas être un fervent adepte du Seigneur des de Chânais et de faire tout ce qui était en son pouvoir pour brouiller les pistes. Quant à comprendre pourquoi Harold l'avait choisi lui plutôt qu'un autre… Les actes du loup-garou échappaient parfois à toute logique. Peut-être ce druide était-il plus puissant que les autres, peut-être était-il un spécialiste pour détecter les sorts de dissimulation, ils n'en sauraient probablement jamais rien.

— Comment est-ce possible ? murmura Brunehaut. Nous nous sommes cachés de lui sans problème pendant deux ans, et depuis que Duncan est revenu, il ne cesse de nous retrouver !

— Je crois que c'est de ma faute, soupira l'adolescent.

— Ne dis pas ça ! se fâcha Ailis.

— Du calme, ma puce. Les choses se sont gâtées

depuis mon retour. Je suppose qu'il a dû placer une sorte de marque sur moi sans que je m'en aperçoive. Je suis désolé, je…

— Duncan, ne pense même pas à dire ce que tu as sur le bout de la langue, l'avertit son père. Il est hors de question que tu te livres à nouveau à ce monstre !

— Mais…

— Ton père a raison, intervint Brunehaut d'une voix ferme. Tu ne retourneras pas entre ses mains. Toi et Ailis allez faire exactement ce que nous allons vous dire. Et pas de « mais », ajouta-t-elle en voyant son fils ouvrir la bouche. Vous obéissez. Tous les deux. Nous avons cédé lorsque tu nous as affirmé qu'il te fallait subir cet… emprisonnement auprès d'Harold pour développer tes pouvoirs alors que nous aurions pu nous cacher en Avalon, mais à présent, c'est *nous* qui décidons.

— Fils, même moi je ne m'amuse pas à contrarier ta mère quand elle parle de cette façon, tu sais, commenta Amalric.

— Très bien, je me tais, capitula Duncan.

— Bien, approuva Brunehaut en l'embrassant sur le front. Allons-y, à présent. Ailis, donne la main à ton frère.

La fillette obéit avec un enthousiasme qui arracha un sourire attendri à son aîné.

Ni l'un ni l'autre ne virent le regard sombre et

déterminé qu'échangèrent leurs parents…

Chapitre 4

— Il arrive.

Tout en parlant, Amalric se plaça devant les siens. Bien sûr, il n'avait aucune chance face à la meute qui approchait et dont ils entendaient les hurlements dans la forêt, cependant, il ne se rendrait pas sans combattre, et surtout, pas sans mettre ses enfants à l'abri du monstre. L'homme jeta un coup d'œil à sa femme, qui lui répondit par un sourire crispé, mais déterminé.

— Je t'aime, ma douce, murmura-t-il tandis qu'elle se portait à ses côtés et glissait sa main dans la sienne.

— Moi aussi je t'aime. J'ai été heureuse avec toi.

— Toi et les enfants êtes la meilleure chose qui me soit jamais arrivée.

Occupée à tendre ses sens autour de lui pour protéger sa cadette, qu'il serrait contre lui, Duncan n'entendit pas un mot de ce dialogue prononcé à voix basse, si bien qu'il ne put rien anticiper de la suite des évènements. De plus, l'irruption de la meute ne contribua guère à le conduire à se concentrer sur ses parents… Si Harold était déjà effrayant en tant qu'humain, il l'était encore plus en tant que loup. Les loups noirs étaient rares parmi les loups-garous, et ils avaient la réputation d'être plus violents que la moyenne. Duncan ignorait si cette discutable notoriété était réelle, cependant il était sûr d'une chose : le Seigneur des de Chânais faisait honneur à la légende… Malgré son courage, son cœur rata un battement lorsque les yeux verts malveillants se posèrent sur Ailis. Instinctivement, il l'étreignit plus fort, résolu à la protéger jusqu'à la mort.

Devant eux, l'Alpha reprenait forme humaine. Son regard se vrilla sur le couple qui le bravait et un rire mauvais retentit dans le silence.

— Vous n'avez aucune chance. Rendez-vous, et votre mort sera clémente.

— Tu n'auras pas mes enfants, Harold, gronda Amalric en se redressant. Jamais plus tu ne poseras tes sales pattes sur eux !

— Tu oses défier ton Seigneur, misérable ?

— Tu n'as jamais été et ne seras jamais mon Seigneur ! Ton existence est une honte pour notre clan !

— Tu regretteras ces paroles, Amalric… Quand j'arracherai ta peau lambeau par lambeau pendant que mes hommes violeront ta femme sous tes yeux jusqu'à ce qu'elle en meure, tu regretteras de t'être opposé à moi !

— Tu ne m'impressionnes pas, Harold !

Soudain, Amalric écarta les bras. Distrait par ce mouvement imprévu, Harold ne remarqua pas le portail qui scintillait derrière Duncan et Ailis. Vive comme l'éclair, Brunehaut se retourna et poussa ces derniers à travers.

— Prends soin de ta sœur, Duncan ! Je te la confie !

Surpris par le geste de sa mère, l'adolescent n'eut pas le temps de réagir que déjà Ailis et lui se retrouvaient de l'autre côté. L'ultime vision qu'il eut fut le loup d'Harold se jetant sur ses parents tandis que l'ouverture se refermait.

— *Nooooooooooooooooon !* Papa, maman,

non…

Le hurlement de désespoir poussé par le garçon s'acheva en un sanglot.

— Duncan, qu'est-ce qui se passe ? Pourquoi papa et maman ne sont pas avec nous ? Duncan, explique-moi !

Le ton affolé de sa cadette força son aîné à se reprendre. Il s'agenouilla pour être à la hauteur de la fillette. Ravalant les larmes qui menaçaient de l'étouffer, il parla doucement, d'une voix brisée par la souffrance.

— Papa et maman ne viendront pas, sœurette. Ils ont ouvert un Portail de Sang pour nous.

La plainte désespérée d'Ailis broya le cœur de l'adolescent.

***

De l'autre côté, en Terre des hommes, le loup noir venait d'atterrir à l'endroit précis où se trouvait précédemment le passage créé par Amalric. Furieux, il muta et fit face au couple rebelle.

— Ouvre ce portail ou c'est ici même que tu verras ta femme mourir sous les coups de boutoir de mes hommes !

— Tu ne peux plus rien nous faire, Harold.

— Tu crois ça ?

— Tu as perdu, renchérit Brunehaut en se coulant

dans les bras de son mari. Nos enfants sont en sécurité et tu ne pourras jamais les retrouver, sauf si eux le décident. Mais dis-toi bien que le jour où tu reverras Duncan sera ton dernier jour sur terre. Il te tuera.

— J'ai ouvert un Portail de Sang, Harold, reprit Amalric. Brunehaut et moi allons certes mourir, mais pas de ta main, et en sachant que nos enfants sont à l'abri de l'erreur de la nature que tu es.

Le Seigneur des de Chânais pâlit et recula d'un pas sous le choc. Un Portail de Sang… Comme tous ceux de son clan, il savait ce que cela signifiait. Créé par magie, scellé par le sang de celui qui l'ouvrait et parfois par celui d'un acolyte, un tel portail était intraçable, introuvable. Le sang versé le fermait à jamais. Et maintenant qu'il regardait de près le couple qui lui faisait face, il voyait des dizaines de filets rouges couler sur les corps d'Amalric et Brunehaut. La magie du druide avait agi, invisible, rapide, impitoyable et mortelle. Harold comprit tout de suite qu'ils étaient si affaiblis par la perte de sang et d'énergie qu'il n'aurait même pas le temps d'arriver jusqu'à eux avant qu'ils s'effondrent pour toujours.

Ils avaient donné leur vie pour les enfants et par ce sacrifice, ils lui échappaient à jamais, tout comme Duncan et Ailis …

Le rugissement de colère du Seigneur vaincu fut audible à plusieurs lieues à la ronde.

***

Il fallut longtemps pour que les larmes d'Ailis se tarissent. Durant tout ce temps, Duncan retint les siennes, ravalant son chagrin pour consoler sa cadette. Lorsqu'enfin les sanglots de la fillette se calmèrent, il s'agenouilla devant elle et essuya ses joues trempées.

— Il va falloir que tu sois forte, Ailis. Papa et maman ont donné leur vie pour que nous échappions à Harold. Il n'y avait pas d'autre moyen.

— Tu les vengeras, n'est-ce pas ?

— Tu as ma parole.

Ailis regarda autour d'elle avant de refaire face à son frère :

— Où sommes-nous ?

— En Avalon.

— Comment peux-tu en être sûr ?

— Je suis druide, Ailis. Ma magie vient d'Avalon et sait la reconnaître.

— Qu'est-ce qu'on va devenir ? On ne connaît personne, ici !

— On va rejoindre la Dame du Lac. Elle nous aidera.

— Tu sais où elle est ?

— Non, mais on la trouvera, et en attendant, je m'occuperai de toi. Je ne t'abandonnerai jamais, Ailis. Viens, nous devons trouver un abri pour la nuit.

L'adolescent se redressa et prit la main de sa sœur. Il n'avait pas la moindre idée de l'endroit où aller, mais pour Ailis, il ne devait pas s'effondrer. Seul son cœur devait pleurer.

***

Éréa se figea brusquement, déclenchant l'inquiétude de celui qui l'accompagnait.

— Que se passe-t-il ?

— Un Portail de Sang a été ouvert.

— Qui a pu faire ça ? Et pourquoi ? Il faut de graves raisons pour ouvrir un Portail de Sang !

— Les de Chânais…

— Tu en es sûre ?

— Je reconnais la signature. C'est celle d'un druide de Chânais.

— Harold serait en Avalon ?

— Non. Il ne prendrait pas ce risque sachant qu'il n'a aucun moyen de revenir en arrière. Quand un Portail de Sang se ferme, rien ne peut le rouvrir. Et surtout, personne ne se serait sacrifié pour lui.

— Il a pourtant des druides qui lui sont tout

dévoués.

— Il faut plus que du dévouement pour ce genre de portail, tu le sais bien. Il faut un lien spécial avec ceux qui doivent passer.

— Amalric et Brunehaut de Chânais…

— Oui. Leur fils et probablement leur fille sont en Avalon. Myrdin, nous devons les trouver très vite avant qu'il leur arrive quelque chose. Ce ne sont après tout que deux enfants perdus dans une contrée inconnue, et Duncan a besoin d'aide pour développer ses capacités.

— Tu veux que moi je… ?

— Qui d'autre ? Il a en lui une magie masculine, seul un homme peut l'aider à la développer. De plus, mieux vaut qu'il reste caché jusqu'à ce qu'il soit prêt à affronter ce pour quoi il est venu ici.

— Ce pour quoi… Éréa, qu'est-ce que tu ne me dis pas ?

La Dame du Lac hésita un instant, pesant le pour et le contre. Elle finit par soupirer.

— Je devrais peut-être en effet t'en parler, tu l'entraînerais mieux. Par-dessus le marché, il est exceptionnellement intelligent, je suis presque sûre qu'il a déjà compris qu'il n'avait qu'un seul choix pour vaincre Harold.

— Pourquoi ai-je l'impression que je vais détester ce que tu vas me dire ?

— Parce que tu vas le détester, mon frère. Tu vas

vraiment le détester.

Myrdin sentit l'inquiétude grandir en lui, et lorsqu'Éréa se tut, il était glacé d'effroi.

— Il ne peut pas faire ça... Il n'a quasiment aucune chance d'y survivre !

— Pourtant il le fera. À toi de le préparer au mieux. Tu verras, ce garçon n'est pas comme les autres, il a tout pour réussir.

— Je souhaite que tu aies raison, Éréa... Je ne me pardonnerais jamais de l'avoir envoyé à la mort.

— Je crois que tu apprendras très vite que Duncan de Chânais ne s'en laisse compter par personne. Ah, et il faudra aussi que tu enseignes les propriétés des plantes à sa petite sœur. Elle n'est pas druidesse, mais elle a le don de guérison.

— Je n'envisageais pas d'avoir d'enfants avant un très long moment, tu sais.

— Eh bien maintenant tu en as deux.

— Qui suis-je pour contredire la souveraine d'Avalon ? s'inclina Myrdin en gratifiant sa jumelle d'une profonde révérence.

Éréa ne chercha pas à réprimer le sourire qui lui montait aux lèvres. Myrdin avait un don certain pour dédramatiser les situations les plus tendues.

— Sais-tu où ils sont ?

— À peu près. Un conseil : méfie-toi de Duncan. Il n'a peut-être que douze ans, mais il est redoutable.

— Curieux, j'ai dans l'idée que je ne vais pas

particulièrement m'amuser dans les années à venir…

— Mais si, tu verras, ce sera très instructif.

La souveraine d'Avalon ajouta avec un sourire railleur :

— Pour toi.

— C'est ça, moque-toi de moi, en plus.

— Je vais adorer te voir aux prises avec Duncan de Chânais.

— Il n'y a vraiment pas d'autre candidat que moi ?

— C'est la rançon à payer quand on est le meilleur druide d'Avalon.

— Vile flatteuse.

— Ne joue pas les modestes, ça ne te va pas du tout. Bon courage, mon frère.

Myrdin franchit le portail ouvert par sa sœur, qui aboutissait dans une clairière au cœur d'une forêt. Ses yeux noisette errèrent sur le sous-bois dense tandis qu'un soupir lui échappait. Bien entendu, le garçon et la fillette n'auraient pas pu arriver quelque part où il lui serait aisé de les retrouver…

Je ne sais pas, moi, une plaine, un désert, n'importe où, mais pas une forêt à peu près impénétrable, qui plus est alors que la nuit tombe… Ou je suis né sous une mauvaise étoile, ou je suis victime d'une malédiction.

Le druide se mit néanmoins en route, les sens en éveil. Éréa n'exagérait pas en disant qu'il était le meilleur druide d'Avalon. Si quelqu'un pouvait retrouver Duncan et Ailis, c'était bien lui. Certes, l'adolescent possédait des dons, néanmoins, il ne les contrôlait pas, et lorsqu'il les utilisait, il laissait une trace derrière lui, une trace peut-être infime, mais décelable par un druide de son niveau.

Il est doué, apprécia Myrdin. *Même moi j'ai du mal à le suivre. Je vais avoir plaisir à travailler avec un élève comme lui, si toutefois je ne bataille pas trop pour lui imposer l'autorité d'un maître.*

À sa grande stupéfaction, la moitié de la nuit s'écoula sans qu'il réussisse à mettre la main sur les fuyards. Vexé, il finit par s'arrêter et par jurer à voix haute.

— Par les dieux, je ne vais quand même pas me laisser berner par un gamin ! J'en entendrais parler jusqu'à la fin des temps !

Myrdin soupira et se remit en route, suivant la trace ténue qu'il venait de déceler. Il mobilisa toutes ses ressources pour ne pas la perdre, arrivant enfin devant une cabane délabrée. Un filet de fumée passait par la cheminée, indiquant qu'elle était occupée. Le druide réfléchit un long moment sur l'attitude à adopter, puis décida de tout simplement frapper à la porte.

***

Duncan se figea en entendant les coups sur le bois vermoulu.

— Reste derrière moi, ordonna-t-il à Ailis tout en dégainant la longue épée qu'il portait depuis qu'il avait rejoint ses parents.

Il la tenait avec l'assurance d'un bretteur chevronné. Il était déjà doué avant d'être le captif d'Harold, et il avait continué à s'entraîner discrètement afin de conserver son niveau.

— Qui est là ? lança-t-il d'une voix forte.

Myrdin hésita. Son instinct lui soufflait que mentir n'était pas une bonne idée, aussi opta-t-il pour la vérité.

— Duncan de Chânais ?

— Qui êtes-vous ?

— Je m'appelle Myrdin. Je suis envoyé par la Dame du Lac.

La porte tourna sur ses gonds, livrant passage au druide… qui s'immobilisa en voyant la lame d'une épée pointée sur son abdomen. Il aurait pu le désarmer en un clin d'œil, mais il se dit qu'humilier l'adolescent devant sa sœur n'était pas la meilleure des façons d'entamer leur relation. Il se contenta donc d'écarter les bras, paumes dirigées vers le haut.

— Du calme. Je ne suis pas un ennemi.

— Vous pouvez me le prouver ?

— Si je te dis que je suis le frère d'Éréa, est-ce que ça suffit ? Son frère jumeau, pour tout dire.

— Il va me falloir un peu plus que ça pour que j'envisage de vous faire confiance.

— Curieusement, je m'en doutais.

Pensif, Myrdin détailla son vis-à-vis. Les yeux verts qui le fixaient ne cillaient pas, et la main qui tenait l'épée restait ferme. Son futur élève était grand pour son âge, grand et remarquablement musclé, et le druide se dit qu'il devait avoir le plus souvent le dessus dans un corps à corps, y compris face à des adversaires plus vieux que lui.

De son côté, Duncan découvrait un homme bien bâti, âgé d'une trentaine d'années, dont le regard noisette brillait d'une lueur en apparence chaleureuse et amicale. Ses cheveux châtains tombaient sur ses épaules et son visage aux traits parfaitement ciselés semblait respirer la franchise et l'honnêteté. Il irradiait l'assurance et la puissance contenue, et l'adolescent eut soudain l'impression que son physique ne trahissait pas son âge réel. Il se remémora ce que lui avait appris son père à propos des druides vivant dans la contrée magique. Bien qu'ils ne soient pas immortels, leur espérance de vie était de loin supérieure à celle des humains.

— Allons-nous rester comme ça éternellement ou dois-je envisager une action plus… radicale ? finit par dire Myrdin, amusé.

— Vous pouvez toujours essayer.

— Duncan, on peut lui faire confiance.

La petite voix d'Ailis – qu'ils avaient tous les deux oubliée – fit sursauter l'homme et l'adolescent. La fillette se glissa entre eux et baissa la lame de l'épée de son frère.

— Il porte en lui la magie de la Dame du Lac.

— Comment le sais-tu ? s'enquit Myrdin, curieux.

— Je le sais, c'est tout.

Le druide fut surpris de voir son farouche adversaire rengainer son arme.

— Si ma sœur dit que vous êtes digne de confiance, c'est que vous l'êtes. Pourquoi la Dame du Lac vous envoie-t-elle ?

— Pour t'apprendre à développer tes dons. Tu as appris beaucoup seul, mais à présent, il te faut de l'aide pour apprivoiser tes pouvoirs. Et je suis là aussi pour toi, Ailis. Pour t'enseigner les plantes.

— Pourquoi vous ?

— Parce que je suis le meilleur.

Le sourire de Myrdin démentait l'arrogance de ces paroles. Il se tourna pour fermer la porte qu'il avait laissée ouverte et entra enfin dans la cabane.

— Allez dormir. Vous en avez besoin. Je me charge de veiller sur vous.

— Dormir ? ricana amèrement Duncan. Comment pourrais-je dormir après ce qui s'est passé ?

— Parce que je sais que c'est le mieux pour vous et parce qu'étant ton maître, c'est moi qui décide pour toi quand tu n'es pas en état de le faire.

— Je n'ai pas de maître !

— Maintenant, si.

— Duncan…

L'intervention d'Ailis fit tomber la tension qui remontait entre le druide et l'adolescent. Ce dernier reporta aussitôt son attention sur sa cadette.

— Duncan, je suis fatiguée. Je veux que tu viennes me tenir la main.

L'intéressé hésita, mais la lueur implorante qui brillait dans les yeux de sa sœur eut raison de ses réticences. Après tout, il ne cédait pas vraiment, c'était juste parce qu'Ailis avait besoin de lui.

Il ne remarqua pas le coup d'œil entendu que la fillette jeta à un Myrdin abasourdi par sa perspicacité et qui réalisait qu'elle n'avait joué le rôle d'enfant fragile que pour désamorcer une situation qui menaçait de devenir critique. Le druide ne put s'empêcher de s'incliner brièvement devant Ailis pour saluer son geste, ce qui lui valut un sourire poignant de tristesse.

Le sourire d'une petite fille qui venait de voir mourir ses parents.

Myrdin eut besoin de toute sa volonté pour masquer ses émotions et ne pas exploser de rage en songeant à ce que les enfants qu'il avait sous sa garde avaient perdu. À la place, il fit la seule chose qu'il pouvait faire : il tissa un sortilège pour leur offrir au moins une nuit de sommeil sans cauchemars. Lui ne dormirait pas, mais ce n'était pas grave. Il savait se passer de repos s'il le fallait.

Chapitre 5

An 1215, en Avalon

— Pas mal, apprécia Myrdin en évitant une attaque de l'adolescent qui lui faisait face. Tu progresses.

Sans répondre, Duncan lança un nouveau sortilège, qui atteignit le druide en pleine poitrine et l'envoya au sol. Vexé, Myrdin répliqua aussitôt, et son élève se retrouva sur le dos, le souffle coupé.

— Mais comme tu peux le voir, j'ai encore quelques petits tours dans mon sac.

— Je vois ça, grimaça le jeune homme en se redressant avec difficulté. Je le connais, celui-là ?

— Pas encore, s'amusa son mentor. Il faut bien que je garde quelques tours pour t'impressionner.

— Oh, mais tu m'impressionnes, rassure-toi. Tu as réussi à te faire adopter d'Ailis. Elle fait même la cuisine pour toi. Parfois.

— Tu n'es qu'un sale garnement. Ouch… ! Hé, c'était un coup en traître, ça ! protesta Myrdin, projeté contre un arbre par une attaque de son élève.

— Personne n'a dit que l'entraînement était fini, que je sache.

— Ah oui ?

Duncan eut juste le temps de parer la langue de feu qui jaillit des doigts de Myrdin. Il riposta dans la foulée, seulement son adversaire n'était déjà plus là où il avait visé. Sur le qui-vive, le jeune homme tourna sur lui-même, à l'affût du moindre bruit.

— Ne te contente pas de tes cinq sens, Duncan. Utilise la magie.

Duncan se figea. Myrdin était derrière lui et le ceinturait, appuyant un poignard contre sa gorge.

— Je suis mort, c'est ça ?

— Dans un vrai combat, tu le serais, en effet. Tu es doué, Duncan, et tu es puissant, mais ça ne suffit pas.

— Je le sais bien, soupira l'intéressé. Il faut que j'apprenne à maîtriser tout ça.

— Et tu te débrouilles très bien. Mais tes pouvoirs sont étendus, et nombreux aussi. Ils peuvent parfois se heurter les uns aux autres, et même se gêner, voire se neutraliser mutuellement. C'est ce qui t'est arrivé à l'instant, et c'est pour ça que tu m'as perdu de vue.

— Je comprends.

— Je n'en doute pas. Mais la corvée de bois sera quand même pour toi, et sans magie.

Duncan eut une moue résignée, cependant il ne protesta pas. Il connaissait les enjeux de leur combat amical et il ne lui serait pas venu à l'idée de les contester.

— Je peux manger, avant ? soupira-t-il en récupérant sa chemise.

Myrdin le fixa d'un air faussement horrifié.

— Bien sûr. Ailis me tuerait si je t'obligeais à couper et ranger le gros tas de bois caché derrière la cabane avec rien dans le ventre !

Duncan éclata de rire devant l'expression de son mentor. Ailis était certes la plus jeune de leur étrange trio, mais elle les menait par le bout du nez et ils se laissaient volontiers faire. Un jour où Duncan se demandait à voix haute comment il était possible qu'une petite fille leur dicte sa loi comme ça, Myrdin avait répondu avec amusement :

— Nous sommes en Avalon, Duncan. C'est une terre gouvernée par la magie des femmes, que veux-tu que nous autres pauvres hommes fassions contre cela ?

C'est à cette conversation que repensait le jeune homme lorsque la porte de leur demeure s'ouvrit, livrant passage à Ailis. La fillette de neuf ans était devenue une adolescente de douze ans d'une grande beauté et tout en sachant qu'il n'aurait pas son mot à dire sur le sujet, Duncan ne pouvait s'empêcher de songer que celui qui s'aviserait de la courtiser avait intérêt à se montrer parfaitement irréprochable s'il ne voulait pas mourir découpé en rondelles comme un saucisson. Il aurait souhaité pouvoir effacer la tristesse qu'il lisait de temps en temps dans ses yeux verts, quand elle croyait qu'il ne la regardait pas, mais hélas, aussi aimant fût-il, il ne pourrait jamais remplacer les parents qu'Harold leur avait arrachés.

— Vous avez fini de jouer ? lança-t-elle, un sourire aux lèvres.

— Jouer ? s'indigna Duncan. Tu as de ces mots, parfois…

— Vu de l'extérieur, c'est l'effet que ça donne.

— Renonce, lui conseilla Myrdin à voix basse, comme il s'apprêtait à répondre. Elle aura le dernier mot de toute façon. Ça aussi, c'est une leçon que tu dois apprendre.

— Si en plus tu la soutiens…

— Je n'oublie pas qu'elle manie les potions, *moi.*

— Ah oui, c'est vrai… À sept ans elle a empoisonné les trois quarts du château de Chânais pour venir me voir en prison, et elle ne savait pas le centième de ce qu'elle sait à présent.

— Et c'est maintenant que tu me le dis ?

— J'avais oublié.

— Et moi je suis la Dame du Lac.

Un rire secoua Myrdin. Depuis le temps, il s'était habitué à l'insolence de son élève. Duncan ne dépassait toutefois jamais certaines limites, et son mentor ne doutait pas du respect qu'il éprouvait envers lui. Ses prunelles noisette se posèrent sur le jeune homme. Duncan était presque aussi grand que lui, à présent. Sa carrure déjà impressionnante trois ans plus tôt s'était encore développée, et ses muscles saillaient sous sa chemise. Quant au reste… Il était beau comme un dieu, un dieu blond aux yeux verts, dont le regard farouche faisait des ravages quand ils se rendaient dans une ville ou un village. Myrdin s'était depuis longtemps résigné à ce que le succès de son élève auprès de la gent féminine prolonge plus que nécessaire leurs séjours loin de leur coin de forêt.

Et dire que je dois bientôt emmener un séducteur pareil au palais de ma sœur…

***

Cinq semaines plus tard...

— Nous y voilà, annonça Myrdin en arrêtant son cheval.

Duncan jeta un coup d'œil méfiant au palais que leur désignait son mentor.

— Tu es *vraiment* sûr que nous devons y aller ? Harold ne risque pas d'avoir vent de notre présence ici ? Je suis certain qu'il a des espions en Avalon !

— Duncan, je ne suffis plus à ton enseignement, tu es trop puissant. D'autres doivent t'aider à maîtriser les magies que je ne contrôle pas parfaitement. Quant à Harold, c'est un risque à courir. Un risque minime, ceci dit. Éréa le fait surveiller. Et il y a belle lurette que j'ai transmis tout ce que je savais à Ailis. Seules les druidesses guérisseuses peuvent l'aider, surtout à présent qu'elle est femme.

— Elle n'a que douze ans, grommela Duncan. Aïe !

Indigné, le jeune homme se tourna vers l'adolescente qui venait de lui cingler le bras avec une badine qu'elle sortait d'il ne savait où et qui le foudroyait du regard.

— Tu sais très bien que Myrdin veut dire que j'ai saigné pour la première fois il y a quelques mois, alors ne fais pas l'idiot ! D'autre part, je te rappelle que tu as eu ta première fois avec une fille en étant encore prisonnier d'Harold et que par conséquent tu étais plus jeune que moi, donc ne commence pas à vouloir me donner des leçons !

— Comment tu sais ça, toi ? s'indigna son frère tandis que le druide retenait un fou rire devant son expression horrifiée.

— Je te répondrais bien « si on te le demande, réponds que tu n'en sais rien », mais je me sens d'humeur magnanime, alors je me contenterai de te dire que vous chuchotez trop fort. Bon, on y va, à ce palais, oui ou non ? C'est malpoli de faire attendre ses hôtes ! On se demande vraiment où tu as été élevé !

— Tu te sens d'humeur magnanime ? répéta Duncan, abasourdi, sans se douter une seule seconde que dans les siècles à venir, il allait s'interroger d'innombrables fois sur le mystérieux pouvoir de sa cadette à toujours tout savoir sur tout.

Myrdin avait depuis un moment déjà renoncé à l'idée de garder son sérieux et hoquetait de rire sur sa selle.

— Abandonne, finit-il par réussir à articuler en s'essuyant les yeux. Elle est trop forte pour toi. Pour moi aussi, d'ailleurs.

Son élève soupira, mais se rangea à son avis. D'une pression des mollets, il mit son cheval au galop pour rattraper Ailis, qui piquait des deux vers le château aux tourelles élancées et aériennes, si différent des châteaux forts qu'ils connaissaient.

— C'est magnifique ! s'enthousiasma l'adolescente en ralentissant sa monture.

— Content que ça te plaise, sourit Myrdin. Chaque Dame du Lac laisse sa propre empreinte sur le palais et le remodèle à sa guise. Éréa est avant tout une druidesse de l'air, elle aime tout ce qui est léger et céleste. Tiens, la voilà !

Le druide désignait une cavalière qui s'approchait. Elle ne tarda pas à les rejoindre, immobilisant sa jument devant eux.

— Bienvenue, mon frère. Et bienvenue à vous aussi, Duncan et Ailis de Chânais.

— Merci, ma Dame, répondirent le frère et la sœur à l'unisson.

Le sourire chaleureux d'Éréa les avait tout de suite mis à l'aise. Elle ressemblait beaucoup à son jumeau, et si ses traits étaient plus doux, elle avait les mêmes yeux noisette à l'éclat moqueur et les mêmes cheveux châtains, qui, chez elle, cascadaient librement sur les reins. Remarquant que le regard de Duncan ne cessait de revenir sur sa jument, la souveraine d'Avalon le questionna avec une pointe d'amusement.

— Elle te plaît tant que ça ?

— C'est… c'est un cheval de guerre d'Avalon, ma Dame ? fut la réponse aussi admirative que respectueuse de Duncan.

La surprise d'Éréa fut telle qu'elle garda le silence un long moment avant de poursuivre.

— Comment le sais-tu ?

— Ça se voit. Non ? ajouta Duncan en constatant que Myrdin et Éréa le fixaient toujours.

— Non, lui confirma le druide. Théoriquement, ça ne se voit pas.

Les chevaux de guerre d'Avalon ne se distinguaient en principe pas des chevaux normaux, sauf lorsqu'ils prenaient leur forme véritable, révélant leurs aptitudes au combat. Rapides, agressifs, dotés de crocs aussi dangereux que ceux d'un loup-garou, ils étaient de surcroît capables de lancer des ruades de feu particulièrement craintes par leurs adversaires. Le regard pensif d'Éréa se posa sur son jumeau.

— Il était temps que tu le ramènes au palais, Myrdin.

— Je crois. De toute façon, il en sait assez pour se débrouiller en Avalon, à présent. Plus rien ne justifie que nous le gardions à l'écart. Quant à Ailis… Si un jour elle t'offre un plat de champignons, demande-toi si tu ne l'as pas contrariée récemment avant de le manger.

— Un plat de champignons ? répéta Éréa avec étonnement.

— Écoute attentivement cette édifiante histoire,

ma chère sœur…

Le reste de la journée passa comme un tourbillon pour les deux jeunes gens. Entre la visite du palais et les nombreuses personnes auxquelles ils furent présentés, ce fut avec un certain soulagement qu'ils regagnèrent enfin les chambres qu'on leur avait préparées. Si Ailis s'endormit dès qu'elle fut dans son lit, Duncan, lui, n'avait pas sommeil. Il finit par décider de se rendre dans les jardins, espérant que marcher un peu dans le calme de la nuit l'aiderait à trouver le repos. Confiant en son sens de l'orientation, il ne prêtait aucune attention au chemin qu'il suivait. Soudain, il se retrouva devant une porte en fer forgé qu'il ne se souvenait pas avoir vue lors de sa visite, quelques heures plus tôt.

Ces jardins sont si grands que ce n'est pas vraiment étonnant, songea-t-il en poussant la grille.

Il s'immobilisa en découvrant les lieux. Sans savoir d'où lui venait cette impression, il devinait que cet endroit n'était pas comme les autres. Il n'aurait pu dire précisément ce qu'il y avait de différent, mais il en était sûr : ce jardin était à part. L'herbe était d'un doux vert tendre. Des buissons de roses et des massifs de fleurs colorées étaient saupoudrés çà et là, dans un hasard soigneusement organisé. Des arbres à l'ombre protectrice se dressaient un peu partout, invitant au repos. Une pièce d'eau recouverte de nénuphars roses et entourée de roseaux qui bruissaient légèrement dans la brise, en un murmure délicat et apaisant, brillait sous la lueur de la pleine lune.

— On peut savoir comment tu es entré ici ?

Duncan sursauta si violemment qu'il manqua de s'étaler en se retournant pour faire face à l'arrivante – car la voix qui l'avait interpellé était indéniablement féminine. Il se retrouva devant une jeune fille de son âge, dont les longs cheveux noirs aux étranges reflets fauves encadraient un visage aux traits purs, éclairé par deux yeux bleu-violet qui le fixaient sans ciller… et sans qu'il puisse décrypter leur expression tellement il se sentait hypnotisé par l'apparition.

— La grille était ouverte, finit-il par articuler.

Une lueur surprise traversa les prunelles qui le détaillaient lentement, semblant apprécier ce qu'elles voyaient.

— Qui es-tu ? reprit-elle.

— Je m'appelle Duncan de Chânais. Je viens d'arriver au palais.

— Oh, c'est donc toi qui as osé défier ce fou d'Harold…

Tout en parlant, elle s'était approchée et avait posé une main sur son torse.

— Mon nom est Ysolda. Ce jardin est le mien, et en principe, personne d'autre que moi ne peut y pénétrer.

— Je suis désolé, je ne voulais pas être indiscret.

— Peut-être pourrais-tu trouver un moyen de te faire pardonner…

— Tout ce que tu voudras, sourit Duncan en levant la main pour la passer dans la longue chevelure.

— Vraiment… ?

— Vraiment.

— Voyons voir… Tu n'es pas trop mal fait de ta personne, alors pourquoi pas un paiement en nature ?

— En nature ? répéta Duncan, abasourdi par une approche aussi directe.

— Tu ne te sens pas à la hauteur ? le provoqua-t-elle.

— Je suis toujours à la hauteur pour une jolie demoiselle.

— Prouve-le

Ysolda se laissa faire quand la main du jeune homme se referma sur sa nuque et que ses lèvres se rapprochèrent des siennes. Elle ne pouvait nier qu'il était terriblement séduisant, avec ses yeux d'émeraude, ses cheveux dorés, sa haute taille et ses muscles saillants qui roulaient sous ses paumes. Elle ne protesta pas quand il la souleva pour l'allonger sur l'herbe et rit lorsqu'il glissa ses mains sous sa chemise. À son tour elle fit passer ses doigts sous les habits du jeune homme, touchant avec délice son ventre plat. Leurs vêtements disparurent un à un, et ils se retrouvèrent peau contre peau, les mains de l'un jouant avec le corps de l'autre. Ysolda se cambra tandis que Duncan traçait un chemin de baisers sur sa poitrine, pour finir sur ses cuisses soyeuses.

— Tu es belle, murmura-t-il en remontant pour l'embrasser à nouveau.

— Tu n'es pas mal non plus, Duncan de Chânais.

Il rit devant la taquinerie, mais bientôt leurs sens s'embrasèrent et leurs étreintes se firent plus ardentes. Il l'emmena chevaucher la vague une fois, deux fois, de ses mains et de sa langue, avant de se laisser renverser sur le sol et enfourcher par son amante. Le jeune homme referma ses mains sur la taille fine, lui abandonnant le contrôle de leurs ébats, jusqu'à ce qu'un nouveau raz de marée les emporte, iris verts plantés dans les iris bleu-violet. Essoufflés, ils restèrent un moment sans bouger, puis Ysolda glissa à ses côtés et appuya la tête sur l'épaule qu'il lui offrait. Ni l'un ni l'autre n'avaient envie de parler. Ysolda baissa les paupières, bientôt imitée par Duncan, tandis que la nuit posait un voile d'invisibilité sur leurs corps enlacés.

***

Quand Duncan se réveilla, le lendemain matin, il

était seul. Seul et affamé. Pensif, il remit ses vêtements, se demandant s'il avait rêvé la rencontre de la veille ou s'il avait réellement fait l'amour à une créature d'une incroyable beauté, puis reprit le chemin du palais, ou plus exactement de la salle à manger. Il vit tout de suite sa sœur, qui riait tout en écoutant une druidesse narrer avec humour ses premières expériences de préparation de potions ensorcelées, puis Éréa et Myrdin, qui discutaient un peu plus loin. Il s'approchait pour les saluer lorsque la Dame du Lac se tourna vers lui, un sourire aux lèvres.

— Ah, te voilà ! Viens ici, je voudrais te présenter ma fille, Ysolda.

Duncan sentit tout le sang se retirer de son visage en reconnaissant la jeune fille du jardin, qui le fixait d'un air mutin. Comme dans un brouillard, il entendit la voix amusée d'Éréa.

— J'ai comme l'impression que vous vous connaissez déjà…

— J'ai trouvé Duncan dans mon jardin, cette nuit.

— Tu l'as invité ?

— Disons plutôt que c'est lui qui s'est invité, et que je lui ai réclamé une sorte de droit de séjour.

— Arrêtez un peu, toutes les deux, intervint Myrdin, pris de pitié. Ce pauvre garçon ne sait plus où se mettre ! Duncan, nous sommes en Avalon. Je te l'ai dit, quand on s'est rencontrés pour la première fois. Avalon est un royaume de femmes. Elles y sont libres et souveraines. Ne compare pas ce que tu vois ici avec ce que tu as connu en Terre des hommes.

— C'est vrai, confirma Ysolda en s'approchant pour lui prendre la main. Ne te sens pas gêné parce que j'ai raconté à ma mère ce qui s'est passé entre nous. Je suis druidesse, je fais ce qu'il me plaît.

— Je suppose que je finirai par m'y faire…

— Mais oui, tu verras. Allez, viens déjeuner. Oh, à propos, ta sœur est charmante, je l'adore.

Duncan préféra renoncer. Il était sûr de ne pas avoir le dernier mot, et il appréciait vraiment beaucoup la compagnie d'Ysolda. Vraiment, vraiment beaucoup…

Leur repas terminé, Duncan et Myrdin s'apprêtaient à rejoindre les druides que le second souhaitait présenter au premier, lorsque, en passant devant la salle d'audience d'Éréa, le jeune homme aperçut cette dernière en compagnie d'un groupe qui attira son attention. Ou plutôt, qui attira l'attention de son côté non humain.

— Ce sont des loups-garous ? s'enquit-il, stupéfait.

— Oui, acquiesça Myrdin.

Incrédule, Duncan observait la quinzaine d'hommes et de femmes debout devant Éréa. L'un d'eux se tenait en avant et parlait avec la Dame du

Lac, tandis que les autres, légèrement en retrait, écoutaient attentivement. La meute qu'il observait n'avait rien en commun avec celle d'Harold. Leur prestance altière éclipsait ceux qui les entouraient, Éréa exceptée. Visiblement, il n'y avait pas de différences entre les hommes et les femmes au sein du groupe, ce que lui confirma Myrdin :

— C'est ainsi que fonctionne une vraie meute, Duncan. Ce que tu as vu avec Harold… C'est contre les lois d'Avalon. Il a perverti sa meute, à un point que je ne suis pas sûr de complètement appréhender. Dans une vraie meute, l'Alpha prend soin des siens, et les femmes sont aussi libres que les hommes. Je t'apprendrai ce qu'il y a à savoir sur ceux de ton espèce, mais un conseil : ne t'approche pas seul des loups-garous, surtout des Alphas. N'importe lequel d'entre eux te considérera comme un rival potentiel au vu de la puissance que tu dégages, et il risque de chercher à te tuer. Les loups-garous sont par essence violents même si en apparence certains paraissent… civilisés. Et les femmes ne sont pas les plus tendres, loin de là.

— Très bien. Je me contenterai donc d'observer.

Le regard songeur de Duncan se reporta sur la scène qui se jouait devant lui. Bien sûr, ses parents lui avaient parlé des lois régissant les meutes de loups-garous, mais entre le savoir en théorie et le voir en pratique…

Non, la meute qui était là n'avait rien à voir avec celle d'Harold de Chânais…

Chapitre 6

An 1217, en Avalon

— Je n'ai plus rien à apprendre à ton élève, Myrdin, soupira le vieux druide. Il a fait plus que simplement m'égaler. Sa puissance me dépasse. Je ne sais même pas comment il fait pour la contenir. Il n'a que dix-sept ans, et quand je vois tout ce qu'il a déjà accompli… Sais-tu que tout Avalon parle de lui ?

— Je le sais, oui. Difficile de faire autrement, surtout avec les… éclats qu'il provoque dans son sillage.

— Il est clair que lorsqu'il est quelque part, il ne passe pas inaperçu. Surtout si quelqu'un s'avise de tourner autour de ta nièce.

— Je m'en amuserais sans doute dans d'autres circonstances, mais s'ils suivent le destin qui sera le leur, ils vont souffrir.

— Fais-leur confiance. Ils sont conscients des responsabilités qui risquent d'être les leurs, et ils feront ce qu'il faudra le moment venu. Pour l'instant, ils ont bien le droit de prendre du bon temps.

— Pas sûr que ceux d'en face s'amusent, eux… Se confronter à Duncan est… dangereux. Il sait se battre, et il ne perd jamais.

— Il est clair que ceux qui tournent autour d'Ysolda le font à leurs risques et périls.

Les deux hommes rirent en songeant aux nombreux « accidents » dont étaient victimes ceux qui approchaient Ysolda de trop près, ce qui divertissait beaucoup la jeune fille.

— J'aurais quand même préféré qu'il reste plus discret, commenta Myrdin, redevenant sérieux. Histoire qu'Harold retrouve sa trace et celle d'Ailis le plus tard possible.

— Allons, Myrdin, ne soit pas naïf. Harold sait

très bien qu'Amalric les a envoyés en Avalon, et je gage que depuis tout ce temps, il cherche un moyen de traverser le voile qui sépare Avalon de la Terre des hommes. Je suis même surpris qu'il n'ait toujours pas trouvé quelqu'un capable de le faire passer.

— Amalric n'était pas le plus puissant des druides, mais là, il s'agissait de protéger ses enfants. Il est bien possible qu'il ait assorti le Portail de Sang d'un sortilège destiné à empêcher un de Chânais d'ouvrir un passage vers Avalon.

— Tu as sans doute raison. Cependant, tout sortilège peut être contré.

— J'ai en général tendance à penser que c'est une bonne chose, mais dans ce cas précis, je le regrette. L'idée de voir un fou comme Harold en Avalon n'a rien de réjouissant.

— Non, rien du tout… Sa venue serait synonyme de chaos.

***

Pendant ce temps sur la Terre des hommes…

— Incapable ! rugit Harold tandis que son poing partait, percutant la chair dans un bruit écœurant de cartilage et d'os brisés. Je ne te demande pas la lune, pourtant ! Je te demande juste d'ouvrir un simple portail !

Recroquevillée sur le sol, hoquetant de douleur, sa victime gémissait en tenant son nez et sa pommette fracassés. Le Seigneur des de Chânais ne s'était pas soucié de retenir ses coups, et il avait frappé avec la force d'un loup-garou. Le blessé finit cependant par réussir à prononcer quelques mots d'un ton geignant, espérant sauver ainsi sa vie :

— Seigneur, Amalric a ouvert un Portail de Sang…

— Je le sais, imbécile, j'étais là ! hurla le loup-garou. Je sais que ce bâtard a ouvert un Portail de Sang ! Tu n'es pas le premier que j'amène ici, mais tu vas repartir comme les autres : les pieds devant.

L'homme n'eut pas le temps de réagir que des griffes lui déchirèrent la gorge. Indifférent au sang qui trempait l'herbe humide, Harold se tourna vers son lieutenant tandis que son bras partiellement transformé en patte redevenait humain :

— Amène le suivant.

— Tout de suite, Seigneur.

Le druide qui s'approcha était étonnamment calme. Fronçant les sourcils, Harold le toisa en silence tandis qu'il mettait un genou en terre devant lui.

— Je suis à ton service, Seigneur.

L'Alpha ne répondit pas immédiatement. Contrairement à ses prédécesseurs, l'homme ne dégageait aucune peur. Il paraissait même particulièrement sûr de lui. Impassible, il attendait le bon vouloir de son Seigneur.

— Tu as l'air bien sûr de toi, finit par lancer Harold d'une voix rogue.

Le druide leva brièvement la tête, une fois de plus étonné de découvrir l'apparente jeunesse de son Seigneur là où on s'attendait à voir un homme mûr. Ayant choisi la morsure, il aurait à tout jamais le physique d'un jeune homme de vingt ans. Un physique si peu en adéquation avec ses actes que ça le rendait encore plus terrifiant.

— J'attends !

Le druide tressaillit. Il ne faisait pas bon obliger Harold à patienter. Il reprit rapidement :

— Ce que le sang d'un parent aimant a fait, le sang d'un ennemi peut le défaire.

— Tu m'intéresses…

— Si je prononce l'incantation en faisant couler le sang d'un de vos ennemis, il y a toutes les chances qu'un portail vers Avalon s'ouvre.

— Toutes les chances ? releva Harold. Tu n'en es donc pas complètement certain ?

— Presque, Seigneur.

Le loup-garou eut la satisfaction de voir le druide à ses pieds blêmir. Il n'aimait pas que ses sujets soient trop sûrs d'eux, et savourait la terreur qu'il leur inspirait. Un rictus aux lèvres, il croisa les bras devant sa poitrine tout en interpellant son lieutenant :

— Va me chercher un des prisonniers.

— Tout de suite, Seigneur.

Trouver un ennemi n'était pas quelque chose de compliqué pour quelqu'un d'aussi détesté que lui. Les cachots du château de Chânais étaient pleins en permanence de révoltés qui avaient tenté de s'attaquer à lui ou tout simplement de personnes qui lui avaient déplu. Il ne se justifiait jamais et nul n'osait lui demander de comptes.

Harold crispa les mâchoires tandis que sa vieille colère contre Amalric et Brunehaut remontait. Qui aurait pu s'imaginer que durant tout ce temps, ils se dissimulaient près du château alors qu'il les traquait dans toute la région ? Amalric avait ouvert son Portail de Sang alors qu'ils étaient à peine à deux heures de marche du domaine… Mais bientôt tout serait rentré dans l'ordre, Duncan serait enchaîné à ses pieds et la jolie Ailis dans son lit…

Quel âge a-t-elle, à présent ? Quatorze ans ? Elle doit être magnifique… Ce sera un plaisir de lui apprendre comment satisfaire un homme, et tout cela sous les yeux de son frère chéri, qui rampera devant moi et s'offrira à moi s'il ne veut pas que je la livre à mes hommes… Oh oui, ce sera délicieux de le briser…

Le silence le plus absolu régna jusqu'au retour du lieutenant d'Harold, qui revint avec un prisonnier maigre et sale, mais dont le regard fier lançait des éclairs.

— Ça ira ? jeta le loup-garou en reportant son attention sur le druide toujours courbé devant lui.

— Oui, Seigneur.

— Parfait. Je te laisse procéder. Et tâche de réussir, ou tu le payeras de ta vie.

Ankylosé par une trop longue station à genoux, l'homme se redressa en grimaçant. Il sortit un poignard de sous sa tunique et s'approcha du captif.

— Traître, gronda le condamné en crachant avec mépris sur le druide. Comment oses-tu prêter main-forte à ce monstre en l'aidant à traquer deux enfants ?

— Il est le Seigneur, je lui dois obéissance.

La lame s'abattit, droit dans le cœur du prisonnier, pendant que le druide murmurait son incantation. Fébrile, Harold décroisa les bras. Son regard vert s'éclaira d'une joie mauvaise lorsqu'un portail se mit à scintiller juste devant lui. Un portail instable, qui vacillait beaucoup, mais bien présent.

— On y va ! Et toi, tu nous accompagnes !

Il ne fallut que quelques minutes à la meute et leur invité forcé pour traverser. Dès qu'ils furent de l'autre côté, Harold saisit la tête du druide entre ses mains et lui brisa la nuque, assortissant son geste d'un bref commentaire.

— Dommage pour toi, tu es trop puissant.

Puis le loup-garou se tourna vers les siens, un sourire carnassier aux lèvres :

— En chasse !

***

Éréa frissonna comme si un vent glacial lui avait traversé le corps depuis l'intérieur. Pâle, elle s'appuya contre le mur le plus proche, déclenchant aussitôt une rafale de questions inquiètes de la part de Myrdin :

— Éréa, que se passe-t-il ?

— Il y a de la magie noire à l'œuvre en Avalon, une magie puissante. Un portail a été ouvert par le sang entre Avalon et la Terre des hommes, et la meute d'Harold de Chânais a traversé le voile.

— C'est une catastrophe… Duncan n'est pas prêt !

— Myrdin, vous devez fuir. Emmène Duncan et Ailis loin d'ici le plus vite possible.

Le druide hocha la tête. Il posa un rapide baiser sur la joue de sa sœur et s'élança. Ses protégés n'étaient pas au palais. Le matin même, ils étaient partis se promener à cheval en compagnie d'Ysolda. Une petite journée de congé dans leur formation qui ne devait pas porter à conséquence, mais qui hélas semblait devoir tourner au drame… Myrdin n'avait pas la moindre idée de l'endroit où ils avaient pu aller. Il ne pouvait compter que sur le lien maître-élève qu'il partageait avec Duncan.

***

Les chevaux s'immobilisèrent en tremblant de tous leurs membres quand la meute surgit. Leur instinct leur disait que les énormes loups devant eux étaient plus que des prédateurs, et lorsque le loup noir qui menait la troupe se métamorphosa, ils bronchèrent, comme s'ils savaient que l'homme était plus redoutable encore que l'animal.

— Duncan… comme on se retrouve…

— Comment es-tu arrivé ici ?

— Tu croyais vraiment que toi et ton adorable petite sœur alliez pouvoir m'échapper éternellement ?

— Ne t'approche pas d'elle, Harold, ou je te jure que je te tue.

— Oh, mais c'est qu'il mordrait, le louveteau…

— Je suis plus dangereux que tu ne le crois.

Le Seigneur des de Chânais éclata d'un rire tonitruant.

— Que crois-tu pouvoir contre moi, petit garçon ? Bientôt, tu me supplieras d'épargner ta vie tout en me regardant rendre les hommages qui leur sont dus à ton adorable sœur et à ta non moins adorable amie !

— Tu ne poseras tes sales pattes ni sur l'une ni sur l'autre, sale porc !

— Tu oses insulter ton Seigneur ?

— Tu n'es pas mon Seigneur !

— C'est ce que nous allons voir, petit insolent !

Le loup-garou se lança en avant au moment même où Myrdin arrivait. Le druide se précipita devant le trio, absorbant le plus gros du choc. Il hurla lorsque les crocs s'enfoncèrent dans son bras et tirèrent, l'arrachant à moitié. La douleur fit vaciller le druide, qui dut faire appel à toute sa magie pour la juguler. Harold s'apprêtait à l'achever quand l'épée de Duncan s'abattit, lui entaillant le flanc. Le loup noir rugit et se retourna avec vivacité, abandonnant sa victime qui respirait avec difficulté, le visage aussi blanc que de la craie. Duncan recula d'un pas pour se mettre devant Ailis, protection illusoire contre les loups-garous qui les encerclaient en grondant. Refusant de s'avouer vaincu, le jeune homme rassemblait ses pouvoirs lorsque soudain, Ysolda se colla contre lui.

— Ensemble, Duncan !

Il ne posa pas de questions. Elle pratiquait la magie depuis son enfance, lui pas. Il choisit de lui faire confiance. Les sortilèges fusèrent en même temps, amplifiés par leur désespoir. Peut-être que Myrdin aurait pu leur expliquer ce qui s'était passé s'il avait été en pleine possession de ses moyens, mais là, il était à peine conscient. Il ne vit que des éclairs de lumière, entendit des cris et des hurlements, puis s'évanouit. Ses dernières pensées furent pour sa sœur.

Pardon, Éréa... J'ai failli.

Un lourd silence planait sur ce qui avait été le théâtre d'un bref, mais sanglant combat.

— Myrdin !

L'exclamation horrifiée de Duncan fit sursauter Ysolda et Ailis.

— Par les dieux... murmura l'adolescente en pâlissant devant l'atroce blessure.

Déjà Ysolda s'était précipitée aux côtés de son oncle, et examinait la plaie.

— Je ne peux pas le sauver, avoua-t-elle en secouant la tête. Je... je n'en sais pas assez pour ça. Seule ma mère le pourrait.

— Tu sais créer des portails, ramène-le au palais, intervint Duncan.

— Si je le ramène lui, je ne pourrai pas vous ramener vous. Il me faudra utiliser une partie de mon énergie pour essayer de le maintenir en vie, sans compter que j'en ai dépensé beaucoup en lançant un sort contre Harold.

— À propos, où est-il, celui-là ?

— Aucune idée. Nos pouvoirs combinés l'ont envoyé les dieux savent où, lui et ce qui reste de sa meute.

— Sauve Myrdin. Ailis et moi rejoindrons le palais par nos propres moyens.

— Non, ce sera le premier endroit où il reviendra vous chercher. Le palais n'est pas totalement sûr ; il pourrait y acheter des complicités. Tu en sais assez maintenant pour survivre en Avalon et protéger Ailis. Si vous restez mobiles, vous serez plus difficiles à trouver.

— Et je peux me défendre, Duncan, renchérit Ailis. J'ai appris beaucoup de choses au palais… Nous devons cesser de perdre du temps, Myrdin n'en a plus beaucoup devant lui.

— D'accord.

Le jeune homme posa ses lèvres sur celles d'Ysolda en murmurant :

— Si tu as besoin de moi, appelle, je te retrouverai toujours.

— Fais attention à toi, Duncan.

— Toujours.

Ysolda ouvrit le portail avec ses dernières bribes de magie et disparut avec un Myrdin de plus en plus faible et dont la respiration devenait imperceptible.

— Allons-nous-en, Ailis.

— Où va-t-on aller, Duncan ?

— Fais-moi confiance, petite sœur. Avalon me guidera.

Chapitre 7

Huit mois plus tard...

Duncan se retourna d'un bloc, sur le qui-vive, l'épée à la main.

— Ce n'est que moi, chuchota Ailis en se glissant dans la grotte où ils avaient trouvé refuge. Je suis allée chercher de l'eau.

— Ailis, c'est dangereux…

— Ne t'inquiète pas, personne ne nous trouvera. La potion que j'ai répandue autour de l'abri masque notre odeur, même à des loups-garous, et la source est incluse dans le périmètre protégé.

— J'ignore quelle marque Harold a posée sur moi quand j'étais son prisonnier, mais il arrive toujours à nous retrouver.

— Et nous parvenons toujours à lui échapper.

— J'aurais dû en parler à Myrdin et Éréa, mais j'étais tellement persuadé qu'en passant en Avalon je serais hors de sa portée… Ailis, tu devrais retourner au palais, sous la protection de la Dame du Lac.

Un pli têtu que Duncan avait appris à redouter se forma sur le front d'Ailis.

— Et te laisser seul pour affronter ce monstre ?

— Ailis…

— Tu as envie de champignons ?

Interdit, Duncan mit un moment à réaliser à quoi faisait allusion sa cadette, puis la mémoire lui revint et il se frotta la nuque avec une grimace.

— Pas du tout.

— Alors cette discussion est close.

Le jeune homme n'avait absolument pas l'impression qu'ils aient eu une discussion quelconque, cependant il choisit sagement de s'abstenir de répondre. Malgré les années, il ne se souvenait que trop de l'état pitoyable des hommes et des loups d'Harold après le séjour d'Ailis en cuisine.

Il jugea préférable de changer de sujet de conversation.

— Il va falloir que nous fassions une halte dans un village, pour nous réapprovisionner en quelques denrées indispensables qu'on ne trouve pas en forêt. J'en ai repéré un à environ une heure de marche d'ici. Si tu me prépares de quoi me teindre les cheveux, nous pourrions même louer une chambre dans une auberge, histoire de passer une nuit dans un lit et de prendre un bain. Quoi que je fasse, je n'arrive pas à maîtriser ces fichus sorts de dissimulation.

— Éréa a toujours pensé que c'est parce que tu as un trop fort caractère. Se dissimuler implique d'une certaine façon de plier, et ça, c'est hors de ta portée.

— Peut-être, mais en attendant, je suis à peu près aussi repérable que le nez au milieu de la figure.

Duncan n'était pas sans savoir que sa chevelure dorée attirait immanquablement l'attention partout où il passait.

— Ce serait dommage. Ysolda te préfère en blond.

— Elle comprendra. C'est une guerrière, elle sait qu'il faut parfois faire des sacrifices au combat.

— Tout dépend du combat…

La réponse du jeune homme avait été machinale, mais les propos ironiques de sa sœur le firent se raidir. Il leva brusquement la tête, abandonnant la lame qu'il était en train d'affûter, et croisa des prunelles vertes à l'éclat railleur.

— Qu'est-ce que tu insinues… ?

— Je connais parfaitement l'état de nos réserves. On pourrait encore tenir plusieurs jours en se rationnant un peu.

— Possible, articula Duncan, de plus en plus méfiant.

— J'en déduis donc que tu es attendu.

— Je pourrais juste vouloir profiter de la proximité d'un village.

— Oui, bien sûr… Le fait que tu y sois attendu n'est pour rien dans ta décision.

— Comment sais-tu que j'y suis attendu ? renonça Duncan.

— Tu aimerais bien le savoir, pas vrai ?

Son aîné réfléchit un instant, puis retourna à sa tâche, saisissant un chiffon pour nettoyer la lame aiguisée.

— Pas sûr que j'aimerais la réponse, marmonna-t-il en se concentrant sur son épée.

Le rire clair d'Ailis le conforta dans son idée que parfois, l'ignorance était préférable à la connaissance.

***

Ysolda poussa la porte de l'auberge d'une main

ferme et se dirigea droit vers les propriétaires.

— Deux chambres pour la nuit.

— Deux ? s'étonna l'homme en lorgnant derrière elle et en ne remarquant personne.

— Deux, confirma la jeune fille en étalant quelques pièces sur le comptoir.

Son interlocuteur ne discuta pas davantage et empocha l'argent avant de précéder son étrange cliente dans les escaliers. Le sort de brouillage utilisé par la druidesse masquait sa véritable apparence, trop reconnaissable. Si tout le monde en Avalon n'avait pas vu la fille de la Dame du Lac, tous avaient entendu parler de ses cheveux sombres aux reflets fauves et de ses yeux si particuliers. Elle préférait donc prendre ses précautions lorsqu'elle retrouvait Duncan.

Car il ne lui avait pas menti, il parvenait toujours à prendre contact avec elle *via* le lien imprévu qui s'était créé entre eux depuis qu'ils s'étaient aimés dans le jardin d'Ysolda et à lui donner des rendez-vous dans les endroits les plus improbables, au cours desquels ils échangeaient les dernières nouvelles avant de s'octroyer des moments de tendresse volés. Une étrange existence pour deux jeunes gens pas tout à fait comme les autres, qui partageaient un lien né sans qu'ils sachent comment alors que leurs destinées respectives leur interdisaient de prononcer les mots qui leur brûlaient parfois les lèvres.

La jeune fille posa son sac dans l'une des chambres tout en jetant un discret sort de protection autour d'elle. Toutes les précautions étaient bonnes à prendre en ces temps si dangereux où Harold et sa meute mettaient Avalon à feu et à sang partout où ils passaient. Ils avaient essuyé de nombreux échecs face à Éréa, pourtant, toujours ils revenaient. Bien que dépourvu de pouvoirs magiques, le Seigneur des de Chânais avait su s'entourer de puissants sorciers noirs, druides dévoyés qui lui étaient totalement dévoués, et le défaire n'était pas si aisé. Rassurée, elle descendit et s'installa à une table dans un coin de l'auberge.

Il ne lui restait plus qu'à attendre.

Cela ne prit guère de temps avant que la porte ne s'ouvre à nouveau, livrant passage à deux jeunes gens aux cheveux bruns. Ysolda se mordit les lèvres pour masquer son sourire. Visiblement, Duncan échouait toujours face aux sorts de dissimulation… Il la repéra aussitôt et bifurqua vers sa table après avoir commandé trois repas à l'aubergiste.

— Jolie couleur, lança la jeune fille alors qu'ils s'asseyaient.

— Merci, répondit Ailis avant que son frère ait le temps de s'exprimer. Sachant que je devrais y passer aussi vu mes cheveux roux, j'ai inclus dans la teinture quelques petits ingrédients pour que ce soit moins terne.

— Ah, parce que si ça avait été juste pour moi, tu ne l'aurais pas fait ? commenta Duncan d'un air chagrin.

— Peut-être que si.

L'adolescente s'interrompit avant d'ajouter avec une grimace mutine :

— Ou peut-être que non.

— Tu es témoin, je suis martyrisé par ma petite sœur.

— Tu adores ça.

— Deux contre un, ai-je la moindre chance ? soupira le jeune homme en s'adressant à la part de tourte à demi dévorée dans son écuelle.

— Aïe, ça devient grave, il parle à sa nourriture, maintenant… le taquina Ailis. Tu peux faire quelque chose ?

— Je pense que oui, affirma Ysolda.

Ils évitaient de s'appeler par leurs prénoms en public, afin de limiter les risques d'être reconnus. Ce n'était pas toujours facile, mais avec le temps, ils étaient de plus en plus habiles à ce jeu.

Leur repas à peine terminé, Ailis se leva avec un clin d'œil à l'adresse du couple :

— Je vais demander à ce qu'on me prépare un bain.

— Mais… commença Duncan.

— Je suis sûre que dans ma chambre je ne risque rien, le coupa l'adolescente.

Ysolda le lui ayant confirmé d'un sourire, elle s'éclipsa, laissant Duncan et Ysolda en tête à tête.

— Je m'en veux de lui faire mener cette vie-là, soupira Duncan, mais elle ne veut rien entendre.

— Elle est aussi têtue que son frère, rit Ysolda en entrecroisant ses doigts avec ceux de Duncan. Allez, viens, ne gâchons pas le cadeau qu'elle nous fait. Nous n'avons que trop peu l'occasion de nous voir.

Comprenant qu'il n'avait plus qu'à s'incliner – et au fond ravi de le faire –, le jeune homme se laissa entraîner vers la deuxième chambre. Ysolda lui avait manqué plus qu'il n'osait se l'avouer. Dès qu'il eut verrouillé la porte, il la serra contre lui et posa ses lèvres sur les siennes, savourant de retrouver leur douceur et leur chaleur. Elle s'abandonna sans résistance, nouant ses bras autour de son cou pour mieux l'attirer contre elle. Un frémissement lui parcourut le corps quand il entra en contact avec les muscles durs de sa large poitrine. Elle glissa les mains sous sa chemise pour caresser sa peau chaude, lui arrachant des frissons incontrôlables. Pour ne pas être en reste, il s'invita à son tour sous ses vêtements, explorant son corps svelte avec douceur et délicatesse. Il la saisit soudain dans ses bras pour l'emmener vers le lit, où il la déposa précautionneusement puis s'allongea à ses côtés. Les mots entre eux flottaient, et pourtant ils ne les prononcèrent pas. Ils se caressaient avec fièvre, emportés par la passion, dans une chevauchée mêlant violence et tendresse, à l'image de leur relation aux accents désespérés. Ysolda se cambra lorsque les mains habiles effleurèrent ses seins, les conduisant à se dresser d'un coup, avant de descendre plus bas et de s'inviter au cœur de sa féminité pour lui faire perdre la notion de temps et d'espace, jusqu'au cri de jouissance qui combla son amant. À son tour, elle donna, entourant de ses doigts la virilité fièrement érigée, le faisant s'arquer sous le plaisir, jusqu'à ce qu'il la supplie pour sa délivrance et qu'elle l'enfourche, plaquant ses épaules sur le matelas tandis qu'il refermait ses mains sur sa taille fine. La passion les emporta de concert, très loin de cette chambre d'auberge anonyme, dans un lieu où seuls allaient les amants.

Ils firent l'amour toute la nuit, tantôt sauvagement, tantôt doucement, se rassasiant l'un de l'autre, car ils ignoraient à quel moment ils se reverraient. Ce pouvait être demain, dans plusieurs jours, plusieurs mois… Ils vivaient au jour le jour, sans savoir de quoi l'avenir serait fait.

Chaque jour pouvait être le dernier…

***

Ce furent des années de guerre et de combat, des années d'étreintes furtives, de fuite et de dissimulation, durant lesquelles Harold remporta des victoires et perdit des batailles, mais jamais il ne put approcher Duncan et Ailis.

Et puis vint un jour funeste pour Avalon…

***

An 1220, en Avalon

Duncan était nerveux. L'heure du choix approchait pour lui. Enfin, choix était un grand mot, car il avait toujours su ce qu'il déciderait l'heure venue. Plus que quelques mois et il deviendrait un loup-garou.

Si toutefois il survivait à la morsure…

Le jeune homme en était là de ses pensées quand Ailis surgit brusquement dans la cabane où ils se cachaient. Stupéfait, il eut à peine le temps d'ouvrir les bras pour réceptionner sa cadette en larmes.
— Ailis ? Mais que se passe-t-il ?
— Oh, Duncan, c'est affreux, affreux… !
— Qu'est-ce qui est affreux ?

— Éréa… Elle est… elle est…

— Ailis, calme-toi, je ne comprends rien à ce que tu dis. Il est arrivé quelque chose à Éréa, c'est ça ?

— Elle est morte, Duncan. Harold l'a tuée. J'ai entendu les gens du village, je me suis cachée pour écouter.

Sonné, Duncan se laissa tomber sur son lit, entraînant Ailis avec lui.

— Que s'est-il passé ? lâcha-t-il dans un souffle.

— Harold a attaqué le palais. Il avait des mages noirs avec lui. D'après ce que j'ai entendu, la bataille a été terrible. Elle a duré plusieurs jours. Personne ne sait vraiment ce qui s'est passé, mais ils se sont retrouvés face à face et… et… il l'a tuée.

— Ma mère était épuisée. Elle n'avait pas dormi depuis des jours pour défendre le palais contre les mages noirs.

La voix fatiguée d'Ysolda les figea sur place. Levant les yeux, Duncan la vit debout dans l'encadrement de la porte. Tenant toujours Ailis contre lui, il se redressa lentement et tendit sa main libre à la jeune fille, qui ne se fit pas prier et se coula dans ses bras.

— Je suis désolé, Ysolda, chuchota-t-il en lui embrassant les cheveux. Je suis vraiment désolé. Si je n'étais pas venu en Avalon, tu aurais encore ta mère. Pleure autant que tu veux, je suis là.

— Les « si » ne servent à rien. Je ne t'en veux

pas, Duncan et je n'ai pas le temps de pleurer. C'est moi qu'Avalon a choisi pour être la nouvelle Dame du Lac, et c'est ce que j'étais venue te dire.

Duncan se raidit, raffermissant son emprise sur sa compagne. Il n'ignorait pas ce que signifiaient les dernières paroles d'Ysolda.

— Alors nous deux… murmura-t-il, la gorge serrée.

— Nous savions que ce jour arriverait.

— J'avais espéré que nous aurions un peu plus de temps.

— Ce n'en aurait été que plus dur, peut-être.

— Que vas-tu faire, pour Harold ?

— J'ai déjà fait.

— Comment cela ?

— Quand j'ai vu ma mère tomber… Je ne sais pas trop ce qui s'est passé, je pense que mon chagrin et ma colère ont joué un grand rôle dans la suite des évènements. Il y a eu… une sorte de tempête, ou plutôt d'ouragan, un maelstrom de forces magiques qui se sont déchaînées autour du palais. Je te raconte ce que m'ont dit les rescapés de ce jour et ce qu'en a déduit Myrdin, car moi je n'avais conscience de rien. Il semblerait que j'étais le centre de ce déploiement de puissance. Toujours est-il que j'ai renvoyé Harold et les survivants de sa meute en Terre des hommes et que je lui ai définitivement interdit Avalon.

— Es-tu sûr qu'il est encore en vie ?

— Oui. Des espions à moi l'ont vu au château de Chânais. Blessé, mais vivant, et comme c'est un loup-garou…

Ni Duncan ni Ailis n'avaient besoin de plus amples explications. Leur ennemi guérirait vite.

— Au moins, nous sommes débarrassés de lui ici, fit Ailis d'une voix qui tremblait un peu. Ysolda, je suis tellement triste pour toi…

Devinant qu'elle faisait allusion à plus que la perte de sa mère, la Dame du Lac eut un doux sourire à l'intention de son amie.

— Je savais que ce jour viendrait, Ailis. Et Duncan le savait aussi. Même si la charge de Dame du Lac n'est pas héréditaire, Avalon m'a parlé dès que j'ai été en âge de comprendre.

— Maintenant que tu es la souveraine d'Avalon, ne peux-tu changer les lois ?

— Personne ne peut changer les lois édictées par Avalon. Duncan et moi continuerons à nous voir, mais ce sera… différent.

Ysolda déposa un baiser empli d'une douloureuse tendresse sur les lèvres du jeune homme puis se dégagea et recula jusqu'à la porte.

— Au revoir, Duncan.

— Ysolda…

— Chut, ne dis rien. C'est mieux ainsi. Ailis, je te le confie, d'accord ? Prends soin de lui.

— Ne t'en fais pas, je l'empêcherai de faire des

bêtises.

Le battant se referma doucement derrière la Dame du Lac.

***

Six mois plus tard…

La nuit était tombée sur Avalon, une nuit froide et venteuse. Une nuit malsaine qui avait vu se lever la Lune de Sang. Une nuit où les Choses Sombres issues de la lune maléfique rampaient sur la terre de la contrée magique pour trouver leurs victimes. Une nuit qui annonçait la mort et le chaos.

La nuit des vingt ans de Duncan de Chânais…

Il se tenait là, à l'orée de l'une des forêts les plus dangereuses d'Avalon. Bien qu'il n'ait pas grandi en Avalon, il n'ignorait rien de la magie maléfique de la lune rouge. Ses yeux verts ne cillaient pas tandis qu'il les plongeait dans les profondeurs obscures et inquiétantes. La lune rouge jetait des reflets ensanglantés dans ses cheveux blonds. Il allait se mettre en mouvement lorsqu'une voix familière l'interrompit :

— Tu ne comptais tout de même pas partir sans me dire au revoir ?

Le jeune homme se retourna lentement.

— Ysolda…

— Qui d'autre ?

— Comment as-tu su… ?

— Je suis la Dame du Lac, ne l'oublie pas.

— C'est dangereux, la Lune de Sang s'est levée et…

— Je suis une guerrière, Duncan de Chânais. Ne l'oublie *jamais*.

Tout en parlant, elle s'était approchée et avait noué ses bras autour de son cou. Il ne résista pas et l'embrassa passionnément avant de se détacher de son étreinte. Il n'avait pas le droit de douter d'elle ; il savait bien qu'elle serait à la tête de celles qui partiraient affronter les Choses Sombres nées de cette nuit maudite.

— Si jamais je ne revenais pas, prends soin d'Ailis.

— Tu reviendras. Et tu affronteras sa colère.

— Elle est toujours fâchée que je sois parti sans elle après l'avoir emmenée au palais ?

— Folle de rage est plus près de la vérité. Elle a juré de t'étrangler, de t'étriper, de s'en prendre à ta virilité, et pas forcément dans cet ordre. La liste n'est pas non plus exhaustive.

— Voilà qui est rassurant.

Le sourire d'Ysolda s'évanouit cependant très vite.

— Reviens, Duncan.

— Je reviendrai, Dame du Lac. Tu as ma parole.

Le jeune homme effleura du pouce les lèvres de sa compagne en murmurant :

— Je tairai les mots que je n'ai pas le droit de prononcer, mais un jour, je te jure que je serai libre de te les dire.

Une larme unique roula sur la joue d'Ysolda alors que son amant s'enfonçait dans le sous-bois.

Chapitre 8

Tous ses sens aux aguets, Duncan laissa la forêt se refermer sur lui. Il ne devait plus penser à celles qui restaient derrière lui. À chaque pas, il jouait désormais sa vie. Il n'y avait que cette nuit où il pouvait devenir un loup-garou, et pour ne pas être sous la sujétion d'un Alpha, il avait choisi une autre voie, une voie dangereuse, dont bien peu étaient revenus vivants, et qui n'avait jamais été tentée durant une Lune de Sang.

Ses propres chances de réussite étaient infimes.

Cependant, alors qu'il s'enfonçait au cœur de la forêt, il ne pensait pas à l'échec. Il n'avait d'ailleurs jamais envisagé d'échouer. Ses deux années d'enfer auprès d'Harold l'aideraient à s'en sortir. Elles l'avaient endurci, affûté comme une lame mortelle, une lame qui ne demandait qu'à servir et à tuer. Le sang qu'il avait versé, les souffrances qu'il avait subies seraient la clé de sa réussite.

Oui, ses pouvoirs s'étaient épanouis dans la douleur et le sang, le forgeant tel qu'il était aujourd'hui.

Lui donnant sa seule possibilité de survivre à cette nuit.

Duncan savait qu'il était suivi quasiment depuis son entrée dans la forêt. Parfois, il captait un mouvement furtif dans les fourrés alentour, sans jamais rien voir d'autre que les feuilles qui frémissaient sur le passage d'un animal. Il ne pouvait qu'espérer que ce fût bien ceux qu'il était venu chercher. Pour se rassurer, il se disait que si c'était… autre chose, ses poursuivants l'auraient déjà attaqué.

Néanmoins, malgré sa quasi-certitude, sa main n'était pas loin de la garde de son épée. Enfin le jeune homme arriva dans une clairière, au sommet d'une colline. Suivant son instinct, il s'immobilisa et attendit.

Un à un, ils sortirent de l'ombre, à commencer par leur chef. Ils ne se pressaient pas, sûrs que leur proie ne pourrait pas leur échapper. La Lune de Sang jetait des reflets écarlates dans leur fourrure, même dans celle du grand loup noir qui lui faisait face, crocs découverts et un grondement au fond de la gorge. Ses prunelles jaunes fixaient sans ciller l'humain devant lui, qui lui rendait regard pour regard. Sans hâte, Duncan commença à retirer ses vêtements, les laissant tomber sur le sol à côté de l'épée qu'il avait lâchée. Nu, il s'agenouilla sans jamais quitter des yeux l'animal qui avançait sans se presser. La truffe humide se posa dans son cou, reniflant son odeur. Duncan resta de marbre tandis que les longs crocs lui effleuraient la peau. Le loup savait pourquoi l'homme était là. Il n'était pas le premier à venir solliciter les loups d'Avalon pour la morsure. La mémoire atavique de son espèce lui envoyait des images d'autres potentiels loups-garous ayant décidé de subir la morsure d'un vrai loup plutôt que de l'un de leurs semblables. La plupart restaient bloqués dans une forme intermédiaire entre l'homme et l'animal au cours de la première métamorphose et mouraient dans des souffrances terribles. Très peu avaient survécu.

Avec le temps, les loups d'Avalon avaient choisi de presque toujours refuser d'accorder leur morsure. Plus grands, plus forts et plus intelligents que les loups de la Terre des hommes, ils portaient en eux la magie de la contrée qui les avait vus naître, et à ce titre, ils n'agissaient pas tout à fait comme des animaux. L'Alpha qui se tenait devant l'humain venu le solliciter n'avait lui-même jamais mordu un potentiel loup-garou, mais ce soir, il hésitait. L'homme à genoux était différent des précédents. Il y avait quelque chose en lui qui soufflait au loup que peut-être…

Les crocs ivoire s'enfoncèrent dans la chair sans défense, faisant couler le sang tandis que Duncan bronchait sous la douleur. La morsure s'intensifia au point qu'il crut que le loup allait le tuer, puis la pression se relâcha et l'Alpha recula. Un long moment, les prunelles jaunes restèrent fixées sur le jeune homme à présent recroquevillé sur le sol, puis la meute fit demi-tour et disparut, au moment où un hurlement d'agonie retentissait dans la clairière et montait jusqu'à la lune qui éclairait le ciel de sa malsaine lueur écarlate.

Duncan avait l'impression qu'une lame chauffée

au rouge lui fouaillait les chairs. La morsure était incroyablement douloureuse, et il lui semblait que son sang s'était transformé en un feu liquide qui le consumait. Il savait qu'il lui fallait dompter la souffrance, laisser sortir le loup qui affleurait et pour cela accepter plus de tourments encore. La torture qu'il subissait lui fit presque perdre connaissance, mais il lutta, encore et encore, puisant dans la force qu'il avait acquise au cours de ses années d'esclavage pour résister.

Et soudain, la métamorphose s'enclencha, féroce, inexorable. Peu à peu, l'homme disparut pour laisser place à un grand loup crème aux yeux verts, un loup qui resta plusieurs minutes immobile, haletant, repoussant les dernières bribes de son supplice au loin. Sans hâte, le loup se redressa, s'assit sur son arrière-train et leva le museau vers le ciel ensanglanté.

Pour la première fois, le hurlement de Duncan de Chânais retentit en Avalon, un hurlement où se mêlaient la rage, le pouvoir, le défi et le désir de vengeance.

Un hurlement glaçant, qui disait que sous la peau du loup rampait autre chose, une chose dangereuse, sombre et puissante, une chose qui pouvait apporter le chaos lorsqu'elle se déchaînait.

Duncan de Chânais était le premier à survivre une morsure donnée par un loup d'Avalon alors que brillait la Lune de Sang.

Celui qui sortit de la forêt n'était plus un homme.

Il n'était pas non plus un loup-garou.

Il était… autre chose.

Partie 2

Le temps des apprentissages

Chapitre 1

Duncan sortit de la forêt à pas lents. Il se sentait différent au point qu'il en chancelait presque. La perception du loup qui avait envahi son esprit était étrange. Pas désagréable, mais déstabilisante. Le monde autour de lui n'était plus le même depuis qu'il le voyait avec les sens du loup. En principe, un nouveau loup-garou avait un mentor en la personne de celui qui l'avait mordu, mais Duncan, lui, était seul.

Seul avec le loup.

Seul avec cette autre chose qu'il sentait rôder à la lisière de son âme.

Perdu dans ses pensées, le jeune homme ne s'aperçut pas tout de suite que l'aube se levait, éclaboussant le ciel de couleurs tendres. Un rayon de soleil finit par l'éblouir, lui faisant enfin prendre conscience de son environnement. Un instant, il se demanda ce qu'il y avait de différent, puis il comprit.

La Lune de Sang avait disparu.

Jamais Lune de Sang n'avait été aussi courte en Avalon…

Qu'est-ce que ça signifie ? s'interrogea le loup-garou. *Est-ce que ça a un rapport avec ce qui s'est passé pour moi cette nuit et avec ce que je sens en moi ? Je dois regagner le palais au plus vite, il y aura peut-être là-bas quelqu'un qui saura. J'espère que ce que je suis devenu ne mettra pas Ailis en danger…*

Duncan mobilisa ses forces pour créer un portail le ramenant au palais. Ce n'était sans doute pas la meilleure idée du monde – la première métamorphose vidait en général le nouveau loup-garou d'une bonne partie de son énergie –, et il allait sans doute se faire sonner les cloches par Ailis, Myrdin et très probablement Ysolda, mais rentrer par des moyens non magiques ne l'enthousiasmait pas vraiment.

Le jeune homme bénit tous les dieux existants que personne n'ait assisté à sa peu glorieuse arrivée, puisqu'il s'effondra à genoux tandis que le portail se refermait derrière lui. Il s'accorda quelques minutes pour récupérer, et se relevait lorsqu'un timbre familier aux intonations moqueuses retentit :

— J'étais presque sûr que tu ferais quelque chose d'aussi idiot que de rentrer par magie alors que tu viens juste de subir la morsure.

— Bonjour, Myrdin. Content de te voir, moi aussi.

— Dire que j'avais espéré que tes années auprès de moi aient réussi à faire entrer un peu de plomb dans ta cervelle de de Chânais…

— Oh, mais tu y as réussi, rassure-toi. N'as-tu donc pas remarqué que j'ai soigneusement évité d'arriver trop près du palais, pour ne pas tomber directement sur Ysolda et Ailis ?

— Parce que tu crois *vraiment* qu'elles ne sont pas au courant ? Elles fourbissent leurs armes, oui ! Si j'étais toi, je ferais attention qu'il n'y ait pas de champignons dans ma nourriture pendant au moins un siècle.

— Voire deux, renchérit une voix féminine.

Duncan eut à peine le temps de se retourner avant qu'une silhouette rousse se jette contre lui pour le serrer avec une force surprenante.

— Tu vas m'étouffer, petite sœur, murmura le jeune homme pour masquer son émotion. Aïe ! Pourquoi tu m'as frappé ? ajouta-t-il en se frottant l'avant-bras.

— Tu es un loup-garou, je ne peux pas t'avoir fait mal. Et je t'ai frappé parce que tu as utilisé tes pouvoirs alors que tu venais juste d'être mordu par un loup d'Avalon.

— Tu mériterais que je te frappe aussi, d'ailleurs, renchérit Ysolda en lui effleurant la joue d'une caresse, mais Ailis fait ça beaucoup mieux que moi.

— Et moi qui pensais que vous seriez contents de me revoir… soupira théâtralement Duncan.

Ses compagnons éclatèrent de rire devant son air faussement tragique. Ysolda fut la première à recouvrer son sérieux :

— Maintenant que nous sommes rassurés sur ton sort, il serait temps de chercher à comprendre pourquoi la Lune de Sang a disparu aussi vite.

— Justement, tu n'as pas quelque chose à nous dire à ce sujet, Duncan ?

— Moi ? s'étonna l'intéressé, sincèrement surpris.

— Oui, toi.

— Euh… j'ai beau réfléchir, je ne vois vraiment pas en quoi je pourrais avoir un rapport quelconque avec la disparition de la Lune de Sang.

Le jeune homme eut l'impression que le regard grave de Myrdin le transperçait de part en part :

— N'as-tu ramené que le loup avec toi, Duncan de Chânais… ?

Le loup-garou se raidit. D'une manière ou d'une autre, son mentor avait compris…

— Allons ailleurs, lâcha-t-il dans un souffle.

***

Un long silence suivit le récit de Duncan. Ailis se pelotonna plus étroitement sur le fauteuil qu'elle occupait, la gorge nouée par l'angoisse. Ysolda regardait son amant avec un mélange d'inquiétude et de tristesse. Ce dernier finit par se tourner vers Myrdin, le seul à rester à peu près impassible.

— C'est… si terrible que ça ?

— Ça peut l'être, en effet. Tu vas devoir apprendre à maîtriser ce que tu as en toi, ou cela te tuera. Et bien sûr, pas question que tu affrontes Harold tant que tu ne peux pas contenir cette chose.

— Combien de temps ?

— Je ne sais pas, Duncan. Tout va dépendre de toi et ta volonté à garder le contrôle.

— Je réussirai.

— Mais pas seul. Il te faudra de l'aide.

— Toi ?

— Non, pas moi.

— Qui, alors ?

— Un Meneur.

Un nouveau silence tomba sur le petit groupe. On ne trouvait pas un Meneur à tous les coins de rue, même en Avalon. De plus, ils ne frayaient pas vraiment avec les hommes, préférant la compagnie des meutes de loups auxquelles ils étaient liés. Ils n'étaient pas des loups-garous, mais ils partageaient une relation privilégiée avec les loups. Ils étaient aussi capables de maîtriser des loups-garous par leur seule force mentale, un pouvoir mal compris qui effrayait et sur lequel couraient beaucoup de légendes, l'une des plus célèbres étant celle affirmant qu'un Meneur pouvait transformer un loup-garou en esclave dévoué à son service.

— Les Meneurs n'aiment pas beaucoup la compagnie des hommes, finit par murmurer Duncan.

— Ça tombe bien, riposta Myrdin. Tu n'es plus un homme, à présent. Tu es un loup-garou.

— Et comment vais-je faire pour trouver un Meneur ?

— L'un d'eux viendra à toi. Ils savent, Duncan. Je ne sais ni comment ni pourquoi, mais ils savent. Ils viendront te chercher.

— Ça veut dire que tu vas repartir ? fit Ailis d'une toute petite voix. Et que tu repartiras sans moi ?

— Je le crains, répondit Myrdin à la place du jeune homme.

— Il faudra que tu sois là pour mes vingt ans.

— Je serai là, lui promit son frère.

— Bien.

Ailis hésita un instant puis poursuivit, une prière au fond des yeux :

— Avant que tu t'en ailles, j'aimerais voir ton loup.

— J'avoue que moi aussi, l'appuya Ysolda.

Duncan eut une imperceptible indécision, craignant de ne pas maîtriser ce qui errait avec le loup, cependant, il n'avait jamais su dire non à sa sœur, et avant de comprendre ce qui se passait, il se retrouva en train de se déshabiller pour muter, laissant apparaître pour la deuxième fois le grand loup crème.

— Tu es magnifique, murmura Ysolda en s'approchant.

Elle rit quand il nicha sa truffe froide et humide dans son cou.

— Qu'est-ce que tu fais ? protesta-t-elle en sentant une langue râpeuse sur sa peau. N'essaie pas d'en profiter, compris ? Un loup-garou bien élevé n'agit pas de cette manière, même s'il est un très beau loup-garou.

L'éclair malicieux qui traversa le regard de Duncan fit rire encore plus la Dame du Lac, tandis qu'Ailis s'approchait à son tour. Elle passa ses bras autour du cou de son frère et nicha son visage dans la douce fourrure pour y étouffer son chagrin.

— Tu vas me manquer, grand frère.

— Ma Dame ! Ma Dame !

Le cri affolé qui retentissait dans les couloirs fit sursauter tout le monde. Duncan se transforma en hâte, enfilant ses vêtements avec une telle précipitation qu'il déchira sa chemise, ce qui lui valut un commentaire ironique de Myrdin :

— Ce serait plus facile d'en faire apparaître. Nous sommes en Avalon, tu peux le faire.

— C'est ça, moque-toi, bougonna Duncan en reportant son attention sur la servante qui venait de surgir dans le salon et haletait :

— Ma Dame… Il y a… il y a… un Meneur devant le palais. Et des centaines de loups sont avec lui !

— Si vite ? murmura Ysolda.

Elle avait vraiment espéré profiter un peu de la présence de Duncan, hélas il semblait bien que le jeune homme soit forcé de repartir à peine arrivé. Jugulant sa déception, elle reprit à voix plus haute :

— Je m'en occupe. Que personne ne l'approche.

— Des centaines de loups ? s'amusa Myrdin alors que sa nièce renvoyait la servante.

— Il doit y en avoir tout au plus une vingtaine. Elle est gentille et fait très bien son travail, mais un rien l'impressionne. Allons-y.

Le quatuor traversa des couloirs bruissant de conversations excitées. Ysolda prit plusieurs fois le temps de rassurer des gens apeurés ou de tancer ceux qui laissaient trop vagabonder leur imagination, et lorsqu'ils arrivèrent enfin aux portes du palais, elle y avait ramené le calme, si bien que quand les battants s'ouvrirent, on aurait dit qu'ils partaient simplement en promenade.

— Là, fit Myrdin en désignant une silhouette debout à la lisière de la forêt.

L'homme ne bougeait pas d'un pouce. Une trentaine de loups l'entouraient,[2] vadrouillant dans les bois, ou restaient assis, voire couchés auprès de lui. Grand et mince, il s'appuyait sur un bâton noueux. Vêtu en chasseur, il attendait, en silence, sans rien faire, alors qu'ils s'avançaient vers lui. Ses cheveux bruns lui tombaient sur les épaules, encadrant son visage taillé à la serpe et buriné par les éléments, au menton rendu râpeux par une barbe de quelques jours. Ses yeux marron foncé, presque noirs, n'exprimaient aucune émotion tandis qu'ils suivaient leur progression.

— Qui est-ce ? glissa Duncan à Myrdin sans quitter le nouveau venu du regard.

— Un Meneur.

---

[2] Une meute de trente loups n'est pas courante dans la nature.

— J'avais compris, merci. Je veux dire, comment s'appelle-t-il ?

— Personne ne connaît le nom des Meneurs.

Duncan n'eut pas le temps de répondre que l'homme les interrompit d'une voix grave et rocailleuse.

— Si tu tiens absolument à me donner un nom, tu peux m'appeler « Maître », jeune loup-garou.

— Je n'ai jamais appelé personne Maître ! se rebiffa Duncan.

— Il y a un début à tout. Mon nom, tu devras gagner le droit de l'apprendre. En route.

Duncan hésita, peu disposé à l'idée de devoir obéissance à quelqu'un, mais lorsque la présence qui coexistait avec le loup et lui gratta à la surface de son esprit, il se rendit. L'homme lui déplaisait souverainement, hélas pour lui, il n'avait pas le choix. Dans sa fureur, il oublia de saluer ses compagnons et se lança à la poursuite du Meneur, qui s'était éloigné sans se préoccuper s'il le suivait ou non.

— Voilà une cohabitation qui s'annonce… intéressante, commenta Myrdin en retenant difficilement un fou rire.

— Ça t'amuse ? répondit Ysolda en levant un sourcil.

— Énormément ! Je ne sais vraiment pas lequel est le plus à plaindre, dans l'histoire.

— À vrai dire, moi non plus, avoua la Dame du Lac. Il y a peu de gens capables de river son clou à Duncan de Chânais. Qu'en penses-tu, Ailis ?

— Cet homme a intérêt à gagner le respect de Duncan s'il veut le voir obéir. Mon frère déteste plier devant qui que ce soit.

— Ne sois pas inquiète, la rassura Myrdin. Il sait ce qu'il fait. Je sais que c'est dur à entendre, mais Duncan doit apprendre à se soumettre pour vaincre ce qu'il a en lui.

— Et s'il n'apprend pas ?

— Il apprendra, affirma le druide. Il est orgueilleux, mais pas idiot.

— Réponds-moi, Myrdin. Et s'il n'apprend pas ?

— Alors que les dieux nous viennent en aide, car jamais Avalon n'aura connu pareil fléau.

***

— Ça y est, tu es calmé ?

Perdu dans ses pensées, Duncan tressaillit. Ils marchaient depuis des heures, au même rythme régulier qui finissait par avoir un effet hypnotique. Surpris, le jeune homme constata que sa colère avait disparu. Il n'était pourtant pas prêt à se rendre, mais ce fut posément qu'il répondit :

— Je ne suis toujours pas disposé à vous appeler Maître.

— Ni moi à te donner mon nom.

La riposte amusée arracha une grimace à Duncan, qui reconnut en son for intérieur qu'il l'avait méritée.

— Nous sommes arrivés.

— Arrivés où ? répéta le loup-garou, déstabilisé par le changement de conversation.

— Eh bien, là où nous allons passer la nuit.

Dubitatif, Duncan regarda autour de lui. Ils se trouvaient dans une clairière que rien ne différenciait des autres clairières qu'ils avaient traversées, et dans laquelle on ne distinguait pas la moindre trace de présence humaine.

— Pourquoi ici ? reprit-il.

— Pourquoi pas ?

Tout en parlant, l'homme s'était installé sous un arbre. Aussitôt, les loups l'entourèrent, le frôlant les uns après les autres pour le marquer de leur odeur tout en s'imprégnant de la sienne, puis ils se fondirent dans le sous-bois, les laissant seuls.

— Où vont-ils ? s'enquit Duncan.

— Chasser. Et tu devras faire de même pour te nourrir. Ils chassent pour moi, mais à part ce soir parce que tu viens d'arriver, ils ne le feront pas pour toi.

— Je n'ai pas d'armes.

— Tu es un loup-garou, non ?

Duncan se sentit ridicule. Évidemment, vu comme ça…

— Tu t'y habitueras, sourit son compagnon. À présent que nous sommes seuls, montre-moi ton loup.

Le jeune homme hésita, étrangement réticent à l'idée de se dévoiler devant le Meneur. Ce dernier soupira avant de reprendre avec patience :

— Contrairement à ce que tu sembles croire, je ne suis pas ton ennemi. Je suis là pour t'aider à maîtriser ce que tu as ramené avec toi, mais je ne pourrai pas le faire si tu t'obstines à te dresser contre moi.

Duncan détourna le regard, les lèvres serrées en un pli têtu. Il n'avait pas oublié les chaînes qu'il avait portées, et il renâclait à l'idée d'en passer d'autres. Il finit par prendre la parole d'une voix sourde :

— J'ai été… captif une fois. J'ai juré que plus jamais je ne laisserai quelqu'un me dicter ma conduite.

— Tu n'es pas mon captif. Je suis simplement le seul qui puisse t'aider, mais pour cela, tu dois accepter d'abandonner les rênes.

— Et si je ne le fais pas ?

— Ce que tu as en toi te tuera.

Une interminable minute s'écoula, puis Duncan entreprit de retirer lentement ses vêtements. Quand le dernier tomba, le loup remplaça l'homme et fit face au Meneur.

— Tu es impressionnant, commenta celui-ci sans paraître le moins du monde impressionné. L'un des plus grands loups-garous que j'ai jamais vus, et crois-moi, j'en ai vu beaucoup. Approche.

Voyant que le loup ne bougeait pas, le Meneur insista.

— Approche. Je dois voir ce qu'il y a dans tes yeux pour savoir contre quoi tu devras lutter.

Duncan finit par céder et s'avança jusqu'à ce que son museau ne soit plus qu'à quelques centimètres du visage du Meneur. Indifférent au danger que représentaient les longs crocs ivoire, ce dernier se concentra sur le regard vert. Ce qu'il y vit fit passer un frisson d'angoisse sur son corps. Il y avait quelque chose qui rôdait à la lisière de la conscience du loup-garou, une chose qu'il avait déjà croisée auparavant, mais jamais sous une forme aussi puissante, aussi redoutable. La gorge nouée, il poursuivit lentement, ses yeux sombres plantés dans les prunelles du loup :

— Tu as choisi un chemin difficile en allant chercher la morsure d'un loup sauvage, Duncan de Chânais. Tu avais toutes les chances de mourir, et pourtant, tu as résisté, alors même qu'une Lune de Sang s'était levée sur Avalon. Une Lune de Sang qui avait disparu au matin, car ce qui est en toi a absorbé ses pouvoirs. Il te faudra une volonté de fer pour dompter ce que tu es devenu et le plier à ta volonté humaine. Duncan, il y a plus, bien plus qu'un loup en toi. Ton apprentissage sera long, difficile, et si tu ne me fais pas une totale confiance, tu perdras. Personne, pas même toi, ne peut lutter seul contre ça. Tu sais au fond de toi que je ne mens pas, que je ne cherche pas à avoir barre sur toi et que je suis là seulement pour t'aider, alors remise cette fierté inutile qui te fait te comporter comme un imbécile et accepte la main que je te tends.

Le loup-garou resta immobile si longtemps que le Meneur crut avoir échoué, mais soudain, la silhouette blanche devint floue, laissant la place à l'homme. Debout, Duncan inclina la tête en signe de respect :

— Je tâcherai de gagner le droit de connaître votre nom… Maître.

Chapitre 2

An 1223, en Avalon

— Tu es encore blessé, constata Ysolda en effleurant le biceps nu de Duncan.

— Il a dû me maîtriser lorsque j'ai perdu le contrôle, avoua le jeune homme, et ça ne s'est pas fait en douceur.

— C'est-à-dire ?

— Il a envoyé ses loups sur moi.

— Ses loups ?

— Il m'avait prévenu, Ysolda. Ou j'y arrivais, ou il envoyait les loups.

Partagée entre deux sentiments contradictoires, la Dame du Lac ne répondit pas tout de suite. D'un côté, elle comprenait la réaction du Meneur. Protégés par ses dons, les loups ne risquaient pas d'être blessés par Duncan, et ils étaient probablement les seuls à être capable de l'affaiblir suffisamment pour le dominer. De l'autre, elle ne pouvait s'empêcher de lui en vouloir d'avoir livré son amant à sa meute.

— Je ne craignais rien, tu sais, reprit doucement Duncan.

— Ils t'ont quand même blessé.

— Je suis un loup-garou, je cicatrise vite. J'ai subi pire entre les mains d'Harold.

— Pire ? J'ai du mal à y croire.

— Il agit pour mon bien. Harold cherchait à me détruire.

— Tu ne connais toujours pas son nom ?

— Je suppose que je ne gagnerai ce droit que le jour où je parviendrai à tenir en laisse ce pouvoir que j'ai en moi.

Le silence retomba entre les amants. Duncan serra contre lui le corps mince de sa compagne et déposa un baiser au creux de son épaule.

— Je dois transformer Ailis dans quelques jours.

Que ferai-je si je dérape ce jour-là et que je la blesse ou pire, que je la tue ?

— Toi, faire du mal à Ailis ? Tu préférerais te tuer plutôt que de toucher à un seul de ses cheveux !

— Ysolda, je perds le contrôle, dans ces moments-là.

— Je ne suis pas d'accord. Tu ne perds pas le contrôle. Tu as simplement du mal à dompter cette part sombre qui est en toi. Duncan, si tu perdais *vraiment* le contrôle, Avalon serait à feu et à sang. Personne avant toi n'a jamais survécu à ce que tu as ramené avec toi cette nuit-là.

La Dame du Lac s'interrompit un instant avant de se tourner pour caresser la joue de son amant du bout de ses doigts.

— En fait, *personne* n'a jamais ramené ce que tu as ramené…

— J'ignore si je dois ou non m'en féliciter.

— Est-ce vraiment important ? Tu n'as d'autre choix que de faire avec.

La mélancolie contenue dans la voix d'Ysolda alerta Duncan :

— Que se passe-t-il ? Tu as des soucis ?

— Rien d'important.

— Rien d'important ou rien qui ne me regarde ?

L'hésitation de la jeune femme donna à Duncan la réponse qu'il cherchait :

— C'est encore à cause de moi, c'est ça ?

— On m'a en effet fait remarquer que tu prenais trop de place dans ma vie.

— Je ne ferai jamais rien pour prendre ta couronne ni même pour t'influencer en quoi que ce soit !

— Je le sais. D'autres le savent aussi. Mais tu connais les lois d'Avalon. Elles ont certes leurs raisons d'être, et quand tu seras le Seigneur des de Chânais, tu auras toi aussi à te plier à ce que cela implique, cependant certains jours…

Ysolda n'acheva pas sa phrase, pourtant Duncan comprit. Ils avaient tous les deux fait un choix qui engageait à la fois leur avenir et leur liberté d'aimer à leur guise, posant sur leurs épaules un fardeau parfois dur à porter. Ils volaient de temps en temps des moments comme ceux-ci, où la jeune femme le rejoignait pour quelques heures de tendresse partagée, puis elle repartait dans son palais alors qu'il reprenait sa route avec son Maître.

— Fais ce que tu as à faire, murmura le loup-garou, le cœur serré.

La Dame du Lac se retourna et caressa la joue de son amant du bout des doigts, un doux sourire aux lèvres :

— Pour l'instant je suis ici avec toi, et j'ai bien l'intention d'en profiter.

Duncan la saisit par la taille et la renversa sur l'herbe. Ses yeux verts erraient sur le corps nu d'Ysolda, qui de son côté ne se privait pas de détailler celui puissamment musclé de son compagnon. Elle ferma les paupières lorsqu'il se pencha au-dessus d'elle pour effleurer sa peau de ses lèvres si chaudes. Duncan savait faire naître en elle des sensations inconnues, et chaque moment qu'ils passaient ensemble était différent du précédent. La jeune femme laissa échapper un soupir quand la langue du loup-garou taquina la pointe de ses seins, les faisant durcir. La main de Duncan s'était glissée entre ses cuisses et caressait le cœur de sa féminité. Elle s'arqua sous le plaisir, plaisir qu'il redoubla lorsqu'il entra en elle, l'emmenant plus loin encore sur les chemins de l'extase.

***

— Duncan, cesse de tourner en rond comme ça, tu me donnes le vertige !

— Tu voudrais que je tourne en carré, peut-être ? grommela le jeune homme.

— C'est censé être drôle ?

— C'est censé me détendre. Ailis, je suis mort de peur à l'idée de te blesser !

— Pourquoi voudrais-tu me blesser ?

— Tu as vu ce qu'il y a en moi ?

— Un loup. Et il est magnifique.

— Il n'y a pas que ça…

— Eh bien, l'autre, tu le laisseras aux oubliettes. De toute façon, pourquoi voudrais-tu qu'il sorte ? Je ne suis pas un danger pour toi.

— Et s'il le considérait autrement ? Je ne peux pas toujours prévoir ce qu'il va faire.

— Fais-toi confiance. Moi, j'ai confiance en toi. Tu m'as toujours protégée, pourquoi me ferais-tu du mal aujourd'hui ?

Ailis s'avança et noua ses bras autour de la taille de Duncan, appuyant sa tête sur sa poitrine.

— Tu es mon grand frère. Tu ne me feras jamais de mal. Laisse sortir le loup, maintenant.

Duncan embrassa les cheveux roux de sa cadette puis recula de quelques pas. Il retira ses vêtements, et quelques secondes plus tard, le loup avait pris sa place. Ailis s'approcha et caressa la fourrure crème, un sourire aux lèvres.

— Désolée, je ne peux pas m'en empêcher. Ta fourrure est si douce…

L'éclair rieur dans les prunelles du loup prouva à Ailis que son frère ne lui tenait pas rigueur de son geste. Elle déposa un baiser sur la truffe humide, puis se déshabilla à son tour avant de s'agenouiller. Frissonnante, le cœur battant à tout rompre, la jeune femme passa ses bras autour du cou du loup-garou et se serra contre lui.

— Vas-y, murmura-t-elle d'une voix étouffée par la fourrure.

Duncan pencha légèrement la tête et ses longs crocs effleurèrent la peau crémeuse. Pour la première fois de sa vie, il s'apprêtait à blesser sa sœur, et l'idée lui déplaisait profondément. Il dut prendre sur lui pour percer la chair et quand le sang d'Ailis coula, il laissa échapper un gémissement de douleur. Bien qu'il sache n'avoir pas le choix, il se sentait coupable de meurtrir sa cadette adorée. De plus, la crainte lancinante que l'inquiétante compagnie qu'il abritait surgisse ne le quittait pas, et il bandait toute sa volonté pour la repousser, au détriment de son contrôle sur la force de sa morsure.

— Ce n'est rien, chuchota Ailis en réprimant un mouvement de recul instinctif pour ne pas faire de peine à son frère. Rien du tout. Continue.

Les crocs s'enfoncèrent d'un coup. Ailis eut l'impression que des poignards déchiraient sa chair fragile, puis soudain la souffrance de la morsure fut reléguée au second plan par la sensation d'une présence grandissante dans son esprit, une présence inconnue et familière tout à la fois.

— *C'est ta louve que tu sens.*

— Duncan ? C'est toi ?

— *Oui, petite sœur. Je te parle grâce au lien qui s'est créé entre nous. Il va falloir que tu laisses sortir la louve, maintenant. Ne lutte pas contre elle, laisse-la prendre les commandes. La métamorphose n'est pas douloureuse, tu vas simplement passer d'un état à un autre, mais tu dois laisser la louve s'exprimer. Ouvre-lui ton esprit.*

Ailis obéit en hésitant. Ce qui rôdait aux confins de son âme n'était pas agressif et paraissait vraiment désireux de ne faire plus qu'un avec elle. Une boule d'angoisse au fond de la gorge, elle permit à la nouvelle venue d'entrer, et soudain, ce fut comme si un voile tombait de ses yeux. Tout autour d'elle lui sembla différent, plus riche d'odeurs, de bruits et de couleurs. Elle eut soudain envie de courir pour explorer ce nouvel univers qui s'offrait à elle. La mutation s'effectua sans heurts et bientôt, une jolie louve rousse aux orbes d'émeraude se tint à côté du grand loup crème. Plus petites que les mâles, les louves-garous n'en étaient pas moins d'une taille supérieure à celle des loups normaux, et étaient aussi dangereuses que leurs alter egos masculins.

— *Tu es très belle, sœurette.*

— *Je ressemble à quoi ?*

— *Une bien trop jolie louve rousse aux yeux verts. Je vais devoir jouer des crocs pour garder les autres loups-garous loin de toi.*

— *Duncan de Chânais, ne t'avise pas d'essayer de jouer à ça, ou je pourrais bien te servir un plat de champignons qui te rendrait nettement moins attirant auprès des innombrables demoiselles qui te tournent autour.*

— *Ça ressemble à une menace…*

— *Parce que* c'est *une menace.*

Un rire mental secoua le loup-garou. Il donna un coup de tête affectueux à sa compagne, suivi d'un grand coup de langue sur le museau.

— *Viens, allons courir un peu. Tu verras, ça change tout d'être sous cette forme.*

— *Duncan, comment se fait-il que je ne sois pas plus déstabilisée que ça par mon changement d'état ? Je veux dire, être sur quatre pattes, ce n'est pas comme être sur deux !*

— *Parce que le loup est en nous depuis notre naissance. Nos sens et nos capacités sont supérieurs à ceux des humains normaux. Adopter la forme du loup quand nous choisissons la morsure nous est aussi naturel que de respirer. Nous ne sommes pas humains, petite sœur, et cela vaut aussi pour ceux d'entre nous qui décident de ne pas devenir des loups-garous.*

La petite louve s'élança, suivie avec un temps de retard par son frère, amusé de la découvrir aussi enthousiaste. Malgré une pointe de mélancolie en voyant sa cadette devenir adulte et décider de son destin, Duncan ne pouvait nier qu'il se sentait rassuré à l'idée qu'elle allait à nouveau venir vivre auprès de lui, et surtout, il se sentait soulagé de savoir qu'en cas de besoin, elle avait plus d'armes pour répondre à Harold que lorsqu'elle était simplement une femme. Bien qu'ils ne soient que deux, ils formaient néanmoins une meute, et les membres d'une meute ne se séparaient pas.

Ils ne rejoignirent le Meneur que plusieurs heures plus tard, toujours sous leur forme lupine. L'homme les attendait assis sur un tronc d'arbre, là où Ailis avait été transformée, en compagnie de ses loups. La jeune femme fut surprise de noter à quel point ces derniers lui semblaient petits, alors qu'auparavant elle les considérait comme de gros animaux comparés aux loups de la Terre des hommes. Elle constata d'ailleurs qu'ils reculaient devant eux, visiblement nerveux. Le Meneur, lui, n'avait pas bougé, et les regardait s'approcher en silence.

— Bravo, Duncan. Tu as parfaitement réussi ta première morsure. Avec le temps, tu apprendras à la rendre indolore, mais pour une première fois, c'était bien.

Le jeune homme reprit forme humaine. Inquiet, il articula d'une voix rauque :

— Il y avait un risque ? Je veux dire… un risque autre que ce que j'ai ramené avec moi ?

— Bien sûr. Certains loups-garous deviennent fous en sentant le goût du sang. Duncan, comment crois-tu que s'établit le lien de la meute ? Il se fait quand l'Alpha avale le sang de celui ou celle qu'il mord.

— Vous ne m'avez rien dit…

— Tu ne crois pas que tu étais déjà assez inquiet comme ça ? J'ai jugé qu'il était mieux que tu ne saches rien.

— Mais… commença le loup-garou sur un ton furieux…

— Ai-je jamais fait quelque chose susceptible de te nuire, Duncan de Chânais ? le coupa le Meneur, glacial.

Stupéfaite, Ailis vit son frère baisser la tête sous la remontrance.

— Pardon, Maître.

Elle avait beau réfléchir, elle ne se souvenait pas d'une seule fois où elle avait vu Duncan s'excuser de cette façon. Perdue dans ses pensées, elle tressaillit lorsque le Meneur se tourna vers elle :

— Ton frère doit apprendre à se dominer lui-même s'il veut dompter la chose qu'il porte en lui, petite louve. C'est à ce prix seulement qu'il pourra vaincre son ennemi. Tu vas souvent me trouver dur avec lui, peut-être même me jugeras-tu cruel, mais il le faut. Regarde, en ce moment, non seulement il ne se contrôle pas, mais en plus, il n'a pas pris le temps de faire apparaître des vêtements pour se couvrir alors que nous sommes en Avalon. Même si tout le monde sait que la nudité n'est pas un tabou pour les loups-garous, un tel comportement n'est pas digne d'un Alpha.

Duncan serra les dents sous le reproche,

cependant, il garda le silence. Il savait que c'était mérité, et la déception éprouvée par son mentor était pour lui la pire des punitions. Il n'avait toujours pas relevé la tête, attendant la sentence qui n'allait pas manquer de tomber.

— Dis-moi, Duncan, reprit d'ailleurs le Meneur, en tant qu'Alpha, que ferais-tu si l'un des membres de ta meute se conduisait comme tu viens de le faire ?

— Je pense que je le punirais.

— Tu *penses* ?

— Je le punirais, rectifia le jeune homme, au supplice.

— De quelle manière ?

— De manière à ce qu'il ne recommence jamais.

— Mais encore ?

— Tout dépendrait de celui que j'ai en face de moi. Pour certains, une punition… physique s'imposerait, pour d'autres, je devrais trouver une autre solution.

— En clair, tu frapperais là où ça fait mal ?

— Oui.

— Oui, qui ?

— Oui… Maître.

— Et en ce qui te concerne, où faudrait-il frapper ?

Duncan hésita un long moment avant de finir par avouer dans un souffle :

— Mon orgueil.

— Je vois que tu te connais bien, approuva le Meneur.

L'homme se leva lentement.

— La leçon que tu viens de recevoir est suffisante. Tes vêtements sont là, tu peux les remettre ou en faire apparaître d'autres. Ailis, je ne te conseille pas d'essayer tout de suite de le faire, la première métamorphose secoue toujours un peu. Tes habits sont avec ceux de Duncan.

Le Meneur s'éloigna sur ces mots, entraînant les loups avec lui. Ailis se concentra pour retrouver forme humaine.

— Il ne te ménage pas, constata-t-elle en enfilant sa chemise.

— Je l'ai mérité, soupira Duncan.

Surprise par cet aveu, la jeune femme s'immobilisa un instant.

— Il t'a changé, aussi.

— Il a raison, Ailis. Je ne dis pas que ça me fait plaisir, mais il a raison. Comment puis-je espérer diriger une meute si je ne sais même pas me diriger moi-même ?

— Mais tu as déjà tellement souffert… Tu as passé deux ans en esclavage auprès d'Harold, tu as dû t'occuper de moi quand nous avons perdu nos parents, tu ne peux pas vivre avec Ysolda comme tu aimerais le faire, tu…

— Arrête-toi, petite sœur ! J’ai *décidé* d’être captif d’Harold. Il le fallait pour que mes pouvoirs de druide soient ce qu’ils sont actuellement. M’occuper de toi n’a pas été une corvée, loin de là. Et Ysolda et moi avons fait notre choix. Nous avons tous les deux des responsabilités qui nous obligent à faire passer notre vie privée au second plan. Nous l’avons tous les deux accepté. Quant à ce qui se passe avec… mon Maître… c’est ce qui doit être pour que je ne sombre pas dans la folie. Je ne suis pas à plaindre.

Ailis garda le silence durant d’interminables minutes avant de poursuivre doucement :

— Duncan, tu seras un Alpha et un Seigneur extraordinaires. Non, tu *es* un Alpha et un Seigneur extraordinaires. Je ne connais personne qui fasse montre d’autant d’abnégation que toi.

— Je ne suis pas encore Seigneur.

— Pour moi si.

Le Meneur sourit en entendant ce dialogue. Il ne s’était pas rendu bien loin, curieux de savoir comment son protégé allait gérer le fait de s’être fait réprimander devant sa cadette. Malgré ce que pouvaient laisser croire les apparences, il aimait beaucoup le fier loup-garou blond. Il était quasiment certain qu’il parviendrait à ses fins et vaincrait un jour Harold, quoi qu’il dût lui en coûter.

D’un claquement de langue, l’homme appela ses loups et s’enfonça dans la forêt.

Chapitre 3

An 1227, en Avalon

Duncan se releva en grimaçant, le souffle court.

— Je crois que c'est ce qui s'appelle se prendre une belle dérouillée, haleta-t-il.

— Je crois aussi, sourit le Meneur en s'appuyant sur le bâton qui lui avait servi à attaquer le jeune homme. Mais comme je te le dis toujours, heureusement, tu es un loup-garou, tu cicatrises vite.

— Là, maintenant, tout de suite, je ne suis pas forcément d'accord avec le « heureusement ».

Duncan tâta précautionneusement ses côtes avant de grimacer à nouveau.

— Cassées ? s'enquit le Meneur sans paraître autrement ému.

— Sans doute.

— Ne respire pas trop fort, alors. Et surtout, ne ris pas.

— Pas de danger, je n'ai pas envie de rire. On remet ça ?

— Non.

— Non ? répéta le loup-garou, abasourdi.

— Duncan, la nuit va tomber et nous avons commencé à nous affronter dès l'aube. Enfin, « affronter » n'est pas le terme exact. Je t'attaque, et toi, tu n'as pas le droit de te défendre.

— C'est ce que nous faisons depuis des années. Vous m'avez dit que c'est le seul moyen pour moi d'apprendre à me maîtriser.

— Et je le maintiens. Ne pas avoir le droit de riposter est la chose la plus difficile à faire pour quelqu'un qui est agressé, surtout quelqu'un comme toi. Pour ce faire, tu dois avoir un contrôle absolu de toi-même. Au début, tu n'en avais pas du tout. Tu te défendais. Pire : tu anticipais et tu attaquais le premier. Tu laissais sortir le loup, et plus encore. Il t'a fallu longtemps pour apprendre.

— « M'a fallu » ? releva Duncan.

— Je pense que tu n'as pas été sans remarquer que tu ne t'es pas transformé une seule fois durant toute cette séance. Ni hier, ni le jour d'avant.

— Vous… vous voulez dire que… ?

— Oui, Duncan. Je veux dire que tu as réussi. Je veux dire que tu domines ce que tu as ramené cette nuit-là.

— Mais ça ne fait que trois jours…

— Ce n'est pas le temps qui est important. C'est la qualité de ta réponse à mes attaques.

— Cela veut-il dire que je peux défier Harold ?

— Je crains qu'il ne te faille patienter encore un peu. Il est un loup-garou depuis bien plus longtemps que toi et maîtrise beaucoup mieux sa forme animale. À l'heure actuelle, dans un combat contre lui, tu perdrais.

Duncan se rembrunit, mais accepta la sentence sans protester. Il avait appris à faire une totale confiance à son mentor.

— Que va-t-il se passer, maintenant ? Je veux dire, pour Ailis et moi ?

— Tu devras faire tes preuves en tant qu'Alpha. Tu n'es pas sans savoir que de nombreuses rumeurs courent en Avalon sur un Meneur accompagné d'un couple, alors que notre nature est de vivre seul avec nos loups. Les enchantements de Myrdin nous ont en partie protégés, mais même eux ont leurs limites. Il est temps que tu sortes au grand jour et que tu te forges ta réputation. Harold doit apprendre à te craindre.

— Comment pourrait-il apprendre à me craindre alors qu'il ne peut pas venir en Avalon ?

— Es-tu naïf au point de ne pas croire qu'il a trouvé un moyen d'espionner ce qui se passe ici ?

Le loup-garou grimaça sous la sèche remontrance.

— Je suis désolé, Maître.

— Duncan.

— Pardon ?

— Mon nom est Duncan.

Le Meneur ne chercha pas à réprimer son sourire devant l'expression abasourdie de son élève, lequel ne parvenait pas à déterminer ce qui le stupéfiait le plus : connaître enfin le nom de son Maître, ou découvrir que celui-ci avait le même prénom que lui.

— Alors ça… finit-il par dire sans trop savoir lui-même de quoi il parlait. Pour une surprise…

— N'est-ce pas ? Allez, viens. Ta sœur doit nous attendre avec impatience afin de tester ses nouveaux onguents.

— Euh… Je ne sais pas si ça doit me rassurer, ça… Le dernier m'a laissé un souvenir… mitigé.

Le Meneur éclata franchement de rire. Duncan avait mis des jours à se débarrasser de la teinture violette qui avait imprégné sa peau – et qui se retrouvait également sur la fourrure du loup lorsqu'il mutait.

— La prochaine fois, tu éviteras de ne serait-ce qu'insinuer que la cuisine est l'affaire des femmes[3].

— Ça… c'est sûr que je ne risque pas d'oublier.

— Ceci dit, il t'a soigné, cet onguent.

— Je me serais quand même passé de certains… effets secondaires. De quoi vais-je avoir l'air comme Alpha si l'unique membre de ma meute me joue des tours pareils ?

— Oh, tu as de la chance qu'Ailis n'ait pas entendu ça, ou m'est avis qu'elle imaginerait aussi un très créatif moyen de te rappeler que jamais elle ne te nuirait en public. Duncan, Avalon est certes dominée par la magie des femmes, ce que je te conseille en passant de ne jamais oublier, mais Ailis te respecte.

— Pourquoi faut-il que tout soit toujours si compliqué, avec les femmes… ? gémit Duncan.

— Tu apprendras. Avec le temps, tu apprendras.

— Avec le temps ?

— La patience n'est toujours pas ton fort, n'est-ce pas, Duncan de Chânais ? Mais ça aussi, tu apprendras. Tu as l'éternité devant toi pour

[3] Bien des siècles plus tard, Duncan repensera avec amusement à cette scène lorsque certains mâles de Chânais et Kergallen se retrouveront en cuisine… (Lire *Pari risqué*, par Aurore Aylin et Ysaline Fearfaol)

apprendre.

Le Meneur s'immobilisa soudain tandis que les loups autour de lui se hérissaient en grondant. Il les calma d'un geste de la main avant de se tourner vers son compagnon, le regard sombre.

— Ta leçon suivante arrive plus vite que prévu.

— Je ne comprends pas.

— Il y a… quelque chose qui se rapproche, quelque chose que tu n'as encore jamais affronté. Quelque chose que tu devras tuer. Si vraiment tu veux être un Alpha digne de ce nom, tu dois pouvoir vaincre ce qui vient sans l'aide de personne, et tu dois savoir le faire, quel que soit ton état physique ou mental.

Tous ses sens en alerte, Duncan ne quittait pas son Maître des yeux. Ce dernier recula sous le couvert des arbres, suivi de sa meute sur le qui-vive.

— Il est l'heure pour toi de te mesurer à l'un de tes pairs. Prends garde à toi, Duncan. Il est devenu fou.

Un battement de cœur plus tard, Duncan se retrouvait seul. Il muta sans plus attendre, attentif à ce qui se passait autour de lui. Il savait qu'il allait affronter l'un des pires dangers existant : un loup-garou devenu fou pour être demeuré trop longtemps sous sa forme animale… Comme tous les habitants d'Avalon, Duncan savait que certains loups-garous préféraient rester sous leur forme lupine. Cela concernait en particulier les membres de la Meute Sauvage, la plus farouche et la plus sanguinaire d'Avalon, qui pour certains n'avaient pas repris forme humaine depuis des années, mais pas seulement. D'autres loups-garous étaient également dans ce cas, des solitaires bien plus dangereux que ceux de la Meute Sauvage, qui, malgré la violence qui y régnait, gardait la structure d'une meute classique de loups-garous. Duncan n'avait pas la moindre idée sur le type d'adversaire qu'il allait rencontrer, mais quel qu'il fût, il était prêt.

Et tout à coup il fut là, grand, puissant, sa fourrure grise emmêlée maculée de sang, ses longs crocs encore rouges du dernier meurtre qu'il avait commis, ou plutôt qu'il était en train d'essayer de commettre, puisqu'il tenait dans sa gueule ce qui ressemblait à un chat noir de grande taille. Loin de se laisser aller, l'animal crachait et feulait, tentant de planter ses griffes acérées dans les babines sensibles. La tache blanche de son poitrail était ensanglantée, sans que l'on puisse dire s'il s'agissait d'une blessure ou de simples éclaboussures de sang. Le loup-garou s'apprêtait à refermer ses terribles mâchoires sur sa proie quand soudain, quelque chose dont il n'avait pas perçu la présence le percuta, l'obligeant à lâcher sa victime, qui s'écroula au pied d'un arbre, haletante. Le chat cligna des paupières une ou deux fois avant de se redresser sur ses pattes tremblantes et de reporter son attention sur la scène qui se jouait devant lui. Ses yeux aux pupilles fendues s'agrandirent lorsqu'il vit les deux loups-garous aux prises l'un avec l'autre. L'affrontement était féroce, impitoyable. Il n'avait rien d'une lutte de dominance pour la place d'Alpha. C'était un duel dont l'issue ne pouvait qu'être mortelle. Les crocs cherchaient les gorges vulnérables, pour trancher les jugulaires qui s'y cachaient et vider le vaincu de son sang. Les deux belligérants arboraient chacun de nombreuses blessures. Le chat frissonna d'angoisse quand le loup crème, handicapé par ses côtes brisées, se retrouva brusquement en état d'infériorité, coincé sous le loup gris. La victoire de ce dernier semblait inéluctable. Il allait porter le coup de grâce lorsqu'il sauta en arrière en glapissant de douleur. Du sang coulait de son ventre déchiré par les griffes de Duncan. D'un coup de reins, celui-ci se remit sur ses pattes et fonça sur le loup gris, qui chuta à son tour, déséquilibré par l'assaut du loup crème. Sa gorge fut exposée une fraction de seconde, ce qui suffit à son adversaire. Les puissantes mâchoires se refermèrent, tranchant la chair, jusqu'à ce qu'une fontaine écarlate jaillisse. Le loup crème recula de quelques pas tandis que les soubresauts de l'agonie agitaient le loup gris, puis il s'assit et leva son museau rougi vers le ciel pour hurler sa victoire. Duncan tourna son regard vers le chat quand les buissons s'écartèrent à nouveau, livrant passage à un loup noir presque aussi grand que lui, qui s'immobilisa en découvrant la scène. Lentement, le loup crème se remit debout, tandis qu'un sourd grondement sortait de sa gorge. Le loup noir ne bougea pas, se contentant de muter là où il était, sans se soucier de faire apparaître des vêtements pour couvrir son corps musclé.

— Du calme, fit le nouveau venu d'une voix rocailleuse qui semblait n'avoir pas servi depuis un moment. Je ne suis pas là pour me battre. Enfin, pas aujourd'hui.

— Et tu es ?

Duncan avait à son tour repris forme humaine. Pas plus que son vis-à-vis, il ne s'était soucié de faire apparaître des vêtements. Ils se défiaient, les poings serrés, les mâchoires crispées. Les yeux noirs de l'arrivant lançaient des éclairs, et ses cheveux de jais aux mèches rebelles, qui frôlaient ses épaules, accentuaient son air sauvage.

— Beowyn d'Avalon, Alpha de la Meute Sauvage. Celui que tu as tué était l'un des miens.

— L'un des tiens devenu fou.

— Pourquoi penses-tu que j'étais après lui ?

— Fâché parce que je t'ai privé d'une bagarre ?

Beowyn réprima un mouvement d'humeur tandis que ses prunelles s'assombrissaient encore.

— Qui donc crois-tu être pour me parler sur ce ton ?

— Duncan de Chânais, Alpha de la meute du même nom.

— Ainsi donc, c'est toi qu'Harold de Chânais voue aux gémonies…

— Harold de Chânais est un mort en sursis.

L'Alpha de la Meute Sauvage éclata de rire.

— J'avoue que j'aimerais voir ce combat ! Un louveteau contre un loup de la puissance d'Harold…

Beowyn n'eut pas le temps de comprendre ce qui se passait que déjà Duncan était sur lui et le contraignait à plier les genoux. Le Loup Sauvage tenta de se dégager, mais la poigne de son antagoniste était trop forte, et il fut forcé de rester au sol, le bras tordu dans le dos.

— Ne parle pas de ce que tu ne connais pas, Alpha de la Meute Sauvage, grondait au même instant la voix de Duncan à son oreille. Tu n'as pas idée de qui je suis et de quoi je suis capable. Je pourrais te tuer d'un seul geste si je le souhaitais, mais l'ignorance n'est pas un motif de mort, aussi je vais me contenter de tes excuses les plus plates et les plus sincères.

Beowyn voulut à nouveau se libérer. Il gémit de douleur lorsque son bras se brisa.

— J'attends, reprit Duncan, glacial.

Pour la première fois depuis bien des années, un frisson de peur courut sous la peau du vaincu. Il sentait quelque chose rôder sous la surface de l'esprit de son vainqueur, quelque chose de froid, de dangereux, quelque chose qui le poussa à se soumettre malgré sa force et son courage.

— Je suis… désolé. Sincèrement désolé.

— N'oublie jamais le jour où je t'ai épargné, Beowyn d'Avalon. Cela ne se reproduira peut-être pas si nos chemins venaient à se croiser à nouveau.

Duncan lâcha le loup-garou, qui se redressa avec difficulté, serrant son bras cassé contre lui. Beowyn lui jeta un regard meurtrier avant de tourner les talons et de quitter la place.

— Tu ne t'es pas fait un ami, constata soudain une voix inconnue. Mais en ce qui me concerne, je suis content que ton chemin ait croisé le mien.

Duncan, qui relaçait sa culotte de peau, releva vivement la tête. Il haussa un sourcil étonné en voyant un homme là où se trouvait précédemment le chat. De taille moyenne, âgé en apparence d'une quarantaine d'années, il avait de courts cheveux châtain et des yeux marron où brillait une lueur dorée.

— Cat Sidhe[4] ? commenta Duncan en achevant

---

[4] Dans la mythologie celtique, les *Cat Sidhe* sont des chats fantômes qui hantent les Highlands. De grande taille, ils sont noirs avec une tache blanche sur la poitrine. Le fait qu'ils soient capables de prendre un aspect humain est une libre adaptation par l'auteur de certaines légendes disant qu'ils sont des sorcières transformées. *(Note de l'auteur)*

son geste.

— Yvonelimus pour vous servir, Monseigneur, le salua son interlocuteur en exécutant une profonde révérence.

— Duncan de Chânais. Mais je suppose que tu l'avais déjà compris.

— En effet.

— Tu es blessé.

— Toi aussi. Et tu as blessé Beowyn dans sa fierté. Il risque de t'en vouloir.

— Il n'a qu'à s'installer au bout de la file des gens qui veulent ma peau, et quand son tour viendra, il se prendra une nouvelle raclée.

— Tu es bien sûr de toi.

— J'ai mes raisons. Suis-moi, ma sœur est guérisseuse, elle va nous remettre en état, et tu me raconteras comment tu t'es retrouvé entre les mâchoires d'un loup-garou.

— Si je le savais moi-même… soupira Yvonelimus. Il m'est tombé dessus alors que je me promenais tranquillement à la recherche d'une taverne.

— Une taverne ?

— Mon rêve est d'être le patron d'une petite taverne sympathique, et c'est sous ma forme de chat que je suis le plus à même de juger de la respectabilité ou non-respectabilité d'un établissement.

— Et… tu recherches quoi, exactement ?

— Une taverne pas trop respectable. Histoire de ne pas m'ennuyer[5].

Les derniers mots du Cat Sidhe firent rire Duncan… qui porta aussi la main à ses côtes douloureuses :

— Ouch…

— Fêlées ?

— Cassées.

— Et avec des côtes cassées, tu as tué un loup pris de folie et vaincu Beowyn d'Avalon ? Décidément, j'aime mieux t'avoir comme ami que comme ennemi !

— Je n'ai pas encore décidé si tu étais mon ami…

Yvonelimus eut un mouvement de recul, ce qui arracha un sourire à son compagnon :

— Je plaisante.

— Je ne suis pas sûr d'aimer ton sens de l'humour.

— S'il avait dû te mordre, ce serait fait depuis longtemps, lança une voix féminine.

— Étant donné que je viens de le voir égorger un

---

[5] Tout le monde aura compris qu'Yvonelimus a réalisé son rêve en Terre des hommes, en devenant, sous le nom d'Yvon, le patron du *Loup Déchaîné*, un bar tout ce qu'il y a de moins respectable…

loup-garou qui avait renié sa partie humaine avant de mettre à genoux l'Alpha de la Meute Sauvage, j'estime prudent de me montrer circonspect. Je suppose que tu es sa sœur ?

— Ailis de Chânais, louve et guérisseuse.

— Comment nous as-tu trouvés ? intervint Duncan.

— J'ai un lien avec toi, grand frère chéri, tu as déjà oublié ?

— Je pensais l'avoir fermé.

Le petit sourire supérieur arboré par Ailis dissuada Duncan d'approfondir le sujet. Les capacités de sa cadette étaient parfois effrayantes.

— Tu as vraiment mis Beowyn à genoux ? s'enquit le Meneur, qui venait de les rejoindre. Bonjour, Yvonelimus.

— Bonjour, Duncan, répondit le Cat Sidhe.

— Il m'a énervé, riposta au même instant le loup-garou. Mais pourquoi est-ce que tu me dis bonjour ? ajouta-t-il en se tournant vers Yvonelimus.

— Ce n'est pas à toi que je parlais.

— Vous vous connaissez ? Et tu connais son nom ?

— Oui et oui.

L'expression amusée d'Ailis alerta son frère, qui lui fit brusquement face :

— Pourquoi ai-je l'impression que toi aussi tu as connu son nom avant moi ?

— Parce que c'est le cas.

— Et pourquoi suis-je le seul à avoir dû gagner ce droit ? poursuivit Duncan en se tournant vers le Meneur, dont les yeux pétillaient de malice.

— Parce que sans avoir appris l'humilité, tu n'aurais jamais pu maîtriser ce qui est en toi. Je te l'ai déjà dit, mais je te le répète, il te fallait accepter d'être soumis pour soumettre à ton tour.

Le jeune homme parut sur le point de se mettre en colère, puis il céda dans un soupir.

— D'accord, je me rends. De toute façon, quelque chose me dit que sur ce coup-là, je n'aurai pas le dernier mot.

— Bien, maintenant que les évidences sont établies, je vais pouvoir vous soigner, tous les deux. Allez, assis ! reprit Ailis.

— Ici ? s'étonna le Cat Sidhe.

— J'ai tout ce qu'il faut là-dedans, répondit son interlocutrice en tapotant le sac de remèdes qu'elle portait en bandoulière.

— Commence par lui.

L'ordre de son frère ne surprit pas Ailis. Duncan avait toujours fait passer les autres avant lui. Le loup-garou se laissa précautionneusement tomber au pied d'un arbre avant de lever les yeux vers le Meneur.

— Qui est ce Beowyn ?

— Personne ne sait d'où il vient ni qui l'a

transformé. Il a ton âge, et son premier acte en tant que loup-garou a été de défier et de tuer l'Alpha de la Meute Sauvage.

— Tuer ? répéta Duncan en caressant le loup venu se coucher auprès de lui.

— Oui, tuer.

— C'est… contre les règles, même pour la Meute Sauvage.

— Je ne te le fais pas dire.

Duncan ne répondit pas. Il avait eu une sensation étrange lorsqu'il avait vaincu le loup-garou, une sensation qui s'accrochait à lui et le mettait mal à l'aise.

Tout au fond de lui, il devinait qu'il était loin d'en avoir fini avec Beowyn d'Avalon…

Chapitre 4

An 1230, en Avalon

— Tu rêves encore à ton beau loup-garou blond ?

Ysolda se retourna en souriant en entendant la voix familière de son amie Siobhan. La jeune femme vint prendre place à ses côtés en insistant, taquine :

— Je me trompe ?

— Et quand bien même je penserais à lui ? Mes

rêves m'appartiennent toujours.

— Tant que ça ne reste que des rêves…

— On dirait que tu viens m'annoncer de mauvaises nouvelles.

— Mauvaises, je ne sais pas, mais on jase pas mal sur votre… relation. Surtout maintenant que Duncan commence à se forger une réputation en Avalon.

— Curieuse célébrité que la sienne… À ce que je sache, il est surtout connu pour ses bagarres. Ou plutôt, pour les raclées qu'il met à ceux qui le défient.

— Tout le monde a l'air de penser qu'une meute composée de deux membres est une meute faible.

Ysolda éclata de rire à ces mots tant mettre « Duncan » et « faible » ensemble lui paraissait aberrant. Elle qui connaissait son secret savait à quel point il était dangereux. Quant à Ailis… Il lui suffisait de regarder une plante pour en deviner les diverses utilisations, et si elle pouvait élaborer des remèdes qui guérissaient, elle était aussi une experte en poisons.

— À eux deux, ils sont capables de mettre une armée au tapis, commenta Ysolda, amusée. Surtout si Ailis se mêle de faire la cuisine.

Ce fut au tour de Siobhan de rire. Les exploits d'Ailis enfant étaient devenus une légende en Avalon, et tout le monde préférait qu'elle se tienne à l'écart de la préparation des repas, surtout quand elle était contrariée.

— Il vaut mieux avoir Ailis comme amie que comme ennemie, c'est un fait, approuva Siobhan. Mais tout ceci nous éloigne du sujet principal…

— Duncan et moi, c'est ça ?

— Duncan et toi.

— Duncan ne fera jamais rien qui puisse nuire à Avalon, je le sais au plus profond de moi-même. Il est bien trop droit et trop loyal pour ça. Son père l'a adoubé chevalier peu avant de mourir, et contrairement à bien d'autres, il respecte les valeurs qu'il a juré de défendre.

La Dame du Lac soupira tandis que ses yeux erraient sur son jardin.

— Mais d'un autre côté, je comprends les inquiétudes que sa présence à mes côtés peut générer. Avalon a presque été détruite à cause de la relation entre l'une de celles qui m'ont précédée et son amant avide de pouvoir. Depuis, des règles ont été édictées afin qu'Avalon ne tombe jamais sous la coupe d'un homme. Des règles que je ne respecte qu'imparfaitement.

— Si tu avais… disons… une centaine d'années de règne derrière toi, les réactions seraient différentes, mais les choses étant ce qu'elles sont…

— Je sais bien que tu as raison, Siobhan, cependant…

La jeune femme soupira sans achever sa phrase,

partant plutôt sur une autre idée :

— Duncan et moi n'ignorions pas qu'il y avait un prix à payer pour la place que nous occupons, et nous le paierons. Je ferai toujours passer Avalon avant tout, tout comme il fera toujours passer sa meute avant tout.

Une lueur espiègle traversa le regard bleu-violet d'Ysolda.

— Cependant, je reste la souveraine d'Avalon, et à ce titre, je me réserve le droit… de, disons, arranger les choses à ma façon.

Siobhan ne chercha pas à retenir son rire.

***

Duncan marqua un temps d'arrêt en arrivant devant le palais.

— Nous y voilà.

— Tu dis ça de l'air d'un chat qui se retrouve soudain devant un bol de crème, commenta Ailis.

— Ah oui ?

— Oui.

Un sourire de prédateur étira lentement les lèvres du loup-garou. Ailis leva les yeux au ciel avec désespoir.

— Tu vas encore jouer à qui pisse le plus loin, n'est-ce pas ?

— Quel vocabulaire, petite sœur…

— Ne prends pas cet air outragé. Il te va mal.

— Mais je *suis* outragé ! protesta théâtralement Duncan en faisant rouler ses yeux dans leurs orbites.

— Qu'est-ce qu'il ne faut pas entendre… Je suis contente de voir Ysolda ; je vais pouvoir lui raconter à quel point tu es pénible à supporter.

— Tu ne ferais pas ça ? s'horrifia son aîné en se tournant vivement vers elle.

— On parie ?

Le jeune homme préféra ne pas répondre et dévia la conversation :

— Nous ferions mieux d'y aller, sous peine d'être en retard.

— En retard ? Nous avons un jour d'avance !

— On ne sait jamais. Et nous ne sommes pas encore vraiment arrivés ; qui sait ce qu'il peut de passer d'ici que nous soyons à l'intérieur ?

— Je n'arrive pas à croire que tu te réjouisses autant à l'idée de te battre. Te connaissant, je ne devrais pas être étonnée, et pourtant, je le suis.

— Me connaissant ? Ça veut dire quoi, ça ?

— Rien d'autre que « Je n'arrive pas à croire que tu te réjouisses autant à l'idée de te battre. Te connaissant, je ne devrais pas être étonnée, et pourtant, je le suis ».

Duncan haussa un sourcil dubitatif, choisissant de ne pas continuer à argumenter. De toute façon, la silhouette qui arrivait vers eux détourna ses pensées de sa joute verbale avec sa sœur. Il s'inclina devant la souveraine d'Avalon.

— Ma Dame…

— Je suis contente de te voir, Duncan, sourit Ysolda en s'arrêtant à quelques pas de lui.

Alerté par le formalisme de la jeune femme, Duncan se tendit.

— Il y a un problème ?

— On peut dire ça comme ça.

— Laisse-moi deviner… Notre… relation est encore venue sur le devant de la scène, n'est-ce pas ?

Ysolda acquiesça tandis que Duncan se rembrunissait.

— Souhaites-tu que je parte ?

— Non, il s'agit d'une rencontre entre tous les Alphas des meutes d'Avalon, tu te dois d'y être. Surtout que tu es concerné au premier chef.

— Pourquoi ces réunions se déroulent-elles toujours au palais ? s'enquit Ailis, curieuse.

— Je suis la garante de la non-agression entre les Alphas. C'est toujours délicat de faire cohabiter autant de personnalités dominantes sans qu'elles se sautent à la gorge. Le palais de la Dame du Lac est un territoire neutre.

— Tous les Alphas sont-ils vraiment là ? poursuivit la guérisseuse.

Ysolda eut un sourire amusé.

— Oui, tous. Y compris l'Alpha de la Meute

Sauvage.

— Mmmm… Intéressant…

— Comment ça ? se hérissa aussitôt Duncan.

— Il est plutôt beau garçon, non ?

— Beau gar… ? s'étrangla son frère, avant de comprendre que sa cadette le taquinait.

Il s'éloigna à grands pas rageurs, tandis qu'Ysolda chuchotait à l'adresse d'Ailis tout en réprimant un rire :

— Tu étais sérieuse ?

— À propos de quoi ?

— De Beowyn.

— J'ai bien le droit de m'amuser, non ?

— Aux dépens de ton frère ?

— Peut-être pas seulement…

Les deux jeunes femmes échangèrent un regard complice. La réunion à venir s'annonçait tout à fait intéressante…

***

Comme chaque fois que les Alphas se réunissaient, la tension était à son comble. Un pacte de non-agression avait beau être signé avant ces rencontres, les débordements n'étaient pas rares. Et la présence de Duncan de Chânais n'arrangeait pas les choses. Le loup-garou blond avait un don certain pour cristalliser les rancœurs autour de lui, en particulier parce qu'il avait remporté haut la main tous les défis qui lui avaient été lancés. Un nouveau chef de meute attirait inévitablement les provocations de la part de ses pairs, désireux de savoir ce que valait l'arrivant. La plupart du temps, ces luttes se terminaient par un statu quo entre les combattants. Parfois, l'un d'eux était vaincu et perdait son statut tout neuf, ou au contraire gagnait celui de son adversaire.

Duncan, lui, avait littéralement pulvérisé toutes ces lois. Il avait soumis chacun de ceux qui s'étaient opposés à lui, mais n'avait pas pris le contrôle de leur meute. Il s'était contenté de les obliger à plier, comme il l'avait fait avec Beowyn quelques années plus tôt. Il ne s'estimait pas concerné par ce qui se passait ensuite au sein de la meute dont il avait vaincu le chef et la laissait régler ses problèmes en interne. Sa réputation avait grandi, se teintant de crainte et d'un respect au goût d'amertume.

Résultat : jamais réunion n'avait été aussi tendue…

Sans paraître autrement impressionnée, Ysolda s'avança dans la salle. Son regard glacial erra sur les Alphas, qui s'agitèrent avec nervosité, mais ne pipèrent mot. Seul Duncan resta impassible, se contentant d'incliner la tête en signe de déférence devant la souveraine d'Avalon, ce qui valut plus d'un coup d'œil exaspéré, auquel il répondit par un sourire goguenard qui ne fit qu'irriter encore un peu plus ses pairs. L'un d'eux en particulier le fixait avec une colère non dissimulée. Grand, bâti en athlète, le visage carré à l'expression dure, des yeux noirs aux lueurs dorées et des cheveux bruns qui lui tombaient sur les épaules, Archambauld avait l'habitude d'être celui qui était craint durant ces réunions – Beowyn étant bien entendu à part dans cette équation en raison du statut particulier de la Meute Sauvage, qui se tenait à l'écart des autres clans. Or, depuis l'arrivée de Duncan, il n'était plus celui dont on parlait avec appréhension en Avalon. L'Alpha de la meute de Chânais le surpassait. Et surtout, la Dame du Lac ne semblait s'intéresser qu'à lui, ce qui ne faisait pas du tout l'affaire d'Archambauld, qui rêvait de la mettre dans son lit.

Le loup-garou aux yeux noirs crispa les poings et son regard d'obsidienne s'assombrit encore lorsque Duncan haussa un sourcil ironique à son attention, obligeant Ysolda à réprimer un fou rire bien peu digne de son rang. Le jeune homme provoquait Archambauld avec une telle insolence qu'elle se demandait si elle allait pouvoir maintenir le calme durant la réunion. En principe, les chefs de meute observaient la trêve, mais des débordements avaient déjà eu lieu dans le passé. Certains d'entre eux s'étaient terminés par des morts, et si les fautifs avaient été châtiés pour n'avoir pas respecté les lois d'Avalon, il n'en restait pas moins que le sang avait coulé en terrain neutre. Préférant éviter d'être obligée de se prononcer contre celui qui avait partagé son lit la nuit précédente, Ysolda lui lança un coup d'œil sévère pour lui intimer de cesser son jeu. Beau joueur, Duncan inclina la tête, acceptant la réprimande muette, cependant, personne ne fut dupe. Le loup-garou blond ne cédait pas vraiment, il se contentait de consentir à offrir un répit à ses pairs. Tout en lui continuait à proclamer « aucun de vous n'est capable de me vaincre ». Quand Archambauld le bouscula d'un coup d'épaule en passant devant lui, il ne broncha pas. Son rival eut l'impression d'avoir heurté un mur de pierres et dut se faire violence pour ne pas trahir sa douleur. Le commentaire provocant que lui glissa Duncan ne fit rien pour atténuer sa mauvaise humeur.

— Petit joueur…

Archambauld grinça des dents, mais garda le silence. Il était encore suffisamment maître de lui-même pour comprendre qu'il serait le seul à supporter les conséquences d'un éclat. Duncan avait manœuvré de main de maître.

Je le hais, ragea intérieurement Archambauld. *Je vais prendre un immense plaisir à lui faire mordre la poussière, et ce soir, c'est avec moi qu'Ysolda repartira.*

Il n'était en effet pas rare que la Dame du Lac choisisse pour amant d'une nuit l'un des Alphas à la suite d'une de leurs réunions. C'était la première à laquelle assistait Duncan. Leurs fréquences étaient irrégulières et leurs causes variables, allant d'une querelle impossible à régler à un problème aussi grave que la disparition d'une meute entière – une très ancienne histoire qui avait été éclaircie avec le plus grand mal, jusqu'à ce qu'une druidesse particulièrement opiniâtre prouve que des mages noirs avaient utilisé de l'aconit pour empoisonner les loups-garous les uns après les autres au cours d'expériences particulièrement cruelles. Elles pouvaient être demandées par la Dame du Lac ou par n'importe quel loup-garou ayant des raisons sérieuses de le faire. Seuls les Alphas y assistaient, leurs meutes restant où elles étaient afin de ne pas faire cohabiter trop de loups-garous au même endroit. Elles passaient sous le contrôle de leurs seconds le temps que duraient les réunions, souvent chaotiques, car exemptes d'un quelconque protocole.

Le rassemblement d'aujourd'hui était motivé par le comportement de Duncan. Le mécontentement grandissait contre celui qui ne respectait pas les règles tacites entre les meutes et imposait les siennes propres. Apparemment peu préoccupé par le fait d'être au centre de l'attention générale, ce dernier resta nonchalamment appuyé contre un pilier tandis que ses pairs prenaient place autour de l'immense table ronde.

— Qu'est-ce que tu attends pour t'asseoir sur le siège des accusés ? aboya Archambauld avec agressivité. Après tout, c'est pour te juger que nous sommes tous réunis ici !

— Je suis très bien où je suis.

Un éclair amusé traversa les iris émeraude.

— Maintenant, si tu as envie de m'y obliger, ne te gêne pas.

Incapable de se contenir davantage, Archambauld se dressa, envoyant sa chaise se fracasser au sol, et se jeta sur Duncan. Ce dernier se contenta de lever le bras pour contrer son attaque, avant de saisir le poignet de son adversaire et de le tordre dans son dos, le forçant à plier les genoux. Son visage se durcit tandis qu'il défiait les autres Alphas tout en obligeant sa victime à se courber plus bas encore.

— Le combat que je mène contre Harold de Chânais ne regarde aucun de vous. Je me moque de vos meutes, leur contrôle ne m'intéresse pas. Je ne serai pas celui qui vous cherchera querelle le premier, mais si vous me cherchez, vous me trouverez, et croyez-moi, vous n'aimerez pas ce que vous découvrirez en face de vous.

L'atmosphère devint subitement polaire dans la salle. Tous avaient vu passer cet éclat si particulier dans les orbes verts qui les fixaient, cet éclat indiquant que le loup n'était pas seul à avoir investi l'esprit de Duncan de Chânais lors de la morsure. Mal à l'aise, les Alphas détournèrent le regard les uns après les autres, tandis qu'Archambauld mobilisait toutes ses ressources pour ne pas hurler de douleur sous la poigne implacable qui le maintenait au sol. Il était vaincu et il le savait. La preuve en était que, malgré son orgueil bafoué, il n'essayait même plus de se débattre, chaque tentative ne lui ayant valu qu'un renforcement de la prise qui le crucifiait. Déjà Duncan poursuivait, sur un ton létal qui ne fit qu'accentuer le sentiment de peur rampant autour de ses pairs :

— Quelqu'un désire-t-il maintenir une quelconque accusation contre moi ?

— Penses-tu vraiment pouvoir imposer ta loi à toutes les meutes d'Avalon, Duncan de Chânais ? intervint Beowyn en se levant et en le fixant droit dans les yeux.

Un sourire carnassier fendit les traits de son interlocuteur.

— Souhaites-tu que je refasse ici la démonstration qui t'a mis à genoux, Beowyn d'Avalon ?

Tout en parlant, Duncan laissa affleurer encore un peu plus ce qu'il cachait au fond de lui. À l'instar de ses pairs, Beowyn inspira vivement et une sourde inquiétude se répandit dans ses veines. Avoir entendu les légendes entourant la transformation de Duncan et constater la réalité *de visu* étaient deux choses complètement différentes. L'Alpha de la Meute Sauvage préféra reculer malgré sa fierté blessée. Un à un les yeux des autres se baissèrent, et lorsqu'un claquement sec indiqua que l'Alpha des de Chânais avait brisé l'épaule d'Archambauld, personne ne protesta.

— La réunion est terminée, conclut Duncan d'un ton tranquille.

Archambauld se leva avec difficulté, serrant les dents pour ne pas trahir sa souffrance. Beowyn et lui furent les derniers à sortir. Avant de franchir la porte, ils ne purent s'empêcher de se retourner une ultime fois pour croiser le regard narquois du vainqueur. Archambauld s'assombrit encore quand il vit Ysolda s'approcher de son rival et poser la main sur son torse, un sourire aux lèvres, le revendiquant clairement comme amant pour la nuit à venir. Il dut se retenir pour ne pas claquer le battant derrière lui – la Dame du Lac ne lui aurait pas pardonné un tel éclat – et quitta le palais à grands pas, à l'instar d'un Beowyn rageur.

— Tu ne t'es pas fait des amis, constatait pendant ce temps Ysolda en embrassant Duncan.

Ce dernier se contenta de rire en refermant ses bras autour de la jeune femme.

— Quelle importance ? Ils ne me font pas peur.

Il laissa glisser ses lèvres le long du cou de sa compagne tandis que ses mains s'égaraient sur son corps.

— Et si nous parlions d'autre chose… ? murmura-t-il en prenant possession de sa bouche.

Chapitre 5

An de grâce 1235, en Terre des hommes

La peur rampait dans le duché de Chânais, aussi froide et sournoise que les anneaux d'un serpent. Elle était comme une chose vivante qui tuait tout sur son passage : les rires, l'espoir, l'amour, la moindre étincelle de joie. Elle s'insinuait partout, même dans les cœurs des tout petits enfants, qui grandissaient avec la terreur de croiser la route d'Harold de Chânais.

Depuis la fuite de Duncan et d'Ailis, le Seigneur du clan de Chânais était devenu encore plus sombre et plus violent. Pas un jour ne se terminait sans qu'il fasse couler le sang. Et les membres de sa meute n'étaient pas en reste, si bien que tous tentaient de se tenir à l'écart de leur chemin. Le château reflétait l'ambiance sinistre qui régnait dans le duché. Mal entretenu, il était plus lugubre et plus froid que jamais. Les loups-garous étant insensibles aux variations de température, Harold ne se préoccupait guère des besoins des humains qui l'entouraient. Les seuls qui l'intéressaient étaient ceux ayant des pouvoirs druidiques.

Car Harold n'avait jamais perdu l'espoir de revenir en Avalon. Certes, Ysolda l'en avait banni, mais il restait persuadé qu'il existait une faille dans le sort qu'elle avait lancé.

Il lui suffisait de trouver laquelle…

***

Harold regardait avec exaspération le cadavre à ses pieds, figé dans une forme mi-humaine mi-animale. Encore un échec… Le jeune homme avait lutté de toutes ses forces contre le loup qui envahissait son esprit. La transformation avait pourtant débuté, arrachant des hurlements d'agonie au potentiel loup-garou. En principe, elle était rapide et indolore, sauf si celui ou celle qui mutait refusait de laisser sortir le loup. Harold avait compris que les choses se passeraient mal dès qu'il avait entendu les os commencer à craquer pour que le corps du loup prenne la place de celui de l'homme. Avec détachement, il avait regardé le jeune homme se tordre à ses pieds, haletant de souffrance tandis qu'il tentait d'obliger le loup à rester à l'intérieur.

Il ne voulait pas de la morsure. Pas parce qu'il répugnait à devenir un loup-garou ; au contraire, il aurait sans doute choisi de rejoindre la meute si elle avait été dirigée par un autre Alpha, mais parce qu'il refusait de se retrouver sous la coupe d'Harold de Chânais.

Tout le monde savait comment finissaient les druides qui tombaient entre les mains d'Harold de Chânais…

Lorsque le Seigneur des de Chânais avait compris qu'Ysolda lui avait fermé le passage vers Avalon, il avait réagi aussitôt, en ordonnant à ses druides de le rouvrir. Pas un seul n'avait réussi. Il s'était alors dit que la magie serait plus puissante si les druides en question étaient des loups-garous, et s'était mis à transformer de force tous les membres de son clan ayant ne serait-ce qu'une once de pouvoir, contrevenant ainsi à toutes les lois tacites régissant la mutation, lois que même la Meute Sauvage respectait.

Depuis, l'histoire du duché s'était écrite dans le sang et les larmes… Très vite, les parents dont les enfants montraient des dispositions magiques avaient caché ceux-ci à Harold. Ou tout au moins avaient essayé, car Harold finissait toujours par les découvrir. Il avait des espions partout – tout le monde n'était pas mécontent de le voir régner –, qui n'hésitaient pas à vendre la vie d'un enfant contre des espèces sonnantes et trébuchantes ou la promesse d'un peu de pouvoir.

Quant aux malheureux qui avaient attiré son attention… Harold n'éprouvait aucun scrupule à arracher un enfant à sa famille, même un tout-petit. Ainsi, il était sûr de ne pas perdre des druides potentiels. Les geôles du château étaient pleines de captifs des deux sexes, de tout âge, gardés enfermés jusqu'à leur vingtième année, celle où l'Alpha leur imposait la morsure.

Celle où la plupart d'entre eux trépassaient, soit parce qu'ils étaient trop faibles pour affronter la transformation, soit parce qu'ils la refusaient de toute leur âme.

Quant à ceux qui survivaient…

Ils n'intéressaient Harold que pour une seule et unique raison : ouvrir un portail vers Avalon, et tant pis si la tâche les tuait. Tant pis s'ils étaient trop faibles, tant pis s'ils n'étaient pas formés – comment auraient-ils pu l'être en étant emprisonnés ? –, tant pis si leur mort était douloureuse, tant pis si certains le suppliaient en pleurant de les épargner.

Harold se moquait de savoir que la grande majorité de ceux qu'il avait mordus n'avaient pas les capacités nécessaires pour créer un passage, et encore moins pour défaire un sort condamnant l'accès à la contrée magique. Il se disait que dans le tas, l'un d'eux finirait bien par réussir, quitte à y laisser la vie s'il le fallait.

Coûte que coûte, il retournerait en Avalon…

***

Debout sur les remparts du château, Harold regardait sans le voir le domaine qui l'entourait. Il était contrarié. Vraiment *très* contrarié. Pour la première fois depuis qu'il avait commencé son atroce quête, il n'avait aucun potentiel loup-garou à transformer, et ce durant les six prochaines années.

Quelque chose a dû m'échapper... Ce n'est pas possible que six ans se soient écoulés sans qu'il y ait une naissance sur le duché ! Il y a forcément quelque part des garçons et des filles qui vont atteindre l'âge de la morsure. Je dois *les trouver. Duncan est de plus en plus puissant, il n'est pas question que je lui laisse la moindre chance d'accroître encore ses pouvoirs !*

Certaines des victimes d'Harold avaient en effet réussi à ouvrir une fenêtre sur Avalon avant d'expirer, si bien que le Seigneur des de Chânais n'ignorait pas grand-chose des faits et gestes de Duncan, surtout depuis que ce dernier était devenu un loup-garou à la réputation sulfureuse. Et si Harold était cruel et sans pitié, il était loin d'être idiot. Il ne sous-estimait pas son adversaire.

Le Seigneur du clan en était là de ses pensées quand un bruit derrière lui le fit se retourner d'un bloc. Il se retrouva face à son lieutenant, qui s'empressa de mettre un genou à terre.

— Seigneur, il y a quelqu'un qui demande à vous voir.

— S'il s'agit encore d'un de ces satanés prêtres de cette stupide Église, mangez-le.

— Non, Seigneur. C'est une jeune fille.

— Une jeune fille ?

— Elle dit qu'elle vient d'Avalon et qu'elle est druidesse.

La stupéfaction empêcha Harold de répondre. Une druidesse d'Avalon ? Ici ? Au duché de Chânais ? Il prit le temps de réfléchir aux différentes options qui se présentaient à lui avant de questionner son lieutenant :

— Elle est venue seule ?

— Oui, Seigneur.

Harold se tut à nouveau, évaluant les risques d'un piège, mais la curiosité fut la plus forte.

— Amène-la ici.

— Tout de suite, Seigneur.

Harold n'eut pas longtemps à attendre. Adossé au rempart, il vit apparaître une adolescente de quinze ou seize ans, encadrée par deux loups-garous. Très belle, elle avait de longs cheveux blonds et des yeux bleus à l'éclat dur qui démentaient les traits fins et doux de son visage. Ce fut cet éclat qui attira l'attention d'Harold, bien plus que la trompeuse expression angélique de l'arrivante. Un sourire appréciateur naquit sur ses lèvres tandis qu'il la détaillait.

— Il semblerait que tu désires me voir.

— Je peux t'aider à passer en Avalon.

Si intérieurement Harold fit un bond à cette nouvelle, extérieurement il resta impassible, se contentant de hausser un sourcil dubitatif.

— Vraiment ? Tu me parais bien jeune pour une telle assertion.

— L'âge ne veut rien dire. J'ai des pouvoirs, et je sais m'en servir.

— Ce n'est pas la modestie qui t'étouffe, en tout cas… Peut-être as-tu un nom, en plus de tes pouvoirs ?

— Je m'appelle Morrigane. Et je ne vois pas pourquoi je cacherais que je suis la meilleure.

— La meilleure, rien que ça ?

Harold renversa la tête en arrière en éclatant de rire. Il n'y avait pas à dire, la nouvelle venue lui plaisait. D'un geste, il renvoya les loups-garous qui l'avaient accompagnée.

— Tu me plais, Morrigane. Je pense que toi et moi sommes faits pour nous entendre. Viens un peu par ici.

La druidesse ne se trompa pas sur le sens de l'invite. Ses yeux froids détaillèrent celui qui lui faisait face avant qu'elle ne réplique :

— Le plaisir après. Je veux d'abord savoir si mon offre t'intéresse.

— Mmmmm… Tu es dure en affaires…

Le loup-garou se déplaça à une vitesse telle que Morrigane ne vit rien jusqu'à ce qu'elle se retrouve le dos plaqué contre un torse musclé et qu'une main s'insinue sous ses jupes, écartant sans douceur les lèvres de son sexe.

— Nous parlerons, Morrigane, mais nous le ferons à *ma* façon. Vas-y, je t'écoute. Tu dis que tu peux me faire passer en Avalon. J'attends de savoir comment.

Sa prisonnière tenta de se dégager, mais Harold avait une poigne de fer, et elle réalisa vite qu'elle n'arriverait à rien, même avec ses pouvoirs – il était si proche d'elle qu'elle se serait blessée en lançant un sort –, surtout avec cette main explorant sa féminité et qui faisait naître en elle des sensations affolantes.

— Quand on joue avec le feu, ma belle, il faut s'attendre à se brûler, susurra la voix d'Harold derrière elle tandis que les lèvres du loup-garou se posaient dans son cou. Dis-moi ce que je veux savoir et tu seras récompensée.

Morrigane ne tarda pas à comprendre qu'elle avait perdu la partie. Se réservant le droit de se venger ultérieurement, elle lâcha avec précipitation :

— Pour annuler le sort, il me faut le sang de plusieurs druides en plus du tien. C'est une formule de magie noire. Elle est complexe et dangereuse, et nécessite un tribut de mort.

— Si tu parles de la mort des druides que tu vas utiliser, ça m'est égal.

— Oui, c'est d'eux que je parle. Il faudra… il faudra les vider de leur sang.

— Combien t'en faut-il ? poursuivit Harold alors que la druidesse se tordait dans ses bras.

— Le plus possible.

— La prison est pleine. Tu les prendras tous.

Harold releva les jupes de la druidesse, pressant son entrejambe rigide contre ses fesses nues.

— Et toi, que gagnes-tu à m'aider ?

— La place de Dame du Lac.

— Elle n'est pas déjà occupée ?

— Elle ne le sera plus très bientôt.

— Et si Avalon ne te choisit pas ?

— La magie noire ne sert pas qu'à ouvrir des portails.

Considérant que la conversation était terminée, Harold pencha Morrigane sur les remparts et rabattit ses jupes sur son dos tout en dégageant son membre dur.

— Voilà ta récompense, petite druidesse, murmura-t-il en s'enfonçant en elle d'un coup de reins.

Morrigane se cambra de plaisir sous l'assaut.

***

Quelques jours plus tard, en Terre des hommes

Morrigane adressa un regard agacé à ses futures victimes. Les mains et les pieds liés, elles avaient été jetées au sol par les loups d'Harold, et si les plus âgées se taisaient pour la plupart, ce n'était pas le cas des plus jeunes, qui pleuraient sans retenue.

— Ça suffit ! s'écria la druidesse en giflant à la volée un petit garçon de six ou sept ans qui se trouvait malencontreusement à sa portée. Vous n'échapperez pas à votre sort, alors inutile de gémir !

L'enfant ne fit que sangloter plus fort, énervant encore plus la druidesse. Elle prononça quelques mots à mi-voix, et le silence tomba sur la clairière.

— Qu'est-ce que tu leur as fait ? s'enquit Harold avec curiosité.

— Un simple sort de silence. Ils peuvent hurler autant qu'ils veulent, dorénavant, plus personne ne les entendra.

— Bonne idée. Et maintenant, que fait-on ?

— Ils doivent être égorgés simultanément. Lorsqu'ils seront tous vidés de leur sang, tu y ajouteras quelques gouttes du tien, et le portail vers Avalon s'ouvrira. J'ignore combien de temps il tiendra, il faudra donc passer très vite.

— Tout le monde est prêt ? lança Harold à ses acolytes.

Des murmures d'acquiescement se firent entendre tout autour de lui. Satisfait, le Seigneur des de Chânais se positionna avec Morrigane au centre du cercle formé par les victimes et leurs bourreaux. La druidesse donna le signal et le massacre commença, imbibant l'herbe et la terre du sang de ceux qui périssaient pour qu'Harold de Chânais assouvisse sa soif de pouvoir. Quand le dernier de ces innocents rendit l'âme, le loup-garou entailla son propre poignet, et un peu de son sang se mêla à celui des sacrifiés. Pendant une interminable minute, rien ne se passa, puis soudain un portail apparut. Un portail noir aux contours vacillants, qui exsudait la magie démoniaque utilisée pour le créer. Indifférent aux miasmes écœurants qui s'en dégageaient, Harold muta et le traversa le premier, suivi de Morrigane et de sa meute.

Quelques secondes plus tard, ils foulaient le sol de la contrée magique. Une joie mauvaise au fond des yeux, le loup d'Harold s'assit sur son arrière-train et hurla son défi.

La meute de Chânais était en Avalon, et elle était là pour tuer…

Chapitre 6

An 1238, en Avalon

La Dame du Lac se laissa glisser de sa monture avec accablement. Encore un village détruit, massacré par Harold de Chânais et ses loups-garous… Elle était arrivée trop tard pour sauver les siens. Myrdin s'approcha pour lui poser une main réconfortante sur l'épaule.

— Tu ne peux pas être partout, Ysolda. Depuis qu'Harold est passé en Avalon, tu es sur tous les fronts à la fois.

— Et je n'ai toujours pas trouvé de quelles complicités il a bien pu bénéficier pour contourner mon enchantement. C'est bien sûr de la magie noire, le tout étant de savoir d'où elle vient.

— Tu as des soupçons ?

— Bien trop. Allons voir si nous pouvons encore faire quelque chose.

— Harold laisse rarement des survivants. Ou plutôt, quand il le fait, ce n'est pas volontaire.

— On peut toujours garder espoir.

— Devant un tel spectacle, c'est tout ce qu'il nous reste.

Ysolda fit signe à ses soldats de se déployer dans le village, leurs armes à la main. L'expérience lui avait appris qu'il était possible qu'il s'agisse d'une ruse d'Harold. Le loup-garou n'avait en effet pas mis longtemps à réaliser que pour atteindre Duncan, il lui suffisait de s'en prendre à la Dame du Lac. Il avait également vite compris qu'attaquer le palais était illusoire, sans compter qu'il n'avait pas oublié que c'était Ysolda qui lui avait interdit pendant tant d'années l'accès à Avalon. Le Seigneur des de Chânais avait alors commencé à élaborer des pièges destinés à la jeune femme, espérant bien que Duncan finirait par y tomber lui aussi.

De fait, son but était bel et bien de se venger des deux…

***

Duncan était enragé. Il tournait dans la chambre d'Ysolda comme un fauve en cage, les poings crispés si fort que ses articulations étaient blanches et que ses ongles s'enfonçaient dans sa paume au point de la faire saigner.

— Je ne peux pas rester là sans rien faire ! finit-il par hurler. Pas avec ce fou furieux qui massacre tout le monde juste pour m'atteindre !

— Tu n'as pas le pouvoir de l'arrêter, rétorqua la Dame du Lac, pas du tout impressionnée par la colère de son amant.

— Comment peux-tu dire ça ? Tu sais ce que je suis, pourtant !

— Ça ne suffira pas.

— Ça ne… ? Ysolda, tu m'as vu, tu sais que… !

— Oui, oui, oui, je sais ! Oui, tu pourrais le vaincre, mais ça ne suffira pas, tu entends, Duncan de Chânais ? Ça ne suffira pas !

L'accent de désespoir contenu dans la voix d'Ysolda fit davantage pour calmer Duncan que des cris répondant aux siens. Déjà la jeune femme était devant lui, et caressait sa mâchoire verrouillée avec tendresse.

— Ne te laisse pas emporter par ta colère, je t'en prie. Réfléchis, et tu comprendras que j'ai raison.

— Je n'y arrive pas… Tous ces morts, Ysolda… Tous ces morts à cause de moi… Comment pourrais-je jamais oublier ? Me pardonner ?

— Tu n'es pas responsable !

— Je pourrais tout arrêter en l'affrontant ! Tu *sais* que je le tuerais !

— Oui, je le sais ! Mais crois-tu vraiment que vaincre Harold en Avalon changerait quelque chose ? Penses-tu que tu serais accueilli comme un sauveur dans le duché de Chânais, *ton* duché, juste parce que tu as triomphé ici, en Avalon, sans que personne n'ait rien vu de ta victoire ?

— Quand je l'aurai tué, la meute passera sous *mon* contrôle, j'aurai donc des témoins.

— Oh, Duncan, je t'en prie, ne me dis pas que tu crois vraiment à ce que tu viens d'affirmer… ?

— Pourquoi n'y croirais-je pas ?

Ysolda desserra l'une des mains toujours crispées de son amant. Elle embrassa la paume maculée de sang avant d'entrelacer ses doigts aux siens et de l'entraîner vers le lit, où elle le força à s'asseoir à ses côtés.

— Tu es trop intelligent pour permettre à ta rage de t'aveugler. Ressaisis-toi, et vois les faits sans passion. Harold domine le clan de Chânais depuis plus de deux siècles. Il est puissant, dangereux. Il a instauré un tel règne de terreur que plus personne ne se souvient de comment les choses se passaient avant. Il est venu ici avec sa meute, mais il a très certainement pris ses précautions et laissé des sbires tout dévoués à sa cause sur la Terre des hommes. Ses loups sont dévoyés, pires que ceux de la meute d'Archambauld ou ceux de la Meute Sauvage. Rien ne dit qu'ils respecteront les lois des loups-garous et t'obéiront après ta victoire. Bien que je sois la Dame du Lac, tu sais que je n'ai pas la possibilité d'intervenir dans les querelles internes d'un des peuples de ma contrée. L'équilibre du pouvoir en Avalon est complexe, il ne ressemble en rien à la royauté que vous connaissez en Terre des hommes.

Duncan laissa tomber ses épaules en signe de défaite et se prit la tête dans les mains, posant les coudes sur ses genoux.

— Mais comment pourrais-je faire abstraction de tous ces massacres ? *Comment* ?

— C'est le prix à payer pour la place que nous occupons, Duncan.

— Le *prix* ? Je trouve que nous payons de nombreux prix, Ysolda ! Et parfois je me demande si cela en vaut la peine !

— Renoncerais-tu vraiment à tout ce qui a fait ta vie jusqu'à maintenant ?

Un long silence suivit les paroles de la Dame du

Lac. Ysolda avait posé la main en bas du dos de son amant, en un contact léger et apaisant. Duncan finit par reprendre d'une voix à la fois étouffée et brisée :

— Non. Non, je ne renoncerai pas. J'ai fait mon choix il y a longtemps, et j'ai fait des promesses que je ne peux ni ne veux trahir.

— Avalon est *mon* problème, Duncan. Il fait partie du choix que *moi* j'ai fait. C'est à moi de gérer tous ces morts. Il s'agit de *mon* fardeau, pas du tien. Toi, tu vas avoir à gérer un duché en ruines et un clan traumatisé, et crois-moi, tu n'auras rien à m'envier question soucis.

Elle embrassa la tempe du loup-garou.

— Mais les heures qui viennent nous appartiennent, à nous et à nous seuls. N'en perdons pas une miette, tu veux bien ?

Duncan resta silencieux plusieurs minutes avant d'enfin relever la tête et d'adresser un sourire à sa compagne.

— Qui suis-je pour contrarier la souveraine d'Avalon ?

Il pivota brusquement et saisit Ysolda dans ses bras, renversant sur le lit la jeune femme qui riait. Il la couva d'un œil affamé avant de commencer à délacer sa chemise, laissant apparaître les muscles puissants de son torse. Une lueur de désir flamba dans les prunelles bleu-violet d'Ysolda. Son amant n'ignorait pas à quel point elle appréciait de le voir se déshabiller pour elle, et c'est volontiers qu'il s'offrait à son regard, surtout qu'il n'avait jamais détesté se donner ainsi en spectacle.

— Tu sais que tu es un horrible cabotin, Duncan de Chânais ?

— Je suis un loup, pas un cabot.

— J'ai dit « cabotin », pas « cabot »…

— Étymologiquement, c'est la même racine, non ?

— Comment peux-tu parler étymologie dans un moment pareil ?

— Tu veux que j'implore ton pardon ?

— Ce serait une idée… intéressante.

— Vos désirs sont des ordres, Votre Majesté.

Ysolda riait encore lorsque Duncan commença à lui retirer ses vêtements, lutinant au passage la peau satinée peu à peu découverte. Il s'attarda plus particulièrement sur les tendres bourgeons de ses seins, la faisant se cambrer sous l'impertinente caresse. Les mains chaudes du loup-garou glissaient sur le corps mince et souple allongé sous le sien. Duncan avait l'intention de prendre tout son temps pour révérer la jeune femme ainsi qu'elle le méritait. Un sombre pressentiment lui soufflait qu'il risquait de s'écouler une longue période sans qu'ils se revoient et qu'il leur fallait profiter de ces instants volés. Il se pencha pour poser ses lèvres sur celles de sa compagne, s'abandonnant contre elle quand elle le serra farouchement dans ses bras, une larme solitaire perlant au coin de sa paupière gauche. L'amertume de la séparation proche se mêlait à la passion tandis que leurs langues s'enlaçaient, affamées et familières. Unique cadeau qu'ils s'étaient fait dans une relation qu'ils n'avaient pas le droit d'afficher, ils n'avaient jamais embrassé un autre de leurs partenaires. Ce geste-là leur était réservé. Ils n'en parlaient jamais, espérant pouvoir un jour clamer enfin ces mots que leur statut leur interdisait de prononcer.

— N'y pense pas, chuchota Duncan en buvant la larme qui roulait vers l'oreiller.

— Duncan, je…

— Ne le dis pas. Je le sais, Ysolda. Cela devra me suffire jusqu'à ce que nous trouvions un moyen. Tu avais raison, tout à l'heure. Si nous renoncions maintenant, nous nous en voudrions tout le reste de notre vie. Nous avons fait un choix. D'aucuns peuvent nous taxer d'être stupides, ridicules ou que sais-je encore, mais il faut des gens comme nous pour maintenir l'équilibre. Notre sacrifice a ses raisons d'être. Avalon a besoin de toi, mon clan a besoin de moi. Un jour, nous trouverons un moyen.

Ysolda s'empara à nouveau des lèvres de Duncan, s'abandonnant à son étreinte, appréciant le poids rassurant de son amant sur elle. Elle ne résista pas lorsque ses jambes écartèrent les siennes et qu'il se glissa entre ses cuisses, son sexe découvrant aussitôt l'entrée douce et tendre dans laquelle il pénétra en sachant qu'il y serait bien accueilli. Ysolda laissa échapper un soupir de contentement tandis qu'il allait et venait en elle.

Fort.

Puissant.

Unique.

***

Le portail ouvert par la Dame du Lac scintillait derrière Duncan et Ailis. Afin que son amant ne laisse pas de traces, elle s'était chargée de créer le passage vers la Terre des hommes, qui porterait ainsi son empreinte. Elle se rendait suffisamment souvent en Terre des hommes pour que personne ne s'en étonne.

— Sois prudent, murmura-t-elle en lui caressant la joue. Ailis et toi serez seuls, là-bas.

— Oui, mais nous sommes des loups-garous. En plus, je suis druide, et ma sœur peut être aussi bien guérisseuse qu'empoisonneuse, au propre comme au figuré, ajouta-t-il en esquivant le coup que lui destinait l'intéressée. Tu cours bien plus de dangers ici, surtout que tu n'as pas identifié la ou les personnes qui ont aidé Harold à contourner ton sortilège.

— Ne t'inquiète pas pour ça. Dépêchez-vous, maintenant. Plus longtemps le portail reste ouvert, plus il va laisser de marques.

Ysolda recula de quelques pas, rompant le contact avec Duncan. Il lui lança un dernier regard, puis saisit la main d'Ailis et franchit le passage vers la Terre des hommes.

— Pourquoi ne lui avoir rien dit de tes soupçons ? s'enquit Myrdin tandis que sa nièce rassemblait les rênes de son cheval.

— J'ai déjà eu assez de mal à le convaincre de partir, ce n'est pas pour qu'il lui vienne l'idée de jouer au preux chevalier. Et puis ce ne sont que des soupçons, je n'ai aucune preuve.

— Mais ce sont tout de même de forts soupçons.

— Avalon me concerne, Myrdin. Moi seule, pas Duncan. Et ne t'en fais pas, je compte bien garder Morrigane à l'œil.

— Pourquoi t'es-tu focalisée sur elle ?

— Elle est ambitieuse, elle a disparu quelque temps et réapparaît en même temps qu'Harold de Chânais. Je trouve ça étrange.

— C'est peu, quand même.

— Tu peux y ajouter mon intuition de druidesse et de Dame du Lac.

— Ah, là, ça devient beaucoup.

— Je vais m'arranger pour l'empêcher de développer vraiment ses pouvoirs.

— Tu peux faire ça ?

— Je suis la souveraine d'Avalon. Il faut bien que les sacrifices que je consens pour ma terre aient quelques… compensations.

— Parfois, tu m'effraies.

— Parfois, je m'effraie moi-même.

***

Fidèle à ses instincts protecteurs, Duncan se plaça devant sa sœur quand ils arrivèrent sur la Terre des hommes. Ailis leva les yeux au ciel, mais le laissa faire. Elle s'était promis de faire un effort et de permettre à son frère de se conduire en Alpha tout-puissant dans le duché de Chânais, quitte à rétablir quelques vérités plus tard, à coups d'arguments végétaux s'il le fallait.

— C'est… étrange d'être de retour ici, murmura Duncan, la gorge serrée.

— J'avoue que oui, répondit Ailis sur le même ton. Ça fait quoi ? Un quart de siècle ?

— Quelque chose comme ça.

— En tout cas, les choses ne sont pas améliorées. Je dirais même qu'elles ont empiré.

— Je ne peux qu'être d'accord avec toi.

Les deux loups-garous sentaient dans leur âme la tristesse qui imprégnait la terre les ayant vus naître.

— Où sommes-nous arrivés, Duncan ? fit soudain

Ailis d'une voix qui tremblait. Je veux dire… Le portail qu'a ouvert Ysolda… Il ne débouche pas n'importe où, n'est-ce pas ?

— Non, Ailis. Je suis désolé, j'aurais dû te prévenir… Nous devions choisir un endroit auquel Harold ne pouvait pas avoir accès. C'est d'ici que nos parents nous ont envoyés en Avalon. Le sang qu'ils ont versé pour nous par amour interdit à quiconque d'autre que toi et moi de franchir les frontières qu'ils ont créées.

— Et c'est ici qu'ils sont morts.

Ailis baissa ses paupières pour lutter contre les larmes qui menaçaient de couler. Lorsqu'elle se tourna vers son frère, ses yeux étaient durs.

— Allons-y. Il est temps de laver l'honneur de notre duché.

La forêt se referma sur les loups-garous.

Le danger venait d'entrer sur les terres des de Chânais…

Chapitre 7

An de grâce 1238, en Terre des hommes

Duncan et Ailis étaient en Terre des hommes depuis quelques semaines, à présent, et ce qu'ils avaient découvert n'avait pas de quoi les réjouir.

— J'ai du mal à imaginer qu'un jour le duché de Chânais a été puissant et respecté, soupira Duncan.

— Puissant, il l'est toujours, objecta Ailis. Respecté, par contre… Tu auras beaucoup de travail pour effacer ces deux siècles de cauchemar.

— Je ne te le fais pas dire. Je compte d'ailleurs commencer tout de suite.

— Tout de suite ?

— Harold pense que je suis en Avalon, et Ysolda m'a promis de faire en sorte qu'il continue à y croire le plus longtemps possible. Je vais profiter de ce répit pour rallier des partisans ici, voire m'emparer du château. Personne ne sait encore que nous sommes là, mais des rumeurs courent sur un couple constitué par un jeune homme blond et une jeune fille rousse, sans compter que nos loups ont été vus.

— Nous n'avons pas non plus cherché à nous cacher.

— Ce n'était pas le but. Viens.

— Où allons-nous ?

— Nous faire nos premiers alliés. Enfin, j'espère, ajouta Duncan après quelques instants de réflexion, ce qui lui valut un regard noir de la part de sa sœur.

Ils marchèrent quelques minutes en silence, jusqu'à arriver à proximité d'une clairière. Leur ouïe surdéveloppée leur permit d'entendre les conversations qui s'y tenaient tout en restant sous le couvert des arbres. Une trentaine de personnes y étaient réunies, tous des humains, hommes et femmes jeunes, dans la force de l'âge ou plus âgés.

Ils repérèrent vite celui qui semblait diriger le groupe, un jeune homme d'une vingtaine d'années. Grand et bien découplé, il avait un visage à la fois ouvert et résolu, où brillaient des yeux bleus paraissant lancer des flammes. Ses cheveux bruns tombaient en désordre sur ses épaules musclées, volant autour de lui tandis qu'il haranguait ceux qui l'entouraient :

— Les loups-garous sont immortels, mais cela ne veut pas dire qu'ils ne peuvent pas mourir !

— Euh… désolé, Kerwan, mais là, vraiment, je ne comprends pas… S'ils sont immortels, ils ne peuvent pas mourir ! Le Seigneur Harold nous l'a assez répété.

— Il a menti, comme pour bien d'autres choses. Les loups-garous cessent de vieillir après la morsure, ils ne tombent plus malades, mais ils *peuvent* être tués. Je ne prétends pas que c'est facile, mais j'affirme que c'est *possible*. Ailis de Chânais a bien réussi à les empoisonner, et elle n'avait que sept ans ! Même si elle n'en a tué aucun, elle les a rendus suffisamment malades pour que personne ne s'aperçoive qu'elle allait voir son frère dans sa prison.

L'intéressée eut un mouvement de surprise à la mention de son exploit d'alors et échangea un regard incrédule avec Duncan. Il y avait presque trente ans à présent qu'elle avait mélangé les fameux champignons au repas destiné aux gardes d'Harold et à sa meute, et ni l'un ni l'autre n'avaient pensé que son souvenir s'était perpétué au milieu du règne de terreur du Seigneur du clan, surtout que ledit souvenir n'avait rien de glorieux pour lui.

La voix de Kerwan les ramena tous les deux au moment présent. Il était clairement en colère.

— Et puis cesse de l'appeler Seigneur. Il ne mérite pas ce titre. Le vrai Seigneur de notre clan, c'est Duncan de Chânais !

— Nous ne sommes pas sûrs qu'il soit encore vivant, objecta timidement un autre des participants à cette réunion qui avait tout d'un embryon de rébellion.

— Il l'est, je vous l'assure.

La voix grave de Duncan fit sursauter les comploteurs, qui se tournèrent avec un bel ensemble dans la direction d'où elle venait. Ils découvrirent un jeune homme blond au maintien altier, qui les scrutait de ses yeux d'un vert éclatant. Il respirait la force et la puissance de celui qui n'avait peur de rien et s'attendait à ce que ses interlocuteurs plient devant lui. Ailis tressaillit. C'était la toute première fois que son frère laissait s'épanouir l'intégralité de son aura d'Alpha, et le moins qu'on puisse dire était qu'elle était des plus impressionnantes. Ses vis-à-vis ne s'y trompèrent pas. À des degrés différents, tous accusaient le choc de cette rencontre. Aucun n'osait soutenir son regard, aucun non plus n'osait parler. Kerwan fut le premier à se reprendre suffisamment pour agir. Il s'avança de quelques pas et posa un genou à terre devant Duncan.

— Seigneur, je suis heureux de t'accueillir sur tes terres.

— Officiellement, je ne suis pas le Seigneur de ces terres.

— Pour moi, tu l'es.

— Et pour vous ?

La question s'adressait aux autres personnes présentes dans la clairière. Un homme d'environ quarante ans accompagné d'un petit garçon d'une dizaine d'années s'approcha le premier, mettant à son tour genou à terre aux côtés de Kerwan, avec celui qui était sans aucun doute son fils.

— Mon fils Ternoc et moi-même sommes à ton service, Seigneur.

Peu à peu, tous vinrent prêter serment d'allégeance à celui qui n'était pas encore le Seigneur de leur clan, mais se comportait déjà comme tel. Duncan dut faire appel à toute sa maîtrise pour rester extérieurement sûr de lui alors que tout son être menaçait de se fissurer devant leur évidente détresse.

Ils comptent sur toi, grand frère. Et je suis là. Puise en moi toute la force qu'il te faudra.

La voix d'Ailis fut comme une caresse dans son

esprit. Duncan inspira profondément avant de s'adresser à ses nouveaux compagnons :

— Relevez-vous. Je ne suis pas Harold, je n'exige pas ce genre de geste de soumission de la part des miens. Ou si je le fais, c'est que j'ai une bonne raison pour cela. Comment est la situation, au château ? Harold a-t-il laissé des loups-garous derrière lui ?

— Non, l'informa Kerwan, s'érigeant naturellement en porte-parole du groupe. Il a emmené toute sa meute. Il ne reste que ses serviteurs humains.

— Ses serviteurs humains ? releva Duncan, surpris par la formulation.

— Je ne peux pas parler d'eux comme étant des membres du clan de Chânais, cracha le jeune homme avec rage.

Duncan réprima un sourire devant sa véhémence. Kerwan était loin d'être le plus vieux du petit groupe, mais il en était incontestablement le meneur.

J'espère bien qu'il choisira la morsure, celui-là. Et en plus, il est mignon.

La voix d'Ailis dans son esprit fit tressaillir Duncan, qui s'insurgea aux derniers mots de sa sœur :

— *Mignon ?*

— *Arrête un peu… Tu crois peut-être que j'ai attendu ta permission pour sauter le pas ? De toute façon, crois-moi, tu n'as* pas *envie de savoir qui c'était.*

— *On en reparlera.*

— *Certainement pas. Et cesse de te focaliser sur des choses sur lesquelles tu n'as aucune prise. Occupe-toi plutôt de réorganiser ton duché. Oh, des champignons...*

Duncan préféra renoncer, sûr qu'une fois de plus il n'aurait pas le dernier mot. Il était peut-être l'Alpha, mais Ailis avait au final été élevée en Avalon, et avait parfaitement assimilé ce que signifiait vivre dans une contrée régie par un pouvoir féminin. Il reporta son attention sur Kerwan.

— Ils sont nombreux ?

— Pas tant que ça, en réalité, mais la peur est tellement ancrée dans le duché qu'il n'est pas vraiment nécessaire qu'ils le soient.

— Que se passerait-il si quelqu'un trouvait le courage de s'en prendre aux sbires d'Harold ?

— Je pense qu'il trouverait du soutien. J'en suis même sûr.

— Tu parles comme si tu avais déjà tâté le terrain...

— C'est le cas, Seigneur.

— Pas de ça, je t'ai dit. Mon nom est Duncan.

— Je... Il me faudra sans doute du temps, S...

— Qu'est-ce que j'ai dit ?

— Duncan, acheva Kerwan d'un ton hésitant.

— Tu t'y feras, tu verras, lui assura le loup-garou avec un sourire. En route, il est temps que j'aille reconquérir *mon* château.

Ailis s'apprêtait à mettre son sac de remèdes sur son épaule lorsque le père de Ternoc la devança.

— Pas question, ma Dame. Je m'en charge.

— Mon nom est Ailis.

— Je le sais, ma Dame.

L'homme eut un sourire malicieux.

— Mais les légendes qui courent sur votre compte montrent qu'il vaut mieux ne pas vous contrarier, alors dans le doute, je préfère que vous sachiez à quel point je vous respecte.

Ailis éclata de rire tandis que Duncan levait les yeux au ciel avec un soupir résigné.

Leur arrivée quelques jours plus tard fut loin de passer inaperçue. Des rumeurs circulaient déjà dans l'immense duché de Chânais sur l'avancée d'un groupe de plus en plus important mené par un homme aux cheveux dorés et une jeune femme aux flamboyantes boucles rousses, si bien qu'ils trouvèrent une troupe en armes interdisant l'accès au château.

— Vous pensez vraiment faire le poids ? railla Duncan en s'arrêtant à quelques pas des défenseurs des lieux.

Il sentait la terreur sourdre des hommes en face.

La plupart étaient là contraints et forcés, et mouraient de peur à l'idée d'être confrontés à des loups-garous. Les croyances implantées en eux par Harold les avaient persuadés que rien ni personne ne pouvait venir à bout d'un loup-garou, et si ni Ailis ni lui n'avaient pris leur forme lupine, il était clair que tout le monde les avait identifiés pour ce qu'ils étaient. Ainsi que le leur avait expliqué Kerwan, tout le duché connaissait leur histoire, et le nom de Duncan de Chânais était synonyme d'espoir pour beaucoup. Bien qu'il soit parti encore adolescent, ses cheveux blonds et ses yeux verts le rendaient aisément reconnaissable, et si cela ne suffisait pas, la crinière rousse d'Ailis était là pour pallier les mémoires défaillantes. Utilisant un pouvoir qu'il n'aimait guère, car il lui donnait l'impression de violer mentalement celui ou celle sur qui il l'employait, Duncan plongea dans l'esprit de ceux qui lui faisaient face. Ils étaient en infériorité numérique, et si Ailis ou lui venaient à être blessés, leurs adversaires verraient que des loups-garous pouvaient saigner et donc mourir, aussi préférait-il identifier les éléments vraiment dangereux.

Une fois de plus, Duncan constata que Kerwan avait raison. Les sbires d'Harold étaient rares. L'effroi qu'inspirait le loup-garou était tel qu'il suffisait pour que tous obéissent, même en son absence. Le jeune homme contacta Ailis par le lien de la meute :

— *Je vais t'envoyer les images de ceux que nous devrons tuer.*

— *Tuer ?*

— *Ils sont totalement dévoués à Harold. Nous n'avons aucune chance de les rallier à nous.*

— *Très bien.*

Quelques secondes plus tard, les deux loups-garous mutaient et se jetaient en avant. La suite fut aussi rapide que sanglante. Les puissantes mâchoires claquèrent impitoyablement, le sang gicla et des corps sans vie s'effondrèrent. Tous comprirent que les loups-garous ciblaient leurs victimes, et quand ils se dressèrent côte à côte, ceux qui avaient encore leurs armes les lâchèrent les uns après les autres. L'un d'eux puisa tout au fond de lui-même le courage de s'avancer, mains tendues dans un geste de reddition.

— Seigneur, je vous en supplie, ne… ne vous en prenez pas à nous. Nous… nous n'avions pas le choix.

— Je n'ai pas l'intention de m'en prendre à vous.

Par réflexe, son interlocuteur tomba sur un genou lorsqu'il vit la silhouette musclée d'un homme remplacer le loup. Ce n'était pas la nudité de Duncan qui le dérangeait ; en tant que de Chânais – donc potentiel loup-garou –, la pudeur ne faisait pas partie de ses valeurs, et ce malgré les standards de son époque, mais Harold avait instauré des règles strictes dans l'esprit de ses sujets.

— Et il va falloir que vous vous débarrassiez de cette manie de vous mettre à genoux, grommela Duncan en récupérant des chausses des mains de Kerwan, qui le fixait avec une admiration qu'il ne cherchait pas à dissimuler.

— Cela risque d'être difficile, Seigneur, répondit l'homme. Nous sommes habitués à…

— Les habitudes, ça se perd, le coupa Duncan. Bien, je crois qu'il est temps que je visite *mon* château !

Une petite main se glissa dans celle du loup-garou. Surpris, Duncan baissa son regard et vit Ternoc, qui avait échappé à la surveillance de son père pour le rejoindre. Le petit garçon leva vers lui ses yeux bleu vert à l'éclat grave.

— Quand j'aurai vingt ans, je deviendrai un loup-garou. Je serai aussi fort et aussi courageux que toi, et moi aussi je pourrai défendre les gens.

— Ternoc ! cria son père. Laisse le Seigneur tranquille ! Seigneur, je suis désolé, je…

— Mon nom est Duncan. Et je suis fier de rentrer chez moi avec Ternoc en escorte.

Un silence stupéfait et respectueux suivit ces paroles. Tenant toujours la main de Ternoc, une louve-garou rousse à ses côtés, Duncan de Chânais franchit les portes du château de sa famille pour en prendre possession.

Chapitre 8

An de grâce 1239, en Terre des hommes

Debout au sommet de la plus haute tour du château, Duncan laissa son regard errer sur son domaine. En à peine un an, il avait accompli ce que beaucoup – Kerwan en tête – avaient qualifié de miracle. Si le château était toujours aussi délabré et souvent glacial en température, ses geôles étaient vides et la chaleur humaine y était revenue. Duncan savait qu'il n'avait pas encore éradiqué tous les partisans d'Harold, mais il était en bonne voie, et il pouvait compter sur des aides précieuses au sein de son clan. Kerwan l'avait secondé avec une grande efficacité, lui confirmant que malgré son jeune âge, il était bel et bien à la tête de la rébellion qui couvait contre Harold. Duncan l'appréciait, et il espérait que le moment venu – il avait appris avec surprise que Kerwan n'avait pas vingt ans –, il choisirait la morsure.

— *Tu es quand même conscient qu'il y a des chances qu'il te défie un jour s'il intègre la meute ?*

La voix dans son esprit fit sursauter Duncan.

— *Tu m'espionnes, maintenant ?* grommela-t-il à l'intention de sa cadette.

— *Tu penses trop fort.*

— *À ce point ?*

— *Oui. Et ça ne répond pas à ma question.*

— *Bien sûr que j'en suis conscient. Il a un tempérament de chef, il ne pourra pas accepter de plier bien longtemps.*

Bien que sa sœur ne puisse pas le voir – elle était dans la grande salle du château, occupée à trier les plantes qu'elle avait récoltées tout en enseignant leurs propriétés à qui le désirait –, Duncan haussa les épaules avec fatalisme.

— *Les défis sont dans la nature des meutes.*

Presque tous se terminent sans véritable effusion de sang. Des blessures, oui, mais très rarement des mises à mort.

— J'espère que tu ne comptes pas épargner Harold...

— Harold est l'exception qui confirme la règle. Les êtres comme lui ne méritent pas de vivre.

***

An 1239, en Avalon

Harold de Chânais écumait de colère. Il venait de réaliser qu'il avait été berné, et que celui qu'il cherchait n'était plus en Avalon depuis des mois. Il jeta un regard furieux au cadavre torturé qui gisait à ses pieds, mais le druide était définitivement hors de sa portée. Il avait résisté durant des heures aux sévices que lui avait infligés le loup-garou, puis la douleur avait fini par être la plus forte et il avait parlé, apprenant à Harold que Duncan était passé en Terre des hommes depuis bien longtemps.

Les secrets finissent toujours par être trahis, Ysolda, songea Harold en serrant rageusement les poings. *Quelles que soient les précautions que tu as prises, le fait que tu aies fait passer ton amant en Terre des hommes s'est su dans ton entourage. Il m'a suffi de trouver la bonne personne pour tout savoir à mon tour. Je vais commencer par m'occuper de lui, puis je reviendrai m'occuper de toi.*

L'Alpha ne prêtait aucune attention aux membres de sa meute, qui attendaient ses ordres en silence à quelques pas de lui. Les loups-garous sous la férule d'Harold apprenaient vite à obéir sans poser de questions s'ils ne voulaient pas encourir la colère de leur chef. Il finit par se tourner vers une silhouette encapuchonnée qui se tenait à l'écart de la meute, ne laissant apparaître aucun signe de peur.

— Il est temps de faire ce pour quoi tu es venue, sorcière.

Sans s'offusquer par le ton employé, Morrigane saisit les bords de sa capuche pour la baisser, libérant la cascade de ses cheveux blonds. Elle ne jeta pas un regard à l'homme qu'elle avait attiré dans un piège mortel, se contentant d'enjamber son corps comme elle l'aurait fait d'un déchet sur sa route. Ses yeux froids se plantèrent dans ceux d'Harold.

— Si tu veux revenir en Avalon ensuite, il faudra te débrouiller seul. Je ne peux pas me permettre de t'accompagner, le risque qu'Ysolda le découvre est trop grand.

— Elle te soupçonne ?

— Je ne pense pas. Elle n'est pas très méfiante envers son entourage.

— Bien.

— Lorsque j'aurai pris sa place, je rendrai le passage entre Avalon et la Terre des hommes permanent. Tu pourras ainsi aller et venir à ta guise.

Le loup-garou saisit la druidesse par la taille et posa ses lèvres sur les siennes en un long baiser.

— Nous sommes faits pour nous entendre, toi et moi, conclut-il avec un rictus mauvais en la lâchant. Nous nous reverrons bientôt, Morrigane d'Avalon. En avant, vous autres !

Un par un, les loups-garous franchirent le portail les ramenant au duché de Chânais.

***

An 1239, en Avalon

Ysolda se figea brusquement, s'interrompant au milieu d'une phrase. Myrdin lui adressa un coup d'œil étonné avant de comprendre.

— Un passage a été ouvert vers la Terre des hommes, c'est ça ?

— Oui.

— Morrigane ?

— Je ne sais pas. Le sort que j'ai mis en place me permet seulement de savoir qu'un passage a été ouvert, pas qui l'a ouvert. Cela me demanderait trop d'énergie, et je dois en garder pour contrer les factions qui me sont hostiles.

— On ne peut pourtant plus te reprocher de favoriser Duncan de Chânais, il n'est plus là !

— Que tu crois ! Mes détracteurs n'ont pas mis longtemps à insinuer que si je ne le favorisais plus, c'était justement *parce qu'*il n'était plus là.

— Entre nous, Ysolda, qu'éprouves-tu vraiment pour lui ?

Myrdin tressaillit devant l'étrange regard dont le gratifia sa nièce. Il y lisait tant d'émotions qu'il se sentit submergé, à la fois par leur nombre et par leur force : lassitude, tristesse, espoir, résignation, révolte… Elles défilaient les unes après les autres, saturant l'atmosphère autour d'eux et le laissant presque assommé par leur violence. Il sursauta quand Ysolda reprit la parole :

— Quels que soient mes sentiments envers Duncan de Chânais, ils resteront scellés au plus profond de mon cœur, Myrdin.

— Je suis tellement désolé pour toi, ma chérie…

— Ne le sois pas. C'est ainsi, il n'y a rien à en dire.

La Dame du Lac inspira profondément avant de poursuivre :

— Va en Terre des hommes. Préviens Duncan qu'un portail a été ouvert.

Le druide acquiesça en silence. Puisqu'il ne pouvait rien faire d'autre pour aider sa nièce et son amant, il pouvait au moins se montrer le discret complice de leur combat.

***

An de grâce 1239, en Terre des hommes

— Je dirais bien que je suis ravi de te revoir, Myrdin, mais il faut cependant reconnaître que chaque fois que tu viens ici, c'est pour m'annoncer une possible catastrophe.

Tout en rendant à Duncan son accolade, Myrdin ne put s'empêcher de rire.

— Comment veux-tu que les druides aient bonne réputation en Terre des hommes si tu colportes des rumeurs pareilles ?

— Je ne colporte rien du tout, je constate un fait. Comment se porte Avalon ?

Myrdin ne fut pas dupe. Dans l'esprit de Duncan, « Avalon » signifiait « Ysolda ».

— Tout va pour le mieux au vu des circonstances, répondit-il d'une voix neutre.

— Bien.

Le druide le connaissait suffisamment pour percevoir ce qu'il taisait. Après tout, il avait été son élève durant de longues années… Il ne fut pas non plus surpris par son changement de sujet de conversation.

— Si tu me disais pourquoi tu es venu.

— Un portail a été ouvert vers la Terre des hommes.

— Harold ?

— Possible.

— Je suis prêt à le recevoir.

Myrdin faillit reculer d'un pas lorsque l'ombre de ce qui accompagnait le loup traversa les orbes émeraude. Malgré le temps, il ne réussissait pas à s'habituer à ce que Duncan abritait dans son esprit.

— Resteras-tu un peu avec nous ? s'enquit Ailis, qui avait assisté à toute la conversation sans jusqu'à présent intervenir.

— Non. Il est plus prudent que je reparte. Mieux vaut diminuer au maximum les risques que quelqu'un apprenne… Enfin, vous voyez ce que je veux dire.

Duncan approuva d'un signe de tête. Oui, il était préférable que personne ne sache que la Dame du Lac se mêlait d'affaires dont elle aurait normalement dû se tenir à l'écart…

***

An de grâce 1239, en Terre des hommes

Harold regarda autour de lui tandis qu'un lent et effrayant sourire naissait sur son visage. Le portail ouvert par Morrigane avait amené la meute à proximité du château, lui offrant ainsi la possibilité d'attaquer Duncan avant que ce dernier n'ait vent de sa présence. Une opportunité qu'il n'allait certainement pas laisser passer…

— En route, grogna-t-il à l'intention des siens. Et n'oubliez pas : Duncan est *à moi.*

Bien entendu, personne n'osa élever la moindre objection.

Harold ne tarda pas à constater avec satisfaction que la terreur qu'il inspirait à la population du duché était intacte. Lui et les siens avançaient sans chercher à se cacher, déclenchant la panique sur leur passage. Le château n'était distant que de quelques lieues, qu'ils couvrirent en moins d'une heure. Harold comptait sur leur rapidité pour prendre l'ascendant sur Duncan, si bien qu'il fut amèrement déçu en voyant que ce dernier l'attendait dans la cour du château.

— Surprise… ironisa nonchalamment Duncan en le toisant.

Un éclair de rage traversa les prunelles d'Harold. Le morveux qu'il avait jadis enchaîné et maintenu à genoux remportait la première manche, et il détestait ce sentiment de défaite qu'il éprouvait. De plus, voilà qu'il se permettait de pousser son avantage, se détachant sans hâte de la charrette sur laquelle il était adossé, bras croisés devant sa poitrine musclée, et poursuivant son discours :

— Nous n'allons pas perdre de temps en parlottes inutiles, toi et moi, n'est-ce pas, Harold ? Nous savons tous les deux pourquoi nous sommes là, comme nous savons tous les deux qu'un seul d'entre nous sortira vivant de ce château.

Le loup-garou blond agita négligemment une main en l'air.

— Je sais, dit comme ça, ça fait très théâtral, mais il paraît que j'ai un côté cabotin, alors autant l'utiliser. D'ailleurs, ça ne me déplairait pas d'avoir un jour un acteur dans ma meute.

— Tu parles beaucoup, Duncan de Chânais, finit par gronder Harold. Est-ce pour oublier ta peur que tu pérores autant ?

— Je n'ai pas peur de toi, Harold.

La voix de Duncan s'était faite tranchante. Laissant tomber le masque de quasi-frivolité qu'il avait arboré jusqu'à présent, il faisait face à son ennemi, une lueur dure au fond des yeux. Le spectacle était à la fois beau et terrifiant. Physiquement, c'étaient deux jeunes gens d'une vingtaine d'années qui se tenaient face à face, bien qu'en réalité l'un fût âgé de plusieurs siècles et l'autre de presque quarante ans. Un fait que l'on oubliait facilement en les regardant, tant ils ressemblaient à deux frères sur le point de s'égorger.

Car aussi effrayant que cela fût, Harold et Duncan

se ressemblaient beaucoup et ne pouvaient nier leur parenté. Leurs yeux brillaient d'un même éclat inflexible, ils étaient aussi grands et larges d'épaules l'un que l'autre, et même leur posture était semblable.

Il n'y eut rien, aucun avertissement, aucune sommation, mais soudain deux loups immenses se jetèrent l'un sur l'autre, l'un noir et l'autre crème, tous les deux fermement décidés à tuer.

Dans quelques minutes ou quelques heures, le duché de Chânais n'aurait plus qu'un seul Seigneur…

Debout à côté de Kerwan, Ailis consacrait toute son énergie à demeurer à la fois immobile et impassible, mais son cœur battait si fort qu'elle avait l'impression que tout le monde l'entendait. En elle défilaient des souvenirs qu'elle ne s'était plus autorisée à évoquer depuis longtemps. Duncan enchaîné dans un cachot, couvert de blessures après avoir été rossé par Harold… Sa fuite avec ses parents tandis que son frère restait prisonnier du monstre… La mort de ces derniers pour les protéger alors que Duncan et elle se réfugiaient en Avalon…

Elle tressaillit imperceptiblement quand la voix de Kerwan retentit à son oreille :

— Il vaincra. Je suis sûr qu'il vaincra.

— J'en suis sûre aussi, approuva Ailis avant d'ajouter intérieurement : *Mais à quel prix ?*

La jeune femme jeta un coup d'œil aux membres de la meute d'Harold et frissonna. Elle devait bien s'avouer qu'elle n'avait aucune envie que Duncan les intègre dans la sienne. Quelque chose dans leur attitude lui faisait froid dans le dos, et s'ils respectaient les lois leur interdisant d'intervenir dans le duel qui opposait Duncan et Harold, elle ne leur faisait pas confiance pour autant.

Leur façon d'être n'est pas naturelle, songea-t-elle, *pas naturelle du tout. Duncan a intérêt à se méfier d'eux.*

Elle résista à l'impulsion qui la poussait à contacter son frère. Duncan avait besoin de toute son énergie pour la lutte qu'il menait. Il aurait bien le temps plus tard de régler le problème du reste de la meute, meute qu'elle se chargeait de tenir discrètement à l'œil, prête à agir au moindre souci.

Les crocs du loup crème s'enfoncèrent dans le flanc du loup noir, qui ne put retenir un glapissement de douleur avant de sauter hors de portée de son adversaire. S'il avait touché plusieurs fois Duncan, il devait bien s'avouer que le combat était loin d'être aussi aisé que ce qu'il avait supposé. Son rival savait se battre et possédait une puissance insoupçonnée.

Pour la première fois, Harold envisagea un bref instant qu'il se pourrait bien qu'il perde cet affrontement, mais il repoussa aussitôt cette pensée qui ne lui ressemblait pas. Il était un loup-garou depuis plus de deux siècles, ce n'était pas un blanc-bec qui allait le détrôner…

L'attaque surprit Duncan, qui évita de justesse la morsure destinée à sa gorge. Déséquilibré, le loup crème tomba sur le pavé. Son adversaire ne laissa pas passer une aussi belle occasion et se rua en avant… pour être accueilli par un coup d'épaule qui le propulsa à plusieurs mètres. Duncan s'était relevé à une vitesse ahurissante, et cette fois, c'était lui qui fonçait dans sa direction. Les deux loups-garous se heurtèrent en plein saut, percutant ensuite le sol avec une violence qui ne les empêcha pas de continuer à s'affronter avec une hargne de plus en plus grande. Les blessures qu'ils s'infligeaient n'étaient clairement pas des simulacres ni des avertissements. Elles étaient faites pour mutiler et pour tuer, et si la couleur sombre de la fourrure d'Harold évitait que le sang se voie comme sur celle de Duncan, elle n'en était pas moins imprégnée du fluide vital. Un silence irréel entourait la scène, rendant plus effrayants encore les claquements des puissantes mâchoires, entrecoupés de grondements de défi. Plusieurs fois déjà, des os avaient craqué sous les assauts, mais le métabolisme des Alphas en combat, supérieur à celui des loups-garous ordinaires, mais aussi supérieur à leur métabolisme normal, faisait que les fractures ainsi causées avaient cicatrisé presque aussitôt. Jamais les combattants n'avaient manifesté leur douleur, se contentant d'attaquer plus férocement après chaque blessure subie.

Le duel durait depuis des heures à présent, et ni l'un ni l'autre des belligérants ne semblait prendre l'avantage. Ailis déglutit, nerveuse. Bien qu'il y répugnât, son frère n'allait certainement pas tarder à laisser sortir la chose qui accompagnait le loup. Il ne pouvait se permettre d'être trop affaibli, il lui faudrait probablement affronter ensuite certains des membres de la meute qui patientaient en silence, sans que l'on sache si elle souhaitait la victoire d'Harold ou au contraire celle de Duncan, peut-être pour pouvoir mieux le défier ultérieurement, alors qu'il serait diminué par la bataille. En principe, ce genre de duel n'avait pas lieu, mais rien dans les lois des loups-garous ne l'interdisait, et de toute façon, rien non plus ne disait que la meute d'Harold respecterait lesdites lois.

Elle fut la première à comprendre que quelque chose avait changé. Duncan, qui venait d'être précipité au sol par Harold, se relevait avec une effrayante lenteur. Ou plutôt, le loup n'était pas le seul à se relever, et un murmure d'effroi parcourut la foule jusque-là silencieuse. Même les membres de la meute perdirent leur impassibilité devant ce qui se jetait dans la bataille.

Pourvu qu'il le maîtrise, supplia intérieurement Ailis. *Par les dieux, pourvu qu'il le maîtrise... ! Il ne l'a jamais laissé sortir dans de telles circonstances. S'il le laisse s'échapper, nous mourrons tous.*

La jeune femme savait à quel point son frère détestait faire appel à la terrible puissance qu'il abritait. Si elle était létale pour ceux qui étaient en face de lui, amis ou ennemis, elle l'était aussi pour Duncan lui-même, et pouvait l'amener à se perdre sur des chemins qu'il abhorrait.

— Qu'est-ce que c'est que ça... ? murmura la voix effarée de Kerwan dans son dos.

— La véritable puissance de Duncan de Chânais. Le monstre qui vit en lui, répondit la guérisseuse sur le même ton, avant d'ajouter un nom qui fit blêmir d'effroi son compagnon :

— S'il le laisse s'échapper, nous sommes tous morts.

— Il ne le laissera pas s'échapper, affirma Ailis avec une assurance qu'elle était loin d'éprouver.

Elle reporta son attention sur la lutte, qui tournait peu à peu au massacre. Dès que le loup crème l'avait attaqué, Harold avait compris au fond de lui-même qu'il ne s'en sortirait pas. À moins d'être l'égal de ce qui était en train de le tuer, personne ne pouvait rivaliser avec la chose qui accompagnait le loup.

Je t'ai sous-estimé, Duncan de Chânais.

Son regard s'éteignit sur cette dernière pensée. Le loup crème desserra ses mâchoires verrouillées sur la gorge vulnérable et lâcha le corps sans vie de son ennemi avant de pointer son museau ensanglanté vers le ciel pour y lancer son hurlement de victoire.

Duncan de Chânais était le nouveau Seigneur du clan…

Ailis ferma les paupières en poussant un soupir de soulagement. C'était fini. Duncan avait vaincu. Et d'après ce qu'elle lisait dans ses yeux, il faisait reculer sa terrible puissance au fond de son esprit. Le regard qu'il posa sur la meute était clair et exempt de toute ombre. Il se remit debout, sans cesser de les fixer, cherchant un éventuel défi dans les yeux sans expression fixés sur lui lorsque soudain, l'un des loups-garous s'effondra, suivi par un autre, puis un autre encore. Abasourdis, les spectateurs de la scène virent les membres de la meute s'écrouler les uns après les autres. Ils gisaient dans l'herbe, silencieux et immobiles, dans des positions parfois grotesques. Alarmé, Duncan muta, enfila rapidement le haut-de-chausse placé à son intention sur la charrette et s'avança vers eux.

Il ne tarda pas à constater que son intuition ne l'avait pas trompé. Ils étaient morts. Tous. Sans la moindre exception. Il tendit la main vers celui qui avait été le lieutenant d'Harold et l'appliqua sur son front.

— Qu'est-ce qui s'est passé ?

Duncan ne fut pas surpris qu'Ailis l'ait rejoint.

— Magie noire, expliqua-t-il sans se retourner, tout en touchant le front d'un deuxième loup-garou. Harold a utilisé les services d'un druide pour lier à son esprit tous ceux qu'il transformait. N'étant pas druide lui-même, il lui fallait recourir à un intermédiaire.

— Lier à son esprit ?

— Ainsi, il évitait les défis. Celui qui a l'esprit lié ne peut défier celui à qui il est lié.

— Quel rapport avec leur mort ?

— Je suppose qu'Harold a introduit une clause supplémentaire au lien.

— Du genre « si je meurs tu meurs aussi » ?

— De ce genre-là.

Duncan se releva en haussant les épaules.

— Je devrais le remercier, en fait. Il m'a épargné la peine de les tuer moi-même.

— Aucun d'eux n'aurait pu être sauvé ?

— Non. Ils étaient tous trop imprégnés par la noirceur d'Harold.

Ailis ne remit pas en cause les assertions de son frère. Après tout, il avait le pouvoir de lire dans les âmes, et la mort de la meute était suffisamment récente pour qu'il puisse le faire aussi dans les bribes d'esprit qui n'avaient pas encore quitté les défunts.

Délaissant ses anciens ennemis, Duncan se tourna vers les siens, qui le fixaient avec une admiration mêlée de crainte. Le loup-garou choisit de détendre l'atmosphère par une petite plaisanterie, et le sourire amusé qui naquit sur ses lèvres tempéra le sang qui le maculait.

— On dirait bien que la nouvelle meute de Chânais est composée du nombre extraordinairement élevé de deux membres…

— Trois si tu le permets, Seigneur.

Étonné, Duncan se tourna vers Kerwan, qui venait de s'agenouiller devant lui.

— J'ai vingt ans aujourd'hui, Seigneur, et je sollicite la morsure.

Un profond silence suivit les paroles du jeune homme, qui attendait le verdict du Duncan. Ce dernier échangea un regard avec Ailis tout en lui envoyant un message surpris par le lien de la meute :

— *Je ne pensais pas être sollicité si vite.*

— *On n'a vingt ans qu'une fois. Tu vas dire oui, n'est-ce pas ?*

— *Tu tiens à ce qu'il nous rejoigne ?*

— *Il est mignon, non ?*

— *Tu ne vas pas recommencer avec ça ?*

— *Bien sûr que si.*

À nouveau Duncan préféra battre en retraite. Il

reporta son attention sur Kerwan, qui attendait sa décision avec angoisse.

— Tu es conscient des risques ?

— Oui, Seigneur. Je n'aurais pas sollicité la morsure si ça n'avait pas été toi.

— Suis-moi.

Kerwan se releva sans poser de questions, mais son air surpris n'échappa pas à Duncan.

— Il y a un problème ?

— Je… non, Seigneur. C'est juste que… Harold avait l'habitude de le faire en public.

— Pas moi. La transformation ne regarde que les membres de la meute.

Les iris verts de l'Alpha errèrent sur la foule tandis qu'il poursuivait d'une voix forte :

— De nouvelles règles vont voir le jour, qui n'auront rien à voir avec celles appliquées par Harold. La première d'entre elles concernera la morsure. Comme je l'ai dit, il n'y aura plus de transformation publique. Chaque membre du clan qui atteindra ses vingt ans viendra me voir, pour me faire part de sa décision. Je ne chercherai pas à faire changer d'avis ceux et celles qui refuseront. Quant aux autres, je me réserve le droit de refuser si j'estime qu'ils n'en sont pas dignes ou qu'ils risquent de ne pas survivre à la métamorphose. Je vais partir en forêt avec Ailis et Kerwan. Que personne ne tente de nous suivre.

Duncan patienta quelques instants afin d'être sûr que tous aient assimilé ses paroles, puis conclut :

— Je vous laisse une tâche désagréable, mais nécessaire.

Il indiqua du menton les cadavres de l'ancienne meute de Chânais.

— Il faut brûler leurs corps. Ils ont été contaminés par de la magie noire, c'est la seule manière d'être certain qu'ils ne reviendront jamais. Je te charge de diriger les opérations.

Les derniers mots désignaient le père de Ternoc, qui s'inclina en silence. Le trio s'éloigna sans se retourner tandis que derrière eux le nettoyage s'organisait. Il marcha un long moment avant que Duncan ne s'estime suffisamment distant du château.

— Déshabille-toi.

L'ordre n'étonna pas Kerwan, qui retira ses vêtements tandis que Duncan continuait :

— Ma morsure risque d'être douloureuse. Je vais faire de mon mieux pour ne pas te faire souffrir, mais à part Ailis, je n'ai transformé personne, alors je préfère que tu saches que je ne contrôle pas encore complètement ma force. Lorsque le loup s'éveillera en toi, ne lutte pas, laisse-le sortir. Ensuite tout s'enchaînera naturellement.

— Je suis prêt, murmura le jeune homme.

— Très bien.

Duncan se débarrassa rapidement de ses habits,

mutant dans la foulée. Kerwan dut faire appel à toute sa volonté quand l'énorme loup-garou s'approcha de lui pour le renifler. Nu et à genoux, il se sentait plus que vulnérable. Les crocs ivoire se posèrent au creux de son épaule et soudain il éprouva une vive douleur, semblable à celle qu'il aurait endurée si on l'avait poignardé. Elle s'estompa cependant très vite, alors même que les crocs continuaient à s'enfoncer et qu'une présence s'éveillait dans l'esprit de Kerwan.

Le loup.

Son loup.

Un début de panique envahit la part humaine de l'âme du jeune homme, jusqu'à ce qu'une voix apaisante s'invite dans ses pensées.

— *Ne lutte pas. Laisse sortir le loup. Il ne te fera pas de mal.*

— Qui me parle ? haleta Kerwan.

— *C'est moi, Duncan. Nous communiquons par le lien de la meute. Tu pourrais aussi entendre Ailis si elle le voulait, mais pour l'instant, concentre-toi sur moi. Laisse le loup te guider. Ce n'est pas douloureux, je te le jure. Juste impressionnant la première fois.*

Kerwan choisit de placer toute sa confiance dans son Alpha. Fermant les paupières, il laissa le loup l'envahir, et lorsqu'il les souleva à nouveau, tout lui parut différent.

— *En loup aussi, tu es mignon. Si ça t'intéresse*

de le savoir, tu es gris argenté et tu as les yeux bleus.

Le nouveau loup-garou tressaillit de tout son corps lorsque la voix retentit dans son esprit. Il aperçut soudain la louve rousse d'Ailis qui le regardait, la langue pendante, exactement comme si elle riait. Il l'avait vue plusieurs fois durant l'année écoulée, et sa présence familière le rasséréna.

— *Ailis !* protestait au même instant Duncan. *Je t'ai déjà dit de ne pas recommencer avec ça !*

— *Et moi je t'ai déjà dit que je ne t'écouterai pas. Cesse donc de ronchonner et allons courir. Le premier qui m'attrape aura droit à un baiser !*

Kerwan hésita nettement à ces mots. Il coula un regard peu rassuré vers Duncan, qui aurait haussé les épaules et levé les yeux au ciel s'il avait été humain, mais qui se contenta d'un soupir mental agacé :

— *Que ça me plaise ou non, ma sœur est libre de faire ce qu'elle veut et je n'ai pas mon mot à dire, alors ne t'inquiète pas, je ne m'en prendrai pas à toi, quoi qu'il se passe entre vous. Viens, maintenant. Allons courir.*

Le loup crème, la louve rousse et le loup gris s'élancèrent dans le sous-bois. Durant quelques heures, ils s'octroieraient le loisir d'oublier les sordides préoccupations humaines pour retrouver l'insouciance et la joie de vivre des loups.

Partie 3

Le temps de la reconstruction

Chapitre 1

An de grâce 1283, en Terre des hommes

Kerwan affûtait son épée sans penser à rien de particulier lorsque soudain une ombre le recouvrit. Levant la tête, il reconnut Ternoc, devenu loup-garou trente-cinq ans plus tôt. L'étincelle qui brillait dans ses yeux bleu-vert ne laissait aucune place au doute : il était venu pour le défier. Le second de la meute posa son arme à ses côtés et déplia son grand corps.

— Tu es sûr de toi ?

— Tu as peur ?

Un sourire carnassier éclaira le visage de Kerwan. Non, bien sûr que non il n'avait pas peur. Il se réjouissait même presque du combat qui s'annonçait. La nature violente et dominatrice des loups-garous avait besoin de ce genre d'affrontement, et les luttes plus ou moins amicales n'étaient pas rares dans la meute. Ternoc et lui étaient de stature et de force égales, si bien qu'on ne pouvait guère prévoir qui serait le vainqueur. Ce n'était pas la première fois qu'ils se battaient. Jusqu'à présent, Kerwan était toujours sorti gagnant de leurs duels, comme de tous ceux qui l'avaient opposé à un autre membre de la meute. Il y avait bien longtemps qu'il avait oublié le petit garçon qu'avait été Ternoc, ne voyant plus qu'en lui un de ses pairs. Il jeta un regard circulaire autour de lui et commenta :

— Beaucoup de monde...

— Oui, trop. Allons en forêt.

Ils attendirent que Duncan, prévenu par le lien de la meute, les rejoigne, puis s'éloignèrent sans hâte, comme des amis partant se promener. Aussi étrange que cela puisse sembler, leur amitié ne souffrirait pas de ce duel. Ils ne retiendraient pourtant pas leurs coups, sans pour autant se blesser gravement ni bien entendu faire risquer la mort au vaincu.

— Ici, décida l'Alpha.

Les trois loups-garous étaient arrivés dans une clairière isolée. Kerwan et Ternoc approuvèrent d'un signe de tête et commencèrent à retirer leurs vêtements.

— Que le meilleur gagne ! Même si je sais que le meilleur, c'est moi, lança Kerwan.

— Dans tes rêves…

Moins de cinq secondes plus tard, un loup gris argenté et un loup d'un brun si foncé qu'il en paraissait noir s'élançaient. Les puissantes mâchoires claquèrent l'une sur l'autre tandis que les premières gouttes de sang éclaboussaient l'herbe. Le loup gris s'affala lourdement sur le sol pendant que le loup brun se jetait sur lui pour tenter de l'immobiliser, mais il s'échappa d'une torsion du corps, en profitant pour mordre l'épaule de son rival, qui se retourna aussitôt pour répliquer. Les ripostes se succédaient si vite qu'il était bien difficile de savoir qui prenait l'avantage. Le loup brun glapit de douleur et cessa de bouger. Allongé sur le dos, il offrait sa gorge tendre à son adversaire, qui referma ses crocs dessus, sans les enfoncer, mais dans un indéniable geste de victoire. Ternoc reprit forme humaine, capitulant dans la foulée :

— C'est bon, tu as gagné. Je me rends.

Une lueur glacée traversa les yeux bleus du loup gris, et Ternoc gémit en sentant ses côtes encore intactes se briser sous la pression des puissantes pattes.

— T'étais pas obligé de faire ça, haleta-t-il en grimaçant, les bras serrés sur sa cage thoracique douloureuse.

— C'est pour te faire passer l'envie de recommencer, lui asséna Kerwan, qui venait de muter.

— Sûr que celle-là, je m'en souviendrai, grommela Ternoc en s'asseyant avec précaution.

— Vous êtes vraiment, vraiment pires que des gosses… déplora une voix féminine avec exaspération.

Seulement alors, Kerwan et Ternoc s'aperçurent que le reste de la meute – qui comptait à présent une demi-douzaine de membres – était là. Ils ne s'en étonnèrent pas. Le lien qui les unissait avait signalé aux autres qu'une lutte de pouvoir était en cours. Déjà Ailis s'occupait de Ternoc, le plus abîmé des deux, tandis que Duncan épiloguait sans s'émouvoir :

— On dirait bien que je vais garder le même lieutenant, au final.

***

Quelques jours plus tard…

— Tu as pris racine, ou quoi ?

Ternoc sursauta en entendant la voix de Kerwan. Planté dans le hall du château, il regardait depuis une bonne demi-heure les peintures accrochées au mur, qui toutes représentaient l'un des membres du clan, accompagné d'un ou de plusieurs loups.

— Je trouve ces tableaux fascinants. C'est comme si les loups nous parlaient.

— Oui, l'enchantement de Duncan est vraiment extraordinaire.

Les deux loups-garous reportèrent leur attention sur les toiles. Peintes par Duncan lui-même, il avait fait d'elles des gardiens du château, capables de percevoir les auras des visiteurs et d'en déduire s'ils étaient des amis ou des ennemis. Tous les de Chânais, qu'ils soient au non des loups-garous, pouvaient interpréter les signes qu'elles transmettaient *via* les loups qui les ornaient, et dont les yeux pouvaient suivre ceux qui passaient devant eux. L'attention des loups-garous se porta sur les nouvelles armoiries du clan, celles que Duncan avait dessinées après son accession au rang de Seigneur, et qui représentaient un loup hurlant à la lune. Ce faisant, Ternoc eut un mouvement brusque, qui le fit grimacer tandis qu'il posait une main précautionneuse à ses côtes.

— Tu as toujours mal ? s'amusa Kerwan.

— Tu as tapé comme un sourd. Et tu n'étais pas

obligé de me défoncer l'autre côté de la cage thoracique.

— Que veux-tu, j'aime la symétrie. Je trouvais dommage que tu n'aies les côtes cassées que d'un seul côté.

— Ah ah ah, je m'esclaffe.

— Je tiens beaucoup à ma place de lieutenant. Je n'ai pas l'intention de te la laisser.

Malgré la vitesse de cicatrisation des loups-garous, Ternoc ressentait encore les effets de la correction reçue, ce qui ne l'empêcha pas de grommeler :

— Attends un peu que je récupère…

— Bien sûr. Je m'en voudrais de rosser un homme déjà à terre.

Son ami lui jeta un regard noir, mais s'abstint de répondre. Au fond de lui-même, il savait bien qu'il n'avait que peu de chances face à celui qui, à peine adulte, avait pris la tête de la révolte contre la tyrannie d'Harold.

***

An 1284, en Avalon

— Tu parais pensive, sourit Duncan en caressant le flanc nu d'Ysolda. Des ennuis ?

— Il y a toujours des problèmes à gérer, soupira

la jeune femme tandis que sa peau se couvrait de frissons.

— C'est encore à cause de nous, n'est-ce pas ?

— Entre autres choses.

— Souhaites-tu que je m'efface ?

— Non !

La Dame du Lac roula sur le dos pour planter ses iris clairs dans ceux de son amant.

— On se voit déjà si peu, Duncan… J'ai bien l'intention de profiter des rares moments où nous sommes ensemble. Et puis il n'y a pas que notre relation qui me crée des soucis.

— Quoi d'autre ?

— J'ai eu à faire face à des accusations de magie noire. Une rumeur qui vient de Morrigane, mais elle est maligne. Il risque d'être difficile de le prouver.

— Magie noire ?

La souveraine d'Avalon ne put retenir son rire tandis que ses yeux se mettaient à pétiller.

— Très franchement, tu trouves que j'ai l'air d'une dame de quelque chose comme quatre-vingts ans ?

— Pas vraiment, non, sourit son amant en contemplant le corps magnifique étendu devant lui.

Ysolda redevint sérieuse :

— Certes, mes pouvoirs font que je vieillis bien moins vite que la normale, mais de là à toujours ressembler à une jeune femme de vingt ans, il y a une marge.

Le Seigneur des de Chânais se fit la réflexion que sa compagne n'avait pas tort. Il ne s'était jamais vraiment posé la question de savoir par quel miracle Ysolda gardait le même aspect depuis tant d'années, mais à présent qu'elle mettait le sujet sur le tapis, il était évident qu'il y avait de la magie à l'œuvre quelque part.

— Maintenant que tu le dis… reconnut-il pensivement. J'ai honte de ne pas y avoir songé plus tôt !

— Tu avais tes propres problèmes, et pas des moindres. Je n'ai moi-même commencé à réfléchir à ce mystère qu'au moment où les premières accusations sont tombées. Il y a tant à faire en Avalon que mon reflet dans le miroir est loin d'être ma préoccupation première. J'ai mis ça sur le compte de ma place de Dame du Lac et je suis passée à autre chose.

— Ta place de Dame du Lac n'a rien à voir là-dedans ?

— Si, bien sûr. Mais il y a aussi toi.

— Moi ?

La surprise de Duncan était sincère. Certes, il était druide en plus d'être un loup-garou, cependant à son avis, ceci n'expliquait pas cela. Déjà Ysolda reprenait :

— Nous sommes amants depuis longtemps. Tu es

druide, mais tu es aussi un loup-garou immortel, et… autre chose encore.

Bien qu'il sût parfaitement à quoi elle faisait allusion, Duncan fut reconnaissant à sa compagne de ne pas insister sur la part sombre de sa personnalité. Il déposa un baiser sur sa hanche avant d'avouer :

— Je ne comprends toujours pas.

— Chaque fois que nous faisons l'amour, tu me transmets un peu de toi.

— Oh… C'est… si simple que ça ?

— Oui et non. Simple dans le principe, complexe quant aux conditions à réunir. Toi et moi n'aurons jamais d'enfants, mais nous pouvons avoir l'éternité devant nous.

— Dans ce cas, je vais m'employer à te rendre immortelle.

Ysolda abandonna toute préoccupation lorsque les lèvres et les mains de Duncan se mirent à explorer son corps, affolant ses sens comme personne d'autre que lui ne savait le faire. Elle ferma les yeux pour mieux ressentir ses baisers et ses caresses, qui glissaient de sa gorge à ses seins puis s'attardaient sur son ventre et plongeaient enfin au cœur de sa féminité. Elle gémit quand la langue du loup-garou musa sur cet endroit si sensible dont il connaissait les moindres réactions, qu'il lécha, suça, mordilla, jusqu'à l'entraîner dans un monde où n'existait que le plaisir, un monde qui devint plus enchanteur encore lorsqu'il entra en elle, dur et doux à la fois, attentif à elle avant de penser à lui. Elle noua ses jambes autour de sa taille pour l'enfoncer davantage, sa cambrant de plaisir quand il fut enfin tout au fond d'elle. Ses yeux bleu-violet agrandis par l'extase ne quittaient pas les orbes émeraude fixés sur elle. Il était beau, si beau, avec ses cheveux blonds qui tombaient de chaque côté de son visage de guerrier et son corps dont les muscles puissants roulaient sous sa peau dorée…

Si beau et pour l'heure, tout à elle….

***

An de grâce 1287, en Terre des hommes.

Duncan ne put retenir une grimace à la pensée de la rencontre qui l'attendait. Il savait déjà comment elle allait se terminer, et à vrai dire, il aurait vraiment souhaité pouvoir s'en dispenser. Certes, la plupart des membres du clan refusaient la morsure, ce qu'il pouvait parfaitement comprendre – il n'était facile ni de se dire qu'on n'aurait jamais d'enfants ni de songer qu'on verrait mourir tous ceux qu'on aimait – , et dans ce cas, la cérémonie s'achevait rapidement, mais en ce qui concernait cette branche précise du clan, c'était différent.

Ils refusaient systématiquement, et ce depuis toujours. Duncan admettait que le règne de terreur d'Harold ait suffisamment effrayé les siens pour que certains prennent peur à l'idée de devenir un loup-garou, mais il n'admettait pas l'attitude de cette partie de la famille, qui avait commencé à rejeter la transformation bien avant l'accession d'Harold au rang de Seigneur. Ou plutôt, il n'admettait pas leurs raisons. Ils niaient purement et simplement l'héritage de leur sang, l'assimilant à l'émergence d'une bête féroce dans leur monde bien ordonné et tellement humain. Pour eux, les loups-garous n'étaient rien d'autre que des monstres qu'ils auraient aimé éliminer. Ils refusaient même de se rendre en Avalon, arguant que la contrée magique était un endroit démoniaque.

Malgré tous ses efforts, Duncan n'avait jamais réussi à comprendre d'où leur venait cette attitude pour le moins étrange au sein d'une famille comme la leur. Ayant des problèmes plus urgents à régler, il avait fini par abandonner, mais chaque rencontre avec l'un des membres de cette partie du clan lui laissait un goût de rage et d'amertume. Il lui arrivait parfois de se demander s'il ne ferait pas mieux de l'éradiquer complètement.

— Je te sens énervé, prononça soudain une voix dans le dos de l'Alpha.

Duncan se retourna sans hâte, pas surpris de

découvrir Kerwan appuyé au chambranle de la porte, bras croisés devant sa poitrine.

— Je le suis, grogna-t-il pour toute réponse. D'ailleurs, j'ai bien envie de jouer au méchant loup-garou.

— À ce point ?

— La morgue dont font preuve ces idiots m'agace.

— Le dernier de ce côté de la famille à être venu te voir s'est pissé dessus tellement tu lui as fait peur, si mes souvenirs sont exacts.

— C'était plutôt amusant, acquiesça Duncan. Je devrais tenter la même chose chaque fois que l'un d'eux vient, ça rendrait ce moment moins pénible.

— J'ai un bourreau pour frère et je ne le savais pas… lança Ailis tout en poussant Kerwan pour passer.

— Tout de suite les grands mots… soupira Duncan en levant les yeux au ciel d'un air faussement outragé.

— En attendant, je te signale que l'aspirant loup-garou est là.

— Ce n'est *pas* un aspirant loup-garou, grommela l'Alpha, l'humeur à nouveau assombrie. Ce n'est qu'un idiot issu d'une branche familiale débile.

Le sourire de Kerwan allait se transformer en rire lorsqu'il capta l'étrange expression qui traversa le regard d'Ailis tandis qu'elle tournait les talons.

— Il se pourrait bien que tu sois surpris, mon frère.

Duncan fronça les sourcils, étonné par cette remarque, et soudain curieux de voir celui qui se présentait devant lui. Décidant de cesser de le faire se morfondre – il y avait une bonne heure que le jeune homme patientait dans la cour du château, une épreuve qu'il imposait à tous les membres de cette partie du clan, surtout s'il pleuvait, neigeait ou régnait un soleil de plomb –, il dévala les escaliers de pierre, suivi de Kerwan. Ailis ne les avait pas attendus et était déjà dehors, non loin du nouveau venu.

L'Alpha eut un choc en le voyant. Pour commencer, il ne manifestait ni gêne ni peur en se retrouvant l'unique humain au milieu d'une bande de loups-garous, qui, s'ils étaient tous sous leur forme humaine, n'en laissaient pas moins transparaître leur nature. Ensuite, il se tenait droit et fier, endurant sans un mot ni un geste l'humiliation d'être contraint de rester ainsi, comme un suppliant, alors qu'il était un membre du clan de Chânais. Ses prédécesseurs, qu'ils soient hommes ou femmes, avaient tous vitupéré, menacé, exigé, n'obtenant pour seul résultat qu'une attente encore plus longue. Lui se contentait d'être là et de patienter. Il tressaillit cependant quand la voix de Duncan s'éleva.

— Quel est ton nom ?

— Je m'appelle Aydan, Seigneur, et j'ai vingt ans aujourd'hui.

Tout en parlant, le jeune homme avait mis un genou à terre, courbant respectueusement sa tête aux cheveux châtain, mais Duncan avait eu le temps de croiser l'éclat volontaire qui brillait dans ses iris bleus. Il le détailla à nouveau, surpris d'éprouver un élan de sympathie envers lui. Grand, bien découplé, vêtu en combattant et non en courtisan, il ne déparait pas auprès des membres de la meute.

L'Alpha balaya les alentours des yeux, et son étonnement s'accrut lorsqu'il ne vit personne susceptible d'avoir escorté l'arrivant dans les environs.

— Tu es seul ? le questionna-t-il.

— Oui, Seigneur.

— Comment se fait-il qu'aucun des tiens ne t'accompagne ?

Le jeune homme releva la tête pour croiser le regard de son Seigneur, qui remarqua avec stupéfaction des étincelles rieuses danser dans le regard qui le fixait.

— Je crois qu'ils étaient ravis que je débarrasse le plancher, Seigneur. Il est… possible qu'ils n'aient guère apprécié de devoir me sortir de prison.

— De prison ? répéta Duncan, partagé entre un ahurissement croissant et une envie de plus en plus grande de rire.

— J'ai tout à fait accidentellement déclenché une bagarre dans une taverne, et le guet[6] m'est tombé dessus. Ils étaient plus nombreux que moi, alors j'ai fini par être forcé de me rendre.

— Accidentellement, vraiment… ?

— C'était pour les beaux yeux d'une damoiselle, Seigneur. Quelle autre raison vaut la peine de se battre ?

Cette fois, Duncan ne chercha pas à retenir son hilarité.

— Tu m'as l'air d'être un sacré phénomène. Étonnant quand on pense au côté du clan duquel tu viens !

— Je préfère penser que j'ai été échangé à la naissance, Seigneur.

L'Alpha saisit la souffrance cachée sous cette phrase à l'apparence légère. Il redevint grave :

— On dirait que tu n'as pas eu la vie facile…

— Il n'est… pas convenable de se battre. Ni de choisir d'être un loup-garou.

Un silence absolu tomba sur la scène. Tous les membres de la meute pouvaient entendre le cœur d'Aydan cogner à tout rompre, tous pouvaient sentir sa peur à l'idée d'être rejeté par l'Alpha. Le regard qu'il posait sur lui était un mélange d'espoir et de

---

[6] Surveillance de nuit que l'on établissait dans une place de guerre, dans les villes ; patrouille ou sentinelle chargée de cette surveillance. *(Note de l'auteur)*

prière, alors même qu'il offrait sa vie à son Seigneur.

— Tu es le premier de ta famille, finit par dire doucement Duncan.

— Je ne suis pas comme eux, Seigneur.

— Je le vois bien. Suis-moi, Aydan de Chânais. Je vais faire de toi l'un des nôtres.

— Merci, Seigneur, murmura le jeune homme en saisissant la main que l'Alpha lui tendait.

La meute se dirigea vers la forêt, Aydan encadré par les loups-garous. Ils s'enfoncèrent dans le sous-bois, jusqu'à la clairière où Duncan avait l'habitude d'emmener les candidats loups-garous. Aydan ressentit un frisson d'angoisse lorsque ses compagnons se déshabillèrent pour muter. Même s'il savait ne rien risquer de leur part, être entouré d'une demi-douzaine de loups dont le museau lui arrivait au niveau de la poitrine était quand même effrayant. Il commença à retirer ses propres vêtements tout en jetant un regard inquiet vers la seule louve de la meute, qui le fixait d'un air visiblement amusé, l'air de dire « allez, montre-moi un peu ce que tu caches ! », puis s'agenouilla face au grand loup crème, rassemblant son courage pour ne pas bouger quand ce dernier s'approcha. Aydan déglutit lorsque les crocs se posèrent sur son épaule. Il se crispa en attendant la douleur quand ils s'enfoncèrent, mais à sa grande surprise, celle-ci fut infime. Avec le temps, Duncan avait appris à contrôler sa morsure et à minimiser la souffrance.

Durant un instant, rien ne se passa, puis Aydan éprouva deux sensations à la fois qui l'affolèrent un peu : le sentiment qu'il n'était plus seul dans son esprit, accompagné d'une voix qui lui parlait dans sa tête :

— *Reste calme, tout se passe bien.*

— *Qui… qui êtes-vous ?*

— *C'est moi, Duncan. Le lien de meute est en train de se former entre nous. Il sera complet lorsque tu auras accepté le loup. Il est là, tout près. Ne lutte pas, permets-lui de sortir.*

Tranquillisé, Aydan se laissa guider, confiant en son Alpha.

Quelques instants plus tard, un loup brun intégrait la meute et se joignait à elle pour sa première chasse.

Chapitre 2

An 1345, en Avalon

Anéanti, Duncan de Chânais regardait le charnier qui l'entourait. C'était un véritable massacre. Des corps déchiquetés, en partie dévorés pour certains. L'odeur de la mort qui planait au-dessus du champ de bataille. Par endroits, l'herbe était tellement imbibée de sang que chaque pas produisait un écœurant bruit de succion.

— Nous sommes arrivés trop tard, murmura l'Alpha, accablé.

Personne ne lui répondit. La meute ne pouvait que regarder autour d'elle avec désolation. Kerwan et Ailis rejoignirent Duncan. Ils ne pouvaient rien faire d'autre que d'assurer leur Seigneur de leur soutien en cet instant tragique.

— Tu as fait aussi vite que tu pouvais, chuchota la guérisseuse.

— Mais ce n'était pas assez, Ailis. Pas assez. J'ai failli à mon clan. Ils m'ont appelé au secours, et j'ai failli.

— Personne n'aurait fait mieux que toi, Seigneur, intervint Kerwan.

Duncan ne répondit pas. La culpabilité le rongeait comme un acide. Le regard qu'il promenait sur la scène de cauchemar était sombre, ravagé, hanté par le remords. Il avait juré de protéger les siens et il avait échoué.

Toute une famille était morte ici. Une famille unie, aimante, qui avait péri sous les coups d'un monstre en compagnie de ses serviteurs. Une famille appartenant à son clan, qui s'était rendue en Avalon pour faire découvrir la contrée magique à la plus jeune de ses enfants.

Et lui, leur Seigneur, n'avait pas été là lorsqu'ils

avaient eu besoin de lui…

Il ferma les paupières tandis que la voix de Duncan, le Meneur qui l'avait aidé à maîtriser la puissance qui sommeillait en lui retentissait dans son souvenir :

Quelle que soit ta force, un jour viendra où tu seras confronté à l'échec, Duncan de Chânais. Personne ne peut être vainqueur en permanence. Tu dois t'y préparer, car ce sera dur pour toi. Tu es fort, mais pas invincible. Tu es intelligent, mais pas omniscient. Tu es courageux, mais parfois le courage ne suffit pas. Le hasard, la malchance… Tant de choses peuvent influer sur tes actes. Même le temps qu'il fait peut avoir des conséquences sur ce que tu as prévu ou voulu faire.

Duncan baissa la tête tandis que ses épaules s'affaissaient imperceptiblement.

L'heure est venue, Maître, songea-t-il, amer, tandis que le sentiment de défaite qu'il éprouvait grandissait. *J'ai perdu ce combat.*

Il avait pourtant fait le plus vite possible quand l'appel au secours d'un druide de son clan lui était parvenu. Hélas, il se trouvait en Terre des hommes, et le temps de visualiser l'endroit d'où provenait le cri de détresse mental afin de créer un portail pour s'y rendre avait fait qu'il était arrivé trop tard. Il n'avait pu que constater l'anéantissement des siens.

— Personne n'aurait fait mieux que toi, mon frère.

— Peut-être que si. Peut-être qu'un autre dirigerait mieux la meute.

— Ne sois pas idiot ! Un autre n'aurait rien entendu. Tu es le seul druide parmi nous.

Le ton cinglant d'Ailis agit sur Duncan comme un coup de fouet. Il dut bien admettre qu'elle avait raison. Personne d'autre que lui n'aurait pu savoir ce qui se passait, et la disparition de tous ces gens aurait pu ne jamais être découverte. L'Alpha ravala sa douleur et sa peine pour reprendre les rênes de la meute.

— Nous allons les enterrer dignement. Ensuite, nous chercherons le responsable de ces crimes. En s'attaquant aux miens, il a signé sa condamnation à mort.

Personne ne s'étonna que Duncan ne fasse pas appel à la magie pour creuser les tombes. C'était sa manière à lui de demander pardon à ceux qu'il n'avait pas réussi à sauver. L'Alpha se chargea lui-même des dépouilles du chef de famille et de son épouse, ainsi que de celles de leurs enfants, laissant ses compagnons mettre en terre les serviteurs et les soldats qui avaient péri pour les défendre. La macabre tâche dura des heures, et se fit dans le plus grand silence. Ce ne fut que lorsque la dernière tombe fut refermée que le Seigneur des de Chânais prit la parole, d'une voix dure emplie d'une implacable détermination :

— Il y a des survivantes.

Une dizaine de paires d'yeux incrédules se posèrent sur lui. Durant un long moment, personne n'ouvrit la bouche, puis Ailis répondit en hésitant :

— Des… survivantes ?

— Aélis et Blodwyn de Chânais ne sont pas parmi ceux qu'on a enterrés.

— Comment le sais-tu ? s'enquit Kerwan.

— Celui qui m'a contacté m'a transmis sa mémoire. Je connais l'apparence physique et les noms de tous ceux qui étaient là.

Un nouveau silence suivit l'annonce de Duncan, puis Kerwan poursuivit :

— Qui a fait cela, Seigneur ? Et pourquoi ?

— Pourquoi, je l'ignore. Je ne peux que faire des suppositions sans grand intérêt. Qui, c'est Archambauld et sa meute.

— Tu en es sûr ? s'exclama Ailis, stupéfaite.

— Il a laissé sa marque.

Duncan se tourna brusquement vers sa sœur :

— C'est un druide. Il a utilisé ses pouvoirs ici, c'est pour ça que j'ai pu l'identifier.

Posément, l'Alpha commença à retirer ses vêtements.

— La chasse est ouverte, et je n'ai qu'une seule consigne : pas de quartiers. Nous devons sauver

Aélis et Blodwyn.

— Quel âge ont-elles, Duncan ? s'enquit Ailis en enlevant sa chemise.

— Aélis a quinze ans. Blodwyn n'a que huit ans. Il faut les sortir des griffes d'Archambauld avant que le pire ne se produise.

— Blodwyn n'est qu'une enfant… murmura la guérisseuse sans chercher à cacher son angoisse.

— Tu crois vraiment que ça va le déranger ? Souviens-toi d'Harold, Ailis.

Le ton sec de Duncan fit passer un frisson d'appréhension parmi les siens, et ce fut une meute prête à tuer qui s'élança sur les traces d'Archambauld…

***

An 1347, en Avalon

— *Cette fois, nous les tenons,* lança Duncan aux siens par le lien de la meute.

Tapis dans les sous-bois, les loups-garous encerclaient le campement d'Archambauld. Il leur avait fallu deux ans, deux longues années, pour les retrouver. Quoi qu'ils fassent, Archambauld semblait toujours avoir un coup d'avance sur lui et lui échappait sans cesse. Durant cette période, Duncan ne s'était rendu que rarement en Terre des hommes afin d'y surveiller le duché de Chânais, et il y était toujours allé seul, laissant la meute continuer la traque en son absence, sous la direction de Kerwan.

— *Je vous rappelle les règles*, reprit l'Alpha. *Pas de sommations, pas de quartiers, nous sommes là pour les tuer et sauver Aélis et Blodwyn.*

Une vague d'assentiment lui parvint. Les siens avaient le même désir que lui de venger les leurs massacrés ou enlevés.

— *En avant !*

La brutalité de l'attaque surprit la meute d'Archambauld, sous forme humaine pour la plupart de ses membres, donnant l'avantage aux de Chânais dans la bataille qui s'annonçait. Dès le début, le combat s'avéra féroce, effrayant, mélange de grognements, d'aboiements et de glapissements de douleur quand des crocs ou des griffes déchiraient un peu plus que la fourrure ou que des os cédaient sous la pression des puissantes mâchoires.

La sauvagerie dont firent preuve les loups-garous fut telle que tout s'acheva en moins d'une heure. La meute de Chânais restait vainqueur du terrain. Duncan fut le premier à reprendre forme humaine, et il se précipita aussitôt vers une silhouette étendue sur le sol. Du sang coulait de son ventre blessé et de la commissure de ses lèvres.

— Aélis… murmura-t-il. Je… je te demande pardon.

— Duncan ? répondit la jeune fille dans un souffle.

— Oui, c'est moi. Je suis désolé d'avoir mis autant de temps. Je…

— Je savais… que tu viendrais… un jour, le coupa Aélis d'une voix hachée par la souffrance. J'ai… j'ai protégé ma sœur, Duncan. Ils… ils ne l'ont pas touchée. Ils n'ont pris… que moi. Je… je te la confie, maintenant. Prends… prends soin d'elle[7].

— Garde tes forces, répondit Duncan à voix basse, le cœur broyé par ce que lui avait avoué la mourante à demi-mot. Ailis va te soigner, et tu…

— Tu sais bien… Tu sais bien que c'est trop tard. Ce genre de blessure… ne pardonne pas. Mais je… je me suis vengée, Duncan. Quoi qu'ils m'aient fait, je suis restée une de Chânais.

— Bien sûr que tu es une de Chânais, Aélis. Tu as en toi le cœur d'une louve.

La brusque arrivée d'une petite fille d'une dizaine d'années empêcha Duncan de poursuivre.

— Ne me laisse pas… sanglota la fillette en saisissant la main d'Aélis.

— Chut, ma Blod… Tu n'es plus seule, maintenant… Je t'avais promis que Duncan viendrait, et tu vois, il est là. Il nous a vengées, ma chérie. Il s'occupera de toi. Je t'aime, ma Blod.

Les paupières d'Aélis se fermèrent sur ces

---

[7] Voir *La meute de Chânais tome 3 : Faolan – la vengeance.*

derniers mots. Sa main mollit dans celle de sa sœur, et sa tête roula dans les bras du Seigneur des de Chânais.

— Ne me laisse pas ! hurla Blodwyn en se laissant tomber sur la poitrine de la jeune fille.

Duncan sentit son cœur se briser devant le désespoir de la fillette. Il déposa doucement le corps d'Aélis sur le sol avant de la prendre contre lui et de la serrer contre lui en lui caressant tendrement les cheveux :

— Pleure, ma jolie, pleure autant que tu le veux, tu en as besoin. Et quand tu auras épuisé toutes tes larmes, je ferai de toi une guerrière, et tu feras payer Archambauld. Il est tien, petite fille, et un jour tu le tueras, je te le promets. Je suis tellement, tellement désolé d'avoir mis autant de temps à vous retrouver… Je serai toujours là pour toi à présent, ma jolie, et si quelqu'un s'avisait de te faire encore du mal, il aurait affaire à moi.

— Tu es mon chevalier, alors ? murmura la petite fille en reniflant.

— Oui, ma jolie. Je suis ton chevalier.

Duncan se redressa, Blodwyn toujours dans ses bras.

— Je vais te laisser avec Ailis, d'accord ? Elle est guérisseuse, elle saura s'occuper de toi.

— Tu pars ?

— Non, Blodwyn. Je ne pars pas. Mais je suis le

Seigneur du clan, je dois aussi m'occuper de la meute.

— D'accord.

Duncan embrassa le front de la fillette avec tendresse avant de la confier à sa sœur puis de regarder autour de lui. Les combats avaient été aussi sanglants que mortels, et nombre de loups-garous gisaient au sol. Quasiment tous ceux de la meute d'Archambauld, pour commencer, même si Duncan constata avec amertume que ce dernier et son lieutenant, qu'il savait n'être autre que son frère Brunan, manquaient à l'appel.

— Ces lâches se sont enfuis, grogna-t-il à l'intention de Kerwan.

— Qu'est-ce qu'on fait ? On les poursuit ?

— Non, soupira Duncan à regret. Il y a la petite dont nous devons nous occuper.

Une lueur triste traversa le regard émeraude avant que l'Alpha n'ajoute :

— Et nous avons les nôtres à enterrer.

Kerwan s'assombrit. Ils étaient une dizaine à s'être mis en chasse, deux ans plus tôt. Trois d'entre eux avaient perdu la vie aujourd'hui. Excepté Duncan, Ailis et lui, il ne restait plus que Ternoc, Aydan, Rodhlann et Finnian.

— Nous retrouverons Archambauld, gronda Duncan d'une voix qui n'était pas tout à fait humaine. Et ce jour-là, je le livrerai à Blodwyn pour qu'elle le châtie à sa guise.

***

An 1350, en Avalon

— Il a osé venir, gronda Duncan tandis que ses prunelles vertes s'assombrissaient. Ce salopard a *osé venir* !

À l'entrée de la grande salle du palais d'Ysolda, Archambauld défiait l'Alpha de la meute de Chânais du regard, un sourire moqueur aux lèvres. Le silence se fit parmi les loups-garous présents. Du coup, plus personne ne se préoccupait du pourquoi de cette assemblée tant la situation était soudain devenue explosive. Malgré l'immunité dont il bénéficiait en ces lieux, personne n'aurait pensé qu'Archambauld viendrait. Certes, en tant qu'Alpha il y avait sa place de droit. Certes, les règles de la trêve excluaient toute forme de violence entre les participants sous peine d'un châtiment.

Mais de là à se présenter au palais en sachant que le loup-garou le plus dangereux d'Avalon, qui vous cherchait depuis trois ans pour vous tuer, y était aussi, il y avait une marge…

Pressentant que la situation allait très vite déraper,

Myrdin tenta de retenir son ancien élève en lui murmurant un avertissement :

— Duncan, tu ne peux rien faire. Il est protégé. Ressaisis-toi, je t'en supplie !

Hélas, il était déjà trop tard. Duncan avait perdu tout son sang-froid. En une fraction de seconde, le loup crème remplaça l'homme, et personne ne put rien faire lorsqu'il se jeta sur Archambauld.

— Par les dieux, Duncan, qu'as-tu fait… ? soupira Myrdin, accablé et horrifié par les conséquences des actes du loup-garou.

Au milieu de la salle, les deux loups s'affrontaient avec férocité. Comprenant le danger, Archambauld n'avait pas perdu de temps pour muter à son tour. Il savait qu'il ne risquait rien, il n'avait fait que répondre à l'attaque dont il était l'objet, et personne ne pourrait le blâmer pour cela.

Duncan de Chânais était tombé dans son piège… Il allait sans doute y laisser quelques plumes, mais il estimait que ça en valait la peine. Les lois d'Avalon étaient claires : celui qui rompait la trêve lors d'un rassemblement devait être puni.

Il réclamerait la tête de son ennemi auprès de la Dame du Lac…

Une violente douleur plia Archambauld en deux. Déboussolé, il mit quelques secondes à comprendre que son adversaire, en plus d'avoir muté, utilisait la magie pour le combattre, enfreignant encore plus les règles des rassemblements. Une peur sournoise s'infiltra en lui. Jusqu'à présent, sûr de son bon droit, il ne s'était pas vraiment intéressé à l'issue du duel, persuadé que quelqu'un – très probablement Ysolda, ce qui ne ferait que renforcer le délicieux goût d'une victoire qu'il savourait déjà – interviendrait pour les arrêter, ainsi que l'exigeaient les lois. Mais l'utilisation par Duncan de ses pouvoirs changeait la donne. Il était un druide puissant, *très* puissant, même, un druide que bien peu osaient affronter…

De son côté, le Seigneur des de Chânais ne pensait plus qu'à une chose : tuer son ennemi. Sourd aux exhortations au calme qui lui parvenaient, il ne s'était pas préoccupé de fermer le lien de la meute, se contentant d'ignorer les appels désespérés d'Ailis et Kerwan. Archambauld devait périr, ici et aujourd'hui.

Ysolda se tourna vers Siobhan et lui saisit la main. Une lueur déterminée brillait dans ses yeux tandis qu'elle faisait taire l'horrible angoisse qui lui déchirait les entrailles pour agir.

— Prête-moi ta magie, mon amie. Je dois l'arrêter avant d'être forcée de le condamner à mort…

La druidesse acquiesça en silence, ouvrant

aussitôt son esprit pour que la Dame du Lac y puise ses pouvoirs.

Que se passa-t-il, ensuite ? Duncan et Ysolda lancèrent-ils leur incantation en même temps, créant de ce fait un sortilège insoupçonné et inconnu ? Une puissance divine intervint-elle dans le duel qui opposait les deux Alphas ? Toujours est-il que tout à coup, il n'y eut plus que Duncan. Archambauld avait purement et simplement disparu, ainsi que le reste de sa meute, comme l'apprit Kerwan à son Seigneur. À l'instar des autres meutes, celle des de Chânais attendait la fin du rassemblement à l'extérieur du palais, mais au vu de ce qui s'y passait, tous les loups-garous s'étaient rapprochés, si bien qu'une grande partie d'entre eux avait vu Archambauld et sa nouvelle meute se volatiliser à l'instant où leur Alpha s'évanouissait dans la nature.

— Il… il n'est plus en Avalon.

La voix hésitante de Myrdin fit sursauter l'assistance, et tous se tournèrent vers le druide.

— Où est-il alors ? questionna Ysolda sans s'adresser à personne en particulier.

— Je l'ignore, reconnut Duncan, qui venait de reprendre forme humaine. Au moment où il est… parti, j'ai eu brièvement la vision d'un monde étrange, une sorte de plaine caillouteuse et désertique environnée d'une espèce de brume laiteuse. Un endroit peu engageant qui met mal à l'aise.

— Le Monde Souterrain.

L'intervention de Myrdin ramena l'attention sur le druide.

— Le Monde Souterrain ? répéta Duncan. Ce n'est pas qu'une légende ?

— Non, confirma Ysolda. Il existe réellement.

— On peut y accéder depuis Avalon ?

— Il existe quelques passages. Mais les accès les plus nombreux sont dans une autre dimension magique, celle du duché de Kerrouan[8]. Je n'ai pas la moindre idée de la manière dont Archambauld et sa meute ont bien pu se retrouver là-bas.

— Tout cela, c'est bien joli, intervint soudain une voix goguenarde, mais on s'éloigne du sujet principal…

Beowyn venait de se détacher du pilier contre lequel il était nonchalamment appuyé. La tension remonta brusquement dans la salle tandis que l'Alpha de la Meute Sauvage s'approchait.

— Parce que, si on réfléchit bien, poursuivit-il sur un ton badin, ce qui est *vraiment* important à cette heure, c'est que Duncan de Chânais a enfreint les lois d'Avalon…

La voix du loup-garou s'était faite plus dure au fur et à mesure qu'il parlait. Il allait continuer, mais Ysolda l'interrompit sèchement :

---

[8] Voir la série *Désirs inconnus*, d'Ayleen Night.

— Et la loi sera appliquée telle qu'elle doit l'être, Beowyn d'Avalon. Mais elle le sera par *moi*, et non par *toi*.

L'intéressé se raidit, cependant il n'avait guère le choix, aussi s'inclina-t-il devant la réprimande.

— Bien entendu, Dame du Lac. Je te présente mes excuses pour avoir outrepassé mes droits.

Mais tous sentirent que les excuses du loup-garou n'étaient que de façade, ou plus précisément – car il ne tenait malgré tout pas à s'attirer la colère d'Ysolda –, un bien faible prix à payer pour assister à la déchéance de Duncan de Chânais…

Ce dernier serra les poings pour contenir sa rage. Il savait qu'il était allé trop loin, cependant se voir accusé par l'Alpha de la Meute Sauvage était un terrible camouflet. Résistant à l'envie de le foudroyer du regard, il choisit de l'ignorer et de se diriger vers Ysolda sans fixer personne.

— Je me soumettrai à ton jugement, Dame du Lac, lança-t-il tout en mettant un genou à terre devant elle et en courbant la nuque en signe d'allégeance.

La jeune femme lutta contre la tentation de fermer les paupières pour échapper à la scène qui se jouait dans son palais. Elle savait qu'elle ne devait montrer aucune hésitation, aucune faiblesse, et qu'il faudrait qu'elle condamne Duncan comme n'importe lequel de ses sujets. Elle décida néanmoins de s'octroyer un délai de réflexion et conclut sur un ton qui ne souffrait aucune réplique :

— Le jugement sera rendu demain à la première heure. Tu seras emprisonné jusque-là, et ta meute passera sous le contrôle de ton second.

— Il en sera fait selon votre volonté, ma Dame.

Duncan se laissa entraîner et enchaîner dans un cachot sans offrir la moindre résistance aux druidesses qui l'accompagnèrent.

— Je suis désolée, murmura Siobhan en ajustant les fers. Elle aurait aimé venir, mais elle est la Dame du Lac.

— Je sais.

La porte se referma tandis que Duncan se laissait tomber sur la dure couchette de bois.

Au moins, je ne suis pas par terre comme dans les cachots d'Harold, songea-t-il en s'allongeant et en croisant les bras sous sa nuque.

Malgré l'incertitude concernant son avenir proche, il ne regrettait rien.

Si c'était à refaire, je recommencerais, pensa-t-il en s'abandonnant au sommeil.

Puisqu'il ne pouvait pas échapper à son destin, autant prendre des forces avant de l'affronter…

***

Enfin isolée dans ses appartements, Ysolda

réfléchissait au moyen de sauver son amant du sort qui l'attendait. Myrdin et Siobhan l'aidaient en parcourant eux aussi d'anciens textes de loi susceptibles de sortir l'Alpha des de Chânais du guêpier dans lequel il avait plongé.

— Tu ne pourras pas le soustraire complètement à son châtiment, tu sais, lui dit son oncle en voyant qu'elle retenait ses larmes.

— Je sais bien, soupira Ysolda en s'essuyant les yeux. Ce qu'il a fait est... passible d'une peine de mort.

— Passible, seulement, releva Siobhan. Il doit bien y avoir un moyen d'éviter ça ! Nous avons toute la nuit devant nous, nous trouverons.

— Oui, il faut y croire, renchérit Myrdin en se replongeant dans le parchemin qu'il venait de dérouler.

À l'extérieur du palais, dans la meute, l'ambiance était maussade.

— J'aurais aimé pouvoir parler à mon frère, soupira Ailis.

— Moi aussi, répondit Kerwan en tisonnant le feu, plus pour s'occuper que par réel besoin. Malheureusement, cela nous est interdit jusqu'au jugement.

— Ailis, Ysolda ne va pas le condamner à mort, n'est-ce pas ?

La guérisseuse se tourna vers l'adolescente qui n'avait pas quitté la meute depuis que cette dernière l'avait délivrée des griffes d'Archambauld.

— Non, Blod. Ysolda trouvera une solution. Mais il y aura un prix à payer pour Duncan.

Blodwyn ne répondit pas. Bien qu'elle n'ait que treize ans, la lueur dure qui traversa son regard mit plus d'un loup-garou mal à l'aise. Blodwyn de Chânais n'avait plus rien d'une enfant depuis longtemps déjà, et même s'ils l'adoraient, tous craignaient ses reparties acérées. Surtout qu'elle était la protégée de Duncan et qu'à ce titre, il la laissait agir à sa guise. Quant à Ailis, elle était ravie de ne plus être la seule fille au milieu de la meute, laquelle était nettement moins ravie de leur complicité croissante, synonyme pour elle de moments difficiles.

***

Les lueurs tendres de l'aube d'une journée qui s'annonçait ensoleillée contrastaient avec l'ambiance tendue qui régnait au palais. Une foule aussi nombreuse que silencieuse s'était rassemblée dans la Salle des Jugements, où les Dames du Lac avaient coutume de rendre la justice. Les Alphas des différentes meutes d'Avalon étaient déjà là, de même que l'intégralité de la meute de Chânais, autorisée à assister au procès en raison de la présence de son Alpha sur le banc des accusés. Comme de bien entendu, Beowyn s'était débrouillé pour occuper la meilleure place, tout près de l'estrade où siégeait Ysolda, et face aux de Chânais qui lui lançaient des coups d'œil assassins dont le seul effet était d'accentuer le sourire railleur qu'il arborait.

Si cela était possible, le silence se fit plus profond encore quand les portes s'ouvrirent et que Duncan entra, les poignets enchaînés, et encadré par deux druidesses vêtues en soldat et armées chacune d'une épée. Il traversa la salle la tête haute sans regarder ni à droite ni à gauche, puis s'agenouilla devant la souveraine d'Avalon.

— Je suppose que tu sais pourquoi tu es ici ? s'enquit cette dernière d'un ton neutre qui ne trahissait rien de l'inquiétude qui l'agitait.

— Oui, ma Dame. J'ai enfreint les règles de la trêve, et je suis là pour recevoir mon châtiment.

Beowyn serra les mâchoires. Duncan était censé être le vaincu de l'histoire, et pourtant, il parvenait à dominer la scène qui se jouait. Une désagréable intuition lui soufflait que ce n'était pas aujourd'hui qu'Avalon verrait la chute du Seigneur des de Chânais.

— Ton comportement est en principe passible de mort, poursuivait Ysolda, ramenant l'attention de Beowyn sur le jugement, mais étant donné ce qu'Archambauld a fait aux tiens et étant donné que tu ne l'as pas tué, tes actes ont des circonstances atténuantes.

Comme des remous commençaient à se produire dans la salle, Ysolda parcourut la foule d'un regard métallique tout en lançant d'une voix cinglante :

— J'invite quiconque doutant de mes paroles à vérifier mes assertions dans les livres de l'Histoire d'Avalon.

Elle irradiait une telle assurance que personne n'osa contester ses affirmations, pas même ses détracteurs les plus acharnés. La Dame du Lac attendit le temps que tous les yeux se baissent devant elle avant de poursuivre :

— Ceci étant établi, ma sentence sera la suivante.

Duncan releva la tête en sentant les prunelles d'Ysolda se poser sur sa nuque. Rien en lui ne trahissait ses sentiments, et s'il ne fut pas le seul à comprendre à quel point les paroles qu'elle prononçait lui déchiraient le cœur, rien dans l'attitude de la souveraine d'Avalon ne permit de deviner à quel point il lui en coûtait de punir son amant comme elle se devait de le faire.

— Pour avoir enfreint les règles de la trêve, tu recevras le fouet d'Avalon et tu seras banni pour dix ans de mon royaume.

Duncan dut faire appel à tout son sang-froid pour ne pas accuser le coup. Le fouet, c'était une chose.

Désagréable, douloureux, humiliant, mais supportable. L'exil, par contre… Il devait bien s'avouer qu'il ne s'y attendait pas, cependant d'un autre côté, il n'était pas vraiment étonné. Ysolda agissait comme la souveraine d'Avalon, et à ce titre, elle ne pouvait pas le favoriser, surtout à l'heure où il avait fragilisé son autorité en bafouant les lois. Il inclina à nouveau la tête en signe d'acceptation.

— Je comprends, ma Dame. Je me soumettrai à votre sentence.

— Son application est immédiate.

— Bien, ma Dame.

Nouveau choc, nouveau coup dur. Il n'aurait pas l'occasion de serrer une dernière fois Ysolda dans ses bras, mais peut-être était-ce mieux ainsi. Lui dire au revoir aurait été trop difficile. Il se redressa lentement, à nouveau encadré par ses gardiennes, et se laissa guider vers la cour, non sans avoir envoyé un message mental aux siens :

— *Ça va aller.*

— *Je suis désolée, mon frère. Tellement désolée.*

— *Tout ira bien. Ce n'est qu'un mauvais moment à passer.*

Ailis s'abstint de riposter qu'il n'avait pas à faire semblant de ne pas comprendre qu'elle parlait du bannissement et non de la flagellation. À cette heure, rien ne devait venir ne serait-ce qu'égratigner le statut d'Alpha de Duncan.

Le loup-garou monta seul sur l'estrade dressée dans la cour. Ses poignets furent déliés, mais lorsque les druidesses voulurent lui attacher les mains aux poteaux, il refusa.

— Inutile. Je ne me déroberai pas à ma punition.

Les jeunes femmes hésitèrent un instant, se tournant vers Ysolda pour quêter sa décision. D'un imperceptible mouvement de la tête, cette dernière leur fit signe de ne pas insister. Duncan retira sa chemise tout en se campant solidement sur ses jambes, puis il prit une grande inspiration et saisit à pleines mains les cordes reliées aux poteaux situés de chaque côté de son corps. Du coin de l'œil, il vit que c'était Myrdin qui allait se charger d'appliquer le jugement, ce qui le soulagea en partie. Son ancien mentor ne l'épargnerait pas, à la fois pour ne pas nuire à Ysolda et certainement parce qu'il était en colère contre lui, mais il ne chercherait pas non plus à le blesser plus que nécessaire. Le Seigneur des de Chânais carra ses larges épaules avant de lancer d'une voix forte :

— Je suis prêt.

Il savait que la douleur serait terrible. Aucune magie ne pouvait adoucir le fouet d'Avalon, mais il avait supporté sans se plaindre les corrections d'Harold alors qu'il n'était encore qu'un enfant. À présent, il était un homme, et pas plus que jadis, il ne trahirait sa souffrance.

Et en effet, pas un cri ne franchit le seuil de ses lèvres tout le temps que dura la flagellation. Ce fut à peine s'il tressaillit alors que les derniers coups s'abattaient sur son dos ruisselant de sang. Il refusa toute aide pour descendre, toute aide pour marcher jusqu'au portail ouvert par Ysolda afin de sceller sa proscription[9]. Son ultime regard fut pour la jeune femme, un regard qui disait qu'il comprenait, qu'il ne lui en voulait pas et surtout, un regard qui lui disait qu'il reviendrait. Pour elle.

Il emporta avec lui le souvenir des yeux bleu-violet à l'éclat blessé, trahissant la peine de celle qui avait dû condamner son amant à la souffrance du corps et du cœur pour lui permettre d'avoir la vie sauve.

[9] Dans l'Antiquité, nom donné aux mesures de condamnation arbitraires, annoncées par voie d'affiche, prises, à la fin de la République, par Marius, puis par Sulla et les seconds triumvirs (n'importe qui pouvait tuer ceux dont les noms étaient affichés). Plus tard, est devenu synonyme de bannissement. Actuellement, est synonyme de l'interdiction de l'usage de quelque chose.

Chapitre 3

An de grâce 1350, en Terre des hommes

Duncan resta immobile jusqu'à ce que le portail se referme, puis il se tourna et rejoignit la meute qui patientait à quelques pas.

— On va au château.

— Tu ne veux pas que je te soigne, d'abord ? s'enquit Ailis.

— C'est bon, j'ai déjà commencé à cicatriser.

— Sans doute, mais je ne suis pas sûre qu'arriver au château dans l'état où tu es soit la meilleure des idées.

— Tu n'as pas tort, lui concéda Duncan. Vas-y, remets-moi un peu en forme.

— Suis-moi, il y a une rivière, par là.

L'Alpha obtempéra. Même lui n'allait pas contre les ordres de la guérisseuse. Il s'assit dans l'herbe tandis que sa sœur sortait un morceau de tissu de son sac de remèdes et le trempait dans l'eau avant de commencer à tamponner les blessures de son frère. Ainsi qu'il l'avait affirmé, elles étaient déjà en train de se refermer.

— Myrdin ne t'a pas ménagé, constata-t-elle d'une voix neutre en nettoyant une plaie plus profonde que les autres.

— Je pense qu'il était vraiment furieux après moi pour avoir rompu la trêve et obligé Ysolda à me condamner.

— Je suppose que si c'était à refaire tu recommencerais quand même ?

— Oui, mais pas de cette façon.

— C'est-à-dire ?

— Je serais plus discret pour ne pas mettre Ysolda dans l'embarras.

— Elle est très en colère après toi, n'est-ce pas ?

— Il y a de fortes chances…

— Je n'aimerais pas être à ta place quand tu la reverras.

— Moi non plus.

Ailis ne put retenir un sourire tandis qu'elle sortait un petit pot d'onguent de son sac.

— Je sais que tu n'en as pas vraiment besoin, reprit-elle en étalant le baume sur le dos de Duncan, mais de cette façon, tu n'auras plus aucune blessure en arrivant au château.

— Que ferait la meute sans toi, sœurette… ?

— Sans doute encore plus de bêtises que maintenant. J'ai vraiment hâte que Blod nous rejoigne pour ne plus être la seule louve à devoir réparer vos âneries !

— Euh… Tu ne trouves pas que Blod mène déjà tous les garçons à la baguette ?

— Ce sera encore plus drôle quand elle aura accès au lien de la meute.

L'expression dubitative de Duncan montrait qu'il n'était pas vraiment d'accord, cependant, il préféra sagement se taire. En y réfléchissant, il avait contrarié suffisamment de membres de la gent féminine pour la journée…

***

An 1350, en Avalon

Le visage d'Ysolda était de marbre tandis que le portail se refermait derrière son amant, bien qu'intérieurement son cœur fût en train de se briser. Elle en voulait à Duncan de l'avoir mise dans une situation aussi impossible, et cependant, elle comprenait sa réaction. Qu'il élimine Archambauld ou l'envoie dans une autre dimension lui était complètement égal. Simplement, elle aurait préféré qu'il le fasse plus discrètement afin qu'elle puisse faire celle qui n'avait rien vu.

— Il ne recommencera plus, tu sais, lui chuchota Myrdin en feignant de trébucher pour se raccrocher à elle.

— J'espère bien, rétorqua-t-elle entre ses dents serrées.

Les iris de la Dame du Lac avaient pris une lueur d'orage, et tous sursautèrent lorsque sa voix claqua dans l'air :

— Beowyn d'Avalon !

— Ma Dame ? répondit prudemment ce dernier, inquiet devant le ton employé.

— Il me semble me souvenir que tu as eu l'outrecuidance de vouloir rendre la justice à ma place ?

— Je…

Les mots qu'allait prononcer l'Alpha de la Meute Sauvage moururent sur ses lèvres devant l'expression glaciale d'Ysolda.

Il se pourrait bien que j'aie perdu une occasion de me taire, songea-t-il en réprimant une grimace.

Il tressaillit quand son interlocutrice poursuivit, toujours aussi froide :

— As-tu quelque chose à dire pour ta défense, Beowyn d'Avalon ?

— Non, ma Dame. Je… suis désolé de vous avoir offensée.

— Est-ce là la bonne façon de présenter des excuses à une souveraine ?

Ces derniers mots achevèrent de prouver à Beowyn qu'il était vraiment dans une situation délicate. Ravalant son orgueil, il plia un genou et baissa la tête.

— Je vous présente mes plus humbles excuses, Dame du Lac.

— Ne t'avise *jamais*, tu entends, *jamais* de recommencer, ou tu n'aurais pas assez de l'éternité pour le regretter.

— Oui, ma Dame.

— Myrdin, ton bras est-il fatigué ?

— Mon… ? Non, pourquoi ?

— Parce que je te demande de manier à nouveau le fouet d'Avalon. La leçon s'imprimera mieux accompagnée de quelques arguments… percutants.

— Toujours à ton service, Dame du Lac.

Beowyn se raidit tandis qu'une pensée peu réjouissante lui traversait l'esprit :

Ça va faire mal…

***

An 1352, en Terre des hommes

Le loup crème s'arrêta à la lisière de la forêt, laissant place à l'homme. Duncan saisit les vêtements qu'il avait laissés dans un sac dissimulé dans le creux d'un arbre et les passa sans hâte. Il avait cru qu'une course dans les bois allait lui alléger le cœur, mais hélas, rien n'avait changé. Cela faisait deux ans aujourd'hui qu'il avait été banni d'Avalon, et la douleur était toujours aussi forte. Certes, Ysolda et lui avaient fait le choix de se consacrer avant tout à leur devoir, envers Avalon pour elle, envers sa meute pour lui, mais rien n'empêchait que la Dame du Lac lui manquât, et même s'il savait ne pouvoir s'en prendre qu'à lui-même, à cet instant précis, il en voulait au monde entier.

Son humeur ne s'était guère améliorée lorsqu'il arriva au château. Instinctivement, tous s'écartaient sur son passage tandis qu'il gagnait ses appartements à grands pas. Il ouvrit la porte à la volée…

… et se figea en reconnaissant la silhouette debout devant la fenêtre.

Incrédule, le Seigneur des de Chânais referma le lourd vantail avant de s'avancer d'un pas.

— Ysolda ? C'est… c'est toi ? C'est *vraiment* toi ?

— Qui voudrais-tu que ça soit d'autre ?

— Mais… j'ai été banni d'Avalon !

— Tu as l'impression qu'on est en Avalon, ici ?

Toujours aussi incrédule, Duncan traversa la pièce et tendit la main pour toucher la joue de la jeune femme.

— C'est vraiment toi…, murmura-t-il alors que la magie crépitait entre eux. Mais comment est-ce possible ?

— Par les dieux, Duncan, qu'as-tu donc fait de ton cerveau ? Certes, tu as été banni d'Avalon, mais moi, je n'ai jamais été bannie de la Terre des hommes, que je sache.

Duncan resta un instant silencieux, puis éclata de rire tout en attirant Ysolda pour la serrer dans ses bras.

— D'accord, sur ce coup-là, j'admets que je suis un imbécile !

— Je suis désolée de n'être pas venue plus tôt ou de ne pas t'avoir envoyé de messages. Les choses ne sont pas simples en Avalon.

— Les choses ne sont jamais simples quand on occupe une place comme la nôtre.

— Oui, surtout quand un loup stupide fait n'importe quoi et aggrave les problèmes.

— D'accord, touché. Dois-je me mettre à genoux pour implorer ton pardon ?

— Non, murmura Ysolda en glissant ses mains sous sa chemise. Profitons du peu de temps que nous avons ensemble. Je ne peux pas rester longtemps, et il est plus prudent que personne n'ait vent de ma présence ici.

— Ordonne tout ce que tu veux, et je t'obéirai, ma Dame.

— Vraiment… ? Le puissant Alpha de la meute de Chânais obéirait sans se rebeller ?

— Toujours quand la Dame du Lac ordonne. La contrarier est trop… risqué.

— Dans ce cas, emmène-moi sur ce lit que je vérifie s'il est aussi confortable qu'il en a l'air, puis retire ces vêtements qui te gênent que je voie si tu as changé depuis la dernière fois.

— Vos désirs sont des ordres, ma Dame.

Durant la nuit qui suivit, Ysolda eut toute latitude de constater que son amant était resté le même…

***

An 1356, en Terre des hommes

Installée dans son herboristerie, Ailis triait des plantes séchées lorsque la porte tourna sur ses gonds. Sans surprise, elle reconnut Blodwyn, vêtue comme toujours en guerrière. Visiblement, elle revenait d'un entraînement à l'épée. Âgée de dix-neuf ans, la jeune femme en imposait malgré sa petite taille. Peu osaient soutenir l'éclat si particulier de ses yeux bleus, mélange de dureté et de raillerie. Elle dénoua ses cheveux bruns attachés en queue-de-cheval d'un geste rageur qui interpella aussitôt la guérisseuse.

— Tu n'as pas l'air heureuse.

— Non ! Ils me ménagent trop, ça m'agace ! J'ai vraiment hâte d'être une louve pour qu'ils cessent de me traiter comme si j'étais une petite chose fragile !

Ailis éclata de rire devant la véhémence de son amie.

— Tu es consciente que s'ils te faisaient le moindre petit bobo, ils s'en voudraient toute leur vie, sans compter la raclée que Duncan leur passerait ?

— Je sais, mais comment veux-tu que j'aie des armes pour tuer Archambauld si personne ne m'apprend vraiment à me battre ?

— Et si je te promets que moi je le ferai dès que tu seras l'une des nôtres ?

— Alors ma vengeance sera moins terrible.

— Ta vengeance ?

— Tu ne crois quand même pas qu'ils vont emporter leur paternalisme au paradis ?

Blodwyn haussa un sourcil moqueur tout en parlant. Assise sur un banc, elle jouait avec une dague, dont elle s'amusait à faire glisser la lame entre ses doigts. Un sourire complice se fit jour sur le visage d'Ailis.

— Tu as déjà des idées ?

— Des tas, en fait. La vraie difficulté est de choisir.

— Besoin d'un coup de main ?

— Toujours…

— Vas-y, raconte-moi tout ça.

Ailis et Blodwyn occupèrent le reste de l'après-midi à débattre gravement des diverses propositions de la seconde, les écartant sans plus de formalités pour certaines – tout en se réservant la possibilité de les mettre en œuvre un jour plus propice – et classant les autres en fonction de leur faisabilité immédiate ou lointaine. Ailis ne se priva pas de suggérer plusieurs « améliorations » à certaines des idées de Blodwyn.

— Comme tu dis, la difficulté est de choisir, soupira la guérisseuse en versant de l'eau chaude sur les infusions qu'elle leur avait préparées, parler ayant fini par leur donner soif. Hé, qu'est-ce que c'est que ça ?

Un fracas soudain venait de faire sursauter les jeunes femmes. Elles se retournèrent d'un bloc, arme à la main pour l'une d'elles et lueurs de la métamorphose dans les yeux pour l'autre… et éclatèrent de rire en découvrant un chat tigré et blanc qui regardait d'un air effaré l'écuelle qu'il avait cassée en sautant par la fenêtre ouverte.

— Tu n'en rates pas une, toi ! s'amusa Ailis en prenant le félin dans ses bras.

— Ce chat est une plaie, affirma Blodwyn en l'embrassant sur le sommet de la tête avant de lui gratter les oreilles.

— Parfois, je me demande s'il sait qu'il est un chat. Il était si petit quand je l'ai eu !

— C'est un adorable petit démon.

— Oui, il a des cornes invisibles quelque part, je pense. Dis voir, petit démon, que ferais-tu, à notre place ?

Indifférent aux préoccupations humaines, le félin s'était roulé en boule dans une flaque de soleil et s'endormait en ronronnant, arrachant un sourire attendri à Ailis et Blodwyn.

— Finalement, qu'est-ce qu'on fait, pour les garçons ? reprit la première en refermant ses mains autour de sa tasse.

— Je crois que le mieux est de rester sur l'idée des flèches. Puisqu'ils ne veulent pas que je participe au concours sous prétexte qu'ils vont mettre les cibles trop loin pour une humaine, il n'y aura *pas* de concours. Je ne leur rendrai leurs flèches que s'ils me laissent tirer aussi.

Au final, Blodwyn participa au concours, et si elle ne gagna pas, elle ne perdit pas non plus, prouvant à ses compagnons qu'il était plus prudent de ne pas la traiter comme une petite chose fragile, en particulier à ceux qui avaient écopé d'une flèche « perdue » dans la partie la plus charnue de leur anatomie…

***

An de grâce 1357, en Terre des hommes

— Que se passe-t-il, mon feu follet ? lança Duncan en voyant Blodwyn se diriger vers lui. Un des garçons aurait-il osé te désobéir ?

— Arrête ! proteste Kerwan d'un air faussement scandalisé. Si en plus tu lui donnes carte blanche pour nous martyriser, notre vie va devenir un enfer !

— Toi, cesse de raconter n'importe quoi, lança Blodwyn en pointant un index menaçant vers le lieutenant de la meute. Et toi, cesse de faire celui qui ne comprend pas, ajouta-t-elle en faisant face à Duncan.

— Euh… moi, je ne comprends vraiment pas, avoua Aydan. Aïe ! Hé, pourquoi tu m'as frappé ? s'indigna-t-il en se tournant vers Ailis et en se frottant l'arrière du crâne en grimaçant.

— Blod a vingt ans aujourd'hui, cervelle de piaf ! riposta la guérisseuse.

Aussitôt un concert de protestations théâtralement horrifiées se fit entendre.

— Pitié, Duncan, pas ça !

— On ne te désobéira plus, juré !

— Plus de défis !

— Plus de bagarres entre nous !

— Comme si j'allais vous croire ! railla l'Alpha en se levant. Il va falloir vous y faire, les garçons, il y aura bientôt une louve de plus, dans la meute.

— Et moi, ça me ravit, conclut Ailis avec un grand sourire.

Les rires finirent par l'emporter, car bien entendu, les mâles de la meute plaisantaient. Ils étaient tous heureux d'accueillir Blodwyn parmi eux, ce que cette dernière savait parfaitement.

— Ailis, viens avec nous, reprit Duncan en enlaçant la taille de sa sœur d'un bras et celle de Blodwyn de l'autre. Vous autres, attendez-nous ici.

Personne ne posa de questions ni ne s'opposa à la décision de Duncan. Avec le temps, ils avaient tous compris que les louves de la meute auraient toujours bien plus de droits qu'eux, et même bien plus de droits que dans les autres meutes, et au fond, cela ne les dérangeait pas. Ils aimaient penser à leurs compagnes comme à des êtres précieux et un peu mystérieux, et ils se seraient volontiers coupés en quatre pour leur faire plaisir. De leur côté, si elles les taquinaient souvent, Ailis aussi bien que Blodwyn adoraient leurs compagnons et auraient fait n'importe quoi pour eux. En réalité, tous étaient terriblement inquiets pour Blodwyn et priaient tous les dieux qu'ils connaissaient – voire ceux qu'ils ne connaissaient pas – pour que tout se passe bien. Ils suivirent des yeux le trio qui s'éloignait, Kerwan cristallisant l'angoisse générale par une phrase qui se voulait humoristique, mais qui en réalité tomba à plat :

— Je mangerais même un plat de champignons préparé par Ailis pour que Blod revienne.

— Ici, c'est bien, non ? proposa Ailis.

— Moi ça me va, approuva Blodwyn.

— Deux contre un, je suis perdu, soupira Duncan en feignant le plus grand accablement.

Il redevint sérieux et se tourna vers Blodwyn, chassant tendrement une mèche égarée sur sa joue.

— Ça va ? Tu te sens prête ?

— Je me sens prête depuis des années. Allons-y, Duncan.

Duncan n'avait plus accordé sa morsure depuis un peu plus de vingt ans à présent, mais il maîtrisait désormais parfaitement sa technique. Blodwyn ne ressentit aucune douleur, se glissa avec aisance dans la peau de l'animal, et bientôt, une petite louve brune courait aux côtés de la meute de Chânais…

Chapitre 4

An de grâce 1391, en Terre des hommes

Pensif, Duncan observait les deux jeunes gens qui joutaient l'un contre l'autre. Malgré la violence inhérente à ce type de combat, même lorsqu'il était amical, on sentait une immense complicité entre eux, et ils réussissaient le tour de force de remplacer ce qui s'apparentait souvent à une lutte de pouvoir en jeu. Faolan et Ciaran de Chânais, les jumeaux du duc en titre… Des trublions connus depuis toujours pour leurs farces douteuses, leur charme irrésistible et leur capacité absolument incroyable à rendre tout le monde à moitié fou autour d'eux[10]… Il était sûr qu'ils demanderaient la morsure. Ils n'étaient pas faits pour une vie de famille traditionnelle avec femme et enfants. Ils étaient faits pour brûler la vie par les deux bouts… et probablement aussi pour lui empoisonner l'existence des dizaines de milliers de fois durant l'éternité à venir. Pourtant, il ne voyait pas de raison particulière pour leur refuser la morsure, si tant était qu'il en avait envie.

L'Alpha soupira. Le quotidien de la meute était loin d'être un long fleuve tranquille. Les duels y étaient assez réguliers, et même si les adversaires d'un moment se réconciliaient ensuite, il lui fallait gérer tous les jours le côté fougueux de ses loups. Lui-même avait dû faire face à un certain nombre de défis au fil du temps. Si Kerwan et Ternoc, témoins de son affrontement contre Harold, n'avaient jamais revendiqué sa position de chef, les autres s'y étaient tous essayés une fois. Il les avait vaincus sans trop de mal, leur donnant une leçon suffisante pour leur passer l'envie de recommencer. Les luttes pour la

---

[10] De nombreux exploits des jumeaux sont relatés dans le tome 2,5 et 3,5 de la meute de Chânais, *Tranches de vie*.

place de second étaient plus fréquentes, et ce bien que Kerwan en sorte toujours vainqueur.

L'attention du Seigneur des de Chânais se reporta sur les jumeaux, qui fêtaient la fin de leur combat où il n'y avait eu ni gagnant ni perdant, une chope à la main et une fille à chaque bras. Il sourit malgré lui. Décidément, Roland, leur frère aîné, avait raison : on ne pouvait que les aimer, même si régulièrement l'envie de les étrangler démangeait quiconque avait affaire à eux. Puis le regard de Duncan glissa vers un jeune homme solitaire. Une fois de plus, il se demanda s'il avait bien fait d'accepter de lui accorder la morsure. Pour la première fois, il tergiversait avant de se rendre en forêt avec lui. Pourtant, à présent qu'il avait dit oui, il ne pouvait plus se dédire.

Perdu dans ses pensées, le loup-garou sursauta lorsqu'une silhouette se percha à ses côtés.

— Quelque chose ne va pas ? lança Ailis.

— Je crains d'avoir fait une erreur.

— Une erreur ?

— En accordant la morsure à Pierrick.

— Pourquoi ? Il est vraiment désireux d'intégrer la meute.

— Mais je ne sais pas s'il a le sang-froid nécessaire pour accepter le loup.

— Duncan, nous prenons tous le risque de paniquer quand le loup s'éveille. C'est quand même une sensation effrayante. Pierrick a insisté pour la morsure, il sait à quoi il s'engage.

— Mais il est de mon devoir de refuser si j'estime que le candidat ne passera pas le cap.

— Tu es *vraiment* sûr qu'il échouera ?

— Non, reconnut l'Alpha. Je ne suis sûr de rien du tout dans son cas. Nous ferions mieux d'y aller. Le temps de m'assurer que Roland surveillera ses frères pour qu'ils ne tentent pas de nous suivre, et je vous rejoins.

— Tu crois vraiment que les jumeaux tenteraient ça ?

Duncan, qui s'éloignait déjà, se retourna, un petit sourire au coin des lèvres.

— Ce sont des démons.

— *Ne lutte pas, Pierrick. Laisse venir le loup. Il n'est pas ton ennemi.*

Hélas, malgré les exhortations de Duncan et la caresse mentale du reste de la meute, le jeune homme perdait la tête, se débattant contre la présence animale qui s'éveillait en lui. Au début désorienté, le loup se mit à paniquer en constatant qu'il était coincé dans une enveloppe corporelle qui ne lui convenait pas, sans parler de l'esprit de l'homme qui le repoussait au lieu de l'accueillir. Un instant, l'Alpha crut qu'il pourrait reprendre le contrôle, puis l'humain rejeta violemment l'animal, qui s'affola et donna libre cours à sa sauvagerie. Un hurlement de douleur retentit dans la clairière lorsque la métamorphose s'enclencha et que les os craquèrent, hurlement qui s'acheva en un pitoyable gémissement tandis que le mufle du loup remplaçait le visage de l'homme. Duncan comprit que c'était fini, que la mutation avait avorté, et que Pierrick mourrait dans d'atroces convulsions à plus ou moins brève échéance.

Pardonne-moi…

Les mâchoires du grand loup crème s'enfoncèrent dans la gorge tendre tandis que le chant d'adieu de la meute s'élevait, poignant de tristesse.

Tu échoueras plus souvent que tu ne le crois, Duncan de Chânais, et tu devras apprendre à affronter tes échecs pour devenir plus fort.

La voix du Meneur retentissait en Duncan tandis qu'il achevait Pierrick pour lui éviter de souffrir…

***

An de grâce 1392, en Terre des hommes

Dès que les jumeaux entrèrent, Duncan vit se confirmer sa quasi-certitude qu'ils demanderaient la morsure. Épaule contre épaule, ils avançaient vers lui d'un air conquérant, une lueur malicieuse au fond des yeux, sûrs de leur charme et de l'accueil qu'ils recevraient. Ils mirent un genou à terre devant lui avec un bel ensemble tandis qu'il soupirait :

— Est-ce vraiment utile de vous poser la question ?

— Nous serons sages, Seigneur, affirma Ciaran en levant la tête.

— Mais oui, bien sûr, et Blod va aussi arrêter de mener les mâles de cette meute à la baguette…

L'intéressée lui adressa un sourire angélique, sans s'apercevoir que le regard de Faolan s'arrêtait sur elle, inhabituellement songeur. Duncan se tourna vers Roland, qui assistait à la scène.

— Ce sont tes frères, tu les connais depuis vingt ans. Tu y crois, toi ?

— Oh, ils seront sages au moins cinq minutes, Seigneur.

— C'est bien ce qu'il me semblait… Très bien, les jumeaux, on y va.

Ailis fut la seule à remarquer que son aîné était tendu. Inquiète, elle le contacta discrètement :

— *Que se passe-t-il ?*

— *Et s'il leur arrivait la même chose qu'à Pierrick ? D'accord, les jumeaux sont parfois pénibles, mais au fond je les aime bien.*

— *Pourquoi voudrais-tu qu'il leur arrive la même chose ? Ils sont très différents de lui !*

— *Crois-tu vraiment que je me sois pardonné ce qui est arrivé l'an dernier ?*

— *Il faudra pourtant bien que tu te pardonnes. C'est lui qui a refusé le loup, pas toi. Tu ne pouvais pas savoir. Tu ne peux* jamais *savoir.*

Tout au fond de lui-même, Duncan reconnaissait que la guérisseuse avait raison. Il avait le pouvoir d'accorder la morsure, pas celui de contrôler l'éveil du loup ni son acceptation par l'homme. Bien entendu, cela ne l'empêchait pas de se faire des reproches – « j'aurais dû deviner » –, mais il ne pouvait pas non plus écarter tous les candidats loups-garous parce qu'il avait échoué une fois.

— *J'avais raison*, lança Ailis avec satisfaction tandis que des loups gris remplaçaient les jumeaux.

Duncan se contenta de lever les yeux au ciel avant de prendre la direction de la chasse. La transformation des jumeaux avait en effet été étonnamment facile. Ils s'étaient glissés dans la peau du loup avec une aisance déconcertante, et folâtraient à présent avec les autres.

Étrangement, l'Alpha pressentit que la chasse ne serait pas couronnée de succès aujourd'hui…

***

An 1400, en Avalon

Le portail miroitant se referma en silence dès que le dernier membre de la meute de Chânais l'eut franchi. Duncan jeta un bref coup d'œil à l'emplacement où il avait ouvert le passage entre la Terre des hommes et Avalon avant de se tourner vers les siens.

— Nous allons rester ici le temps de faire oublier à la population que deux loups gris de taille anormalement élevée et d'une intelligence supérieure à la normale courent dans les bois autour du domaine de Chânais. Quoique… Il m'arrive de me poser des questions concernant ladite intelligence, ajouta-t-il après une seconde de réflexion.

Il foudroya du regard les jumeaux qui tentaient de se faire discrets avant de poursuivre :

— Cela pourra durer quelques années ou quelques dizaines d'années, je ne sais pas encore. L'influence de l'Église est de plus en plus grande, et avec elle, les accusations de sorcellerie et de commerce avec les démons augmentent. Notre clan a une réputation suffisamment sulfureuse comme ça, il n'est pas utile d'en rajouter. Je retournerai de temps en temps au duché pour voir ce qui s'y passe, seul ou accompagné selon ce que j'ai à y faire.

Les iris émeraude se vrillèrent sur Faolan et Ciaran.

— Ce qui est sûr, c'est que certains d'entre vous ont de fortes chances de ne *pas* venir avec moi.

Les jumeaux baissèrent la tête sous le reproche. Ils avaient payé cher leur insouciance, et à cette heure encore, ils ressentaient dans tout leur corps la correction que leur avait infligée Duncan.

Ce qui ne les empêcherait pas de recommencer un jour…

— Désolé, Seigneur, hasarda Faolan avec une grimace contrite.

— Oui, tant que vous aurez mal, vous serez désolés, mais dès que ça ira mieux, vous inventerez autre chose. Roland a raison, vous êtes des démons.

— Ça, c'est clair que depuis qu'ils sont là, il y a de l'animation dans la meute, grommela Kerwan, qui avait dû plus souvent qu'à son tour intervenir pour sortir les jumeaux des mauvais pas dans lesquels ils avaient l'art et la manière de se fourrer.

— L'éternité est trop longue pour ne pas en profiter, riposta Ciaran avec un embryon de sourire.

— C'est vrai, insista Faolan. À quoi bon avoir tout le temps du monde devant soi si on n'en profite pas pour s'amuser ?

— Rien ne vous empêche de faire fonctionner vos cerveaux avant de vous amuser, les coupa Duncan. En évitant d'attirer l'attention sur ce que nous sommes, par exemple.

— Oui, Seigneur, répondirent les intéressés à l'unisson.

— Pourquoi est-ce que je n'ai pas confiance ? soupira l'Alpha en levant les yeux au ciel.

— Parce qu'ils n'ont probablement pas eu assez de fessées étant petits, riposta Blodwyn en se glissant entre les jumeaux tout en leur assénant à chacun une retentissante claque sur le postérieur.

— Aïe ! protesta Faolan en frottant ses fesses malmenées.

— Encaisse comme un homme, mon loup, railla la jeune femme. J'ai tapé moins fort que Duncan.

— Je suis un pauvre loup-garou martyrisé..., se plaignit son voisin tandis que la meute éclatait de rire, Duncan lui-même sentant sa colère s'évanouir devant l'expression exagérément outragée de Faolan.

Personne ne pouvait rester fâché longtemps contre les jumeaux.

***

An 1420, en Avalon

Le cœur de Duncan se serra quand il pénétra dans la chambre où Myrdin se mourait. Il s'assit précautionneusement sur le bord du lit et posa sa main sur celle de l'homme qui fut son mentor. Une main devenue si diaphane et si fragile sous la sienne, qui était toujours la poigne forte et solide d'un jeune homme de vingt ans.

— Qu'est-ce que je peux faire ? murmura le loup-garou.

— Il n'y a rien que tu puisses faire contre la vieillesse, Duncan. J'ai plus de deux siècles et demi. C'est beaucoup, même pour un druide.

— Je sais, je sais, je devrais m'y attendre, c'est le lot d'un loup-garou de perdre tous ceux qu'il aime et qui n'ont pas choisi la morsure, mais ça ne rend pas les choses plus faciles pour autant. Surtout quand il s'agit de la personne qui s'est occupée d'Ailis et moi comme un père après la mort de nos parents, et qui m'a appris à développer mes pouvoirs.

— À propos d'Ailis, où est-elle ?

— Elle attend de l'autre côté de la porte, avec Ysolda. Je voulais… un moment seul avec toi.

Myrdin sourit. Un instant, il avait revu l'adolescent qui défendait sa sœur dans une cabane, une épée à la main. Aujourd'hui, Duncan était devenu un des loups-garous les plus puissants d'Avalon, si ce n'était le plus puissant, cependant il n'avait pas changé. L'adolescent était à présent un homme, mais il était toujours prêt à donner sa vie pour les siens. La voix de son ancien élève ramena le druide au moment présent :

— Tu veux… que je l'appelle ?

— J’ai encore un peu de temps devant moi. Assez pour te parler de ma nièce.

L’expression du loup-garou se fit grave tandis que Myrdin reprenait son souffle avant de poursuivre :

— Vous avez choisi un chemin difficile, que vous suivez de votre mieux. Vous allez rencontrer de nombreux obstacles, de nombreux ennemis, mais ne perdez jamais espoir. Un jour vous trouverez une solution, j’en suis certain.

— Puisses-tu dire vrai, Myrdin.

— T’ai-je jamais menti ?

— Non, jamais, reconnut le Seigneur des de Chânais.

— Alors, fais-moi confiance cette fois encore.

Épuisé, Myrdin ferma les yeux. De longues secondes s’écoulèrent avant qu’il ne rassemble suffisamment de forces pour parler :

— Appelle Ysolda et Ailis. Je ne veux pas partir sans leur dire adieu.

— Je…

— L’heure est venue, Duncan.

Bataillant contre l’émotion qui l’envahissait, le loup-garou envoya un bref message à sa sœur. Quelques secondes plus tard, Ailis et Ysolda le rejoignaient et s’installaient de part et d’autre du lit, la seconde à côté de Duncan et la première en face.

— Tu vas me manquer, murmura Ysolda.

— À moi aussi, renchérit Ailis.

Une larme perla au coin des paupières de la Dame du Lac et coula sur sa joue tandis que la guérisseuse luttait contre les siennes.

— Tout ira bien, mes enfants. La peine s'estompera et seuls les bons moments resteront dans votre cœur. N'oubliez pas que je vous aime.

Ils sentirent tous les trois l'instant où l'âme du druide le quitta. Ysolda cacha son visage contre l'épaule de Duncan pour laisser libre cours à sa douleur. Le loup-garou tendit la main par-dessus le corps de Myrdin pour prendre celle de sa sœur et la serrer.

Pour l'heure, ils n'étaient qu'un homme et deux femmes souffrant de la disparition d'un être aimé. Le temps de rendosser le manteau de leurs responsabilités viendrait bien assez tôt.

Chapitre 5

An de grâce 1456, en Terre des hommes

À moitié dissimulé sous un porche, Duncan observait les deux jeunes gens debout devant le duc en titre et le frère de ce dernier. Ils étaient aussi dissemblables que le jour et la nuit : presque aussi grands et larges d'épaules l'un que l'autre, l'un – le plus costaud – avait des cheveux noirs et des yeux gris, couleur rare chez les de Chânais, et l'autre, des cheveux blonds et des yeux verts. Aymeric et Aloys de Chânais, les cousins terribles, nés le même jour, et qui depuis n'avaient jamais cessé de se battre. Bientôt ils viendraient en forêt pour lui demander la morsure. Car le Seigneur des de Chânais n'avait aucun doute sur leur décision. Ce serait peut-être la première fois de leur vie qu'ils seraient d'accord, mais ils le seraient, et l'équilibre de la meute risquait d'en être fortement perturbé. Depuis que les jumeaux avaient rejoint leurs rangs, il n'y avait plus eu de défis, ni contre lui ni contre Kerwan.

Nul doute qu'avec ces deux-là, les combats allaient recommencer…

L'Alpha soupira. Bien sûr, il aurait pu se simplifier l'existence et refuser, sauf qu'il n'avait pas de motif valable pour le faire. Les cousins étaient faits pour être des loups-garous, ne pas accéder à leur requête aurait été lâche, et personne n'aurait jamais eu ne serait-ce que l'idée de traiter Duncan de Chânais de lâche. Il accorderait la morsure aux nids à problèmes qui étaient en train de se faire une fois de plus sermonner d'importance par le duc – le père d'Aymeric – et son frère cadet – le père d'Aloys –, et ensuite, il se débrouillerait pour faire entendre raison à ces fortes têtes qui, malgré les innombrables punitions subies, continuaient à s'affronter encore et toujours. Qu'avaient-ils fait cette fois ? Duncan n'en savait rien, et à vrai dire, il s'en moquait. Aymeric et Aloys étaient capables de se battre pour des prétextes aussi futiles qu'un banc prétendument plus confortable qu'un autre. Le plus souvent, en fait, ils n'avaient pas besoin de prétexte. Il suffisait qu'ils respirent le même air pour que la situation dégénère.

Le loup-garou reporta son attention sur la cour. Aymeric et Aloys ayant presque vingt ans, il était plus difficile pour le duc et son frère de les châtier. Même si visiblement l'envie de le faire les démangeait, ils ne pouvaient plus les punir comme lorsqu'ils étaient des petits garçons. Surtout, que s'ils écoutaient le sermon que les deux hommes leur infligeaient, leur attitude était tout à fait claire : ils s'en moquaient royalement et ne regrettaient pas leurs actes une seconde…

Par contre, de par son statut de Seigneur du clan, lui le pouvait…

Il se détacha lentement du mur contre lequel il était appuyé avant de rejoindre le duc et son frère. Même si tous ne le connaissaient pas – l'influence grandissante de l'Église conduisait les de Chânais à dissimuler de plus en plus soigneusement leurs particularités, surtout à présent que les loups-garous étaient associés à des démons, si bien que le nombre d'habitants du duché sachant ce qu'ils étaient diminuait –, personne ne lui barra le passage. Il posa la main sur l'épaule du duc et lui murmura quelques mots à l'oreille :

— Je m'en occupe.

— Bien, Seigneur, répondit l'homme sur le même ton avant de poursuivre plus haut : En guise de pénitence, vous servirez votre cousin. Tous les deux. Et en silence.

Duncan réprima un sourire. Afin de justifier son apparence de jeune homme, il y avait plusieurs dizaines d'années déjà qu'il se présentait comme un cousin éloigné en visite au château. Un cousin sans doute un peu inquiétant, ceci dit, en particulier pour ceux qui connaissaient sa véritable identité, ainsi que le confirma la lueur d'incertitude qui s'alluma dans les prunelles du duo terrible.

— Suivez-moi, lança-t-il d'une voix sourde, sans résister au plaisir de laisser transparaître sa nature dans l'intonation employée.

Il récolta l'effet escompté. Aymeric et Aloys se rembrunirent tandis qu'il sentait l'angoisse poindre en eux. Tous dans le clan savaient de quoi Duncan était capable, et se retrouver sans témoins avec lui alors qu'il était en colère n'était pas l'option la plus réjouissante du monde.

L'Alpha les emmena dans les appartements qu'il occupait durant son séjour, un ensemble de pièces où seuls les membres du clan pouvaient pénétrer en son absence, à condition qu'ils soient sous la surveillance du duc en titre. Il n'eut besoin que d'un regard pour les faire s'agenouiller, tournant ensuite autour d'eux comme un prédateur autour de sa proie.

— Si le jour de vos vingt ans vous décidiez de choisir la morsure, je crois qu'il est bon que vous sachiez ce qu'il en coûte d'encourir ma colère. Si vos pères hésitent à vous châtier physiquement parce qu'aux yeux du monde vous êtes des hommes, aux miens vous n'êtes que des gamins, et je n'ai pas ce genre de réticence. Mettez-vous torse nu.

Duncan réprima un sourire satisfait en constatant que ses paroles avaient porté au-delà de ses espérances. Ni Aymeric ni Aloys ne craignaient la douleur physique, mais l'humiliation de s'entendre traiter d'enfants, elle, avait porté, et savoir qu'ils seraient punis comme tels était un coup terrible à leur orgueil, en particulier à celui d'Aymeric. Le Seigneur du clan enfonça le clou alors que sa ceinture de cuir s'abattait pour la première fois :

— Estimez-vous heureux que je vous accorde la grâce d'une pénitence d'adulte au lieu de vous fesser comme vous le mériteriez.

Ils furent tous les deux sur le point de protester, mais cédèrent quand Duncan laissa son pouvoir d'Alpha sinuer autour d'eux, et si la colère fit serrer les poings à Aymeric jusqu'à ce que ses jointures blanchissent, il encaissa la réprimande en silence. Cependant, la crispation des muscles de son dos renseigna Duncan mieux qu'un discours.

Il me défiera…

***

Quelques mois plus tard, dans la forêt du duché de Chânais

La nuit tombait lorsqu'Aymeric prit la route du manoir occupé par la meute. Il se souvenait encore de la correction reçue. Duncan n'y avait pas mis toute sa force, mais il ne les avait malgré tout pas épargnés, Aloys et lui, et s'il ne leur avait laissé que des bleus, ces derniers avaient été longtemps douloureux.

Mais ils l'avaient cependant été moins que l'humiliation subie, et qu'Aymeric avait juré de faire payer au Seigneur du clan…

Il finit par atteindre sa destination, une clairière attenante au manoir… exactement au même instant qu'une autre silhouette indéniablement humaine.

— Toi !

Tout comme Aloys, Aymeric avait oublié qu'ils étaient nés le même jour[11], et donc que le choix aurait lieu pour tous les deux en même temps. Les poings crispés, ils allaient se jeter l'un sur l'autre quand un grondement sourd les interrompit. La meute était là, formant un cercle dont ils étaient le centre pendant que l'Alpha, crocs découverts, les menaçait. Instinctivement, les cousins abandonnèrent leur attitude belliqueuse et courbèrent la nuque devant le regard étincelant du grand loup crème aux yeux verts. Le cercle de la meute se resserra, tandis que Duncan reprenait sa forme humaine pour toiser les nouveaux venus.

— Ainsi, vous avez tous les deux choisi de devenir des loups-garous... constata-t-il d'une voix grave et pas franchement amicale.

— Oui, répondirent-ils à l'unisson.

— Ravi de vous voir enfin d'accord !

Le ton sarcastique de l'Alpha fit tressaillir les jeunes gens. Le charisme de Duncan était tel que même Aymeric n'osa pas répliquer, et que le silence régnait toujours lorsqu'il poursuivit, tournant autour d'eux du pas souple et feutré d'un prédateur.

— Vous allez devoir apprendre à obéir, vite et bien. Je ne tolérerai pas que votre inimitié mette la meute en danger, est-ce bien clair ?

---

[11] À cette époque, les anniversaires n'avaient pas l'importance qu'on leur accorde aujourd'hui *(Note de l'auteur)*

La gorge nouée, ils ne purent qu'acquiescer. Curieusement, que Duncan soit nu et eux encore vêtus ne changeait absolument rien au fait que c'était le premier qui dominait toute la scène.

— Au moindre manquement, je me chargerai personnellement de votre châtiment, et croyez-moi, vous n'avez aucune envie de savoir de quoi je suis capable, reprit le loup-garou. Maintenant, déshabillez-vous et à genoux. Épaule contre épaule.

Cette ultime exigence provoqua un mouvement de surprise dans la meute, tant elle était inhabituelle. Personne ne questionna Duncan. Ce dernier avait fait ce choix pour ne pas paraître privilégier l'un ou l'autre des cousins, étouffant ainsi dans l'œuf toute rivalité entre eux parce que l'un aurait été mordu avant l'autre. Les cousins échangèrent un regard rapide, mais désobéir à Duncan n'était pas une option envisageable dans l'immédiat, aussi retirèrent-ils leurs vêtements puis s'agenouillèrent. L'Alpha les abandonna dans cette posture de soumission un long moment avant de reprendre sa forme lupine et de s'approcher, gueule grande ouverte. D'un geste vif, il planta ses crocs puissants dans les épaules offertes, sans chercher à minimiser la douleur de la morsure. Avec ces deux-là, il préférait établir sa suprématie tout de suite.

Ni Aymeric ni Aloys ne laissèrent passer le moindre murmure quand leurs chairs se déchirèrent sous l'assaut. Ce fut à peine s'ils bronchèrent, et Duncan se dit qu'il lui faudrait sans doute bientôt se battre pour garder sa position. Les autres membres de la meute ne le défiaient plus depuis longtemps tant sa réputation parlait pour lui. Certains même n'avaient jamais contesté sa place de chef, mais les nouveaux venus, eux, le feraient un jour ou l'autre.

Lorsque Duncan recula, du sang coulait sur la poitrine des jeunes gens. Mais aucun d'eux ne s'en préoccupait. Le loup emprisonné en eux venait de s'éveiller et luttait pour prendre le contrôle, affamé de liberté. Aymeric et Aloys ne se défendirent pas. Ils laissèrent le loup s'installer dans leur esprit, et très vite, ils sentirent les premiers changements ; des sens plus acérés, l'envie de courir et de chasser avec la meute, d'éprouver les muscles du loup… Ils mutèrent en même temps, en douceur, et bientôt, deux loups de plus se tenaient dans la clairière. Renversant la tête en arrière, ils poussèrent leur premier hurlement, immédiatement rejoints par le reste de la meute. Les autres loups se terrèrent en entendant le chant puissant des garous, et cette nuit-là, la meute de Chânais fut la seule à chasser dans la forêt.

Et ainsi que Duncan s'en doutait, les ennuis commencèrent très vite, dès le lendemain, avec une bagarre entre les cousins. Une bagarre sous leur forme lupine, chose strictement interdite par l'Alpha, sauf s'il s'agissait d'un défi. Une bagarre qu'il dut stopper en laissant sortir son loup, et qui s'acheva par une correction dans laquelle cette fois il ne retint pas sa force, mettant les deux contrevenants dans un triste état.

Une bagarre qui lui laissa augurer du pire pour la suite…

***

An 1495, en Avalon

Duncan ne fut guère surpris d'entendre le nouveau défi que lui lança Aymeric. Si Aloys avait cessé de le provoquer une vingtaine d'années plus tôt, suite à un combat d'anthologie qui l'avait laissé incapable de se lever durant plusieurs semaines, Aymeric, lui, revenait toujours à la charge, et ce malgré ses cuisantes défaites. Duncan devait bien s'avouer qu'il était tenace en plus d'être le plus coriace de tous les adversaires qu'il avait eu à affronter, mais à présent, il estimait que ça suffisait. Une meute ne pouvait pas être soudée si ses membres se battaient sans arrêt, et comme il l'avait dit jadis à Kerwan, il ne tenait pas du tout à céder sa place d'Alpha.

— Tu es sûr ? commenta-t-il à l'adresse d'Aymeric en haussant un sourcil dubitatif.

— Oui.

— Tu l'auras voulu.

Seuls Ailis, Kerwan et Ternoc comprirent réellement les implications de ce que sous-entendait Duncan. Eux seuls avaient vu un jour ce qu'il cachait en lui. Ils échangèrent un long regard empreint d'inquiétude puis emboîtèrent le pas aux deux rivaux.

Au début, rien ne changea. Le loup crème et le loup noir tournaient l'un autour de l'autre, lançant ou parant des attaques. Ni l'un ni l'autre ne semblaient devoir prendre l'avantage alors que la lutte durait depuis des heures. Personne ne savait qu'elle était aussi mentale, et que Duncan venait d'envoyer un dernier avertissement à son antagoniste :

— *Renonce, Aymeric. Tu risques plus que tu ne le crois.*

— *Tu as peur ?*

Ces trois petits mots furent la provocation de trop, celle qui libéra la bête impatiente d'en découdre qui rôdait sous la surface. Le loup crème poussa ce qui s'apparentait à un véritable rugissement tandis qu'il se dressait sur ses pattes postérieures et que ses yeux prenaient la teinte rouge de la Lune de Sang. L'être qu'affrontait à présent Aymeric était un atroce croisement entre un humain et un animal, un loup qui se tenait debout et frappait comme un homme avec en lui une force incommensurable. À part la couleur, il n'avait plus rien en commun avec la forme lupine du Seigneur des de Chânais. Plus grand, plus puissant, plus violent, il était avant tout une machine à tuer. Amis, ennemis, peu lui importait. Ceux qui se dressaient en travers de son chemin signaient leur arrêt de mort.

Le reste de la meute recula tandis que le loup noir rabattait ses oreilles sur son crâne. Même lui ne pouvait pas braver *ça*. Comme tous, il connaissait le noir secret de Duncan, mais entre le savoir théorique et la vue réelle de ce qu'il devenait en lâchant la bride à l'entièreté de sa part sombre, il y avait une marge…

Peu étaient ceux qui comme Duncan avaient affronté un loup d'Avalon et en étaient revenus vivants. Moins nombreux encore étaient ceux qui avaient développé une partie des pouvoirs qu'il libérait aujourd'hui. La plupart étaient morts en tentant de la dompter.

Jamais personne ne s'était présenté devant un loup d'Avalon alors que brillait la Lune de Sang.

Et jamais un Berserker[12] de la puissance de Duncan de Chânais n'avait foulé la surface des mondes…

— Par les dieux… murmura Kerwan. Ce qu'il a montré face à Harold… Ce n'était rien à côté de *ça* !

— Que se passera-t-il s'il ne le maîtrise pas ? s'enquit Faolan sur le même ton, la gorge nouée.

— Alors nous sommes tous morts, répondit Ailis, lugubre. Personne ne pourra ni l'arrêter ni lui échapper. Si vous croyez en un dieu, ou mieux, en plusieurs, priez-les pour qu'il soit cette fois encore le plus fort.

Les loups-garous reportèrent leur attention sur le combat. Enfin, si l'on pouvait appeler ce qu'ils voyaient un combat… Le loup noir tentait bien de se défendre, mais il était clair qu'il n'avait aucune chance face à son rival. Les Berserkers étaient des machines de guerre n'existant que pour donner la mort. Elles ne connaissaient ni l'amitié, ni l'amour, ni la pitié, et Aymeric en faisait l'amère expérience. Bien qu'il fût plus fort que les autres loups de la

---

[12] Le berserker (en vieux norrois *berserkr*, pluriel *berserkir*) désigne un guerrier-fauve qui entre dans une fureur sacrée (en vieux norrois *berserksgangr*, « marche, allure du guerrier-fauve ») le rendant surpuissant et capable des plus invraisemblables exploits. En Avalon, les choses sont un peu différentes, comme vous le découvrirez dans ce livre… *(note de l'auteur)*

meute – d'ailleurs, Kerwan bénissait le fait qu'il se soit focalisé sur la place d'Alpha et ne l'ait jamais défié –, il ne parvenait pas à toucher son adversaire, et le sang qui maculait la fourrure crème était le sien, non celui de Duncan.

Un revers de patte envoya à nouveau le loup noir voler dans les airs. Il s'écrasa contre un tronc d'arbre. Tous entendirent le bruit sinistre des os qui se brisaient, et quand il retomba au sol, il ne tenta cette fois pas de se relever. Il respirait avec difficulté, des bulles sanglantes coulant de sa mâchoire. Le Berserker s'approcha à pas lents, le dominant de toute sa taille. Les loups-garous retinrent leur souffle tandis qu'il se penchait vers le vaincu et reniflait la fourrure ensanglantée. Durant un temps qui leur parut infini, il poursuivit son examen du corps immobile, puis recula d'un pas. L'effrayante silhouette se brouilla, laissant place à l'Alpha que tout le monde connaissait. Ailis sentit ses jambes se dérober sous elle alors qu'elle laissait échapper un énorme soupir de soulagement. Cette fois, elle avait bien cru que son frère ne reviendrait pas.

— Espèce de tête de mule, grommela le Seigneur des de Chânais en posant son regard redevenu vert sur le corps du loup noir. Il fallait vraiment que tu me pousses à bout et que tu le libères !

À la grande surprise de l'Alpha, le loup noir

disparut pour laisser place à l'homme.

— Une chose est sûre, haleta Aymeric en tentant de se redresser. Je ne recommencerai plus... Seigneur.

— J'espère bien ! Non, ne bouge pas ; tu es probablement cassé de partout. D'ailleurs, tu ne devrais même pas être conscient, tout loup-garou que tu es. Ailis !

— Inutile de hurler, je suis là.

La guérisseuse s'allongea à côté du blessé et parcourut son corps nu d'un regard effaré.

— Je crois que j'irais plus vite en comptant les os que tu as encore intacts...

— Voilà qui... est encourageant...

— Ferme-la un peu, tu veux ? Tu t'es assez fait remarquer pour les deux ou trois siècles à venir.

Aymeric n'aimait pas beaucoup qu'on lui dise ce qu'il pouvait ou ne pouvait pas faire, surtout si c'était une femme qui le faisait, mais au vu des circonstances, il préféra faire profil bas, et ce d'autant plus que les soins d'Ailis étaient vraiment les bienvenus.

— On peut le déplacer ? lança Duncan d'un ton sec.

— Pas tout de suite, diagnostiqua la guérisseuse. Il faudra plusieurs heures avant que ses os commencent à se ressouder et que son poumon se répare.

— Quel… poumon ? articula Aymeric.

— Celui qui a été transpercé par une côte et te fait cracher du sang. Ceci dit, il me semblait t'avoir ordonné de la fermer, non ?

Cette fois, Aymeric se le tint pour dit et resta coi.

— Très bien, on va bivouaquer ici jusqu'à ce qu'il aille mieux, décida Duncan. À moins que quelqu'un ait encore envie de me défier, histoire de passer le temps ?

Les regards se détournèrent un à un. Entre ceux qui n'avaient jamais contesté sa place et ceux qui s'y étaient risqués un jour, l'entente était scellée.

Chapitre 6

An 1496, en Avalon

Ailis ouvrit doucement la porte de l'herboristerie qu'elle s'était aménagée dans la grande demeure où habitait la meute. Elle y avait fait installer un lit, occupé pour l'heure par un patient qui tentait difficilement de se redresser.

— Kerwan, cesse donc de bouger ! le gourmanda-t-elle en s'asseyant sur le matelas et en le repoussant sur les oreillers. Tu n'es pas encore guéri.

— Ça fait déjà trois jours que je suis là, grommela l'intéressé, boudeur.

— Et tu y resteras le temps qu'il faudra. Aymeric ne t'a pas loupé.

L'ancien lieutenant de Duncan se renfrogna. Si l'année précédente il avait fait passer à Aloys toute envie de le défier davantage pour la place de second, face à Aymeric, il n'avait pas tenu longtemps. Enfin, il avait tenu plus longtemps que la moyenne de ses adversaires, mais pas assez cependant pour lui faire mordre la poussière. Il avait suffi d'un seul duel pour qu'Aymeric lui arrache la position qu'il occupait depuis tant d'années.

— J'espère qu'il sera un bon second pour Duncan, grogna Kerwan tandis qu'Ailis le débarrassait de ses bandages pour examiner ses blessures.

— Tu sais bien que oui, répondit cette dernière avec un sourire amusé. Il est ce qu'il est, mais il est loyal, et il se ferait tuer pour la meute. Simplement, il n'aime pas obéir, et puisqu'il n'a pas réussi à être le premier, il a pris la place de second. Tu devais bien te douter qu'il allait te défier, non ?

— Bien sûr que je m'en doutais. Je suis même surpris qu'il ait attendu un an après sa défaite contre Duncan pour le faire.

— Il a mis des mois à se rétablir complètement de la raclée que mon frère lui a administrée ce jour-là, tu sais.

— À ce point ? Il s'est pourtant relevé relativement vite vu l'état dans lequel il était !

— Ce n'était qu'une façade. Aymeric est orgueilleux, plus que tout le reste de la meute réunie, je pense, mais moi je suis guérisseuse, et j'ai bien vu qu'il souffrait.

— Malheureusement pour moi, il s'en est remis…

— Tu regrettes ta place ?

Kerwan réfléchit quelques minutes puis haussa les épaules.

— Oui et non. J'ai toujours su qu'il me vaincrait s'il me défiait. De plus, il est fait pour commander.

— Toi aussi. Tu avais quand même pris la tête de la rébellion contre Harold alors que tu n'avais que dix-neuf ans.

— Oui, mais… je ne sais pas, Ailis. C'est difficile à expliquer. Aymeric n'est pas comme les autres. Si Duncan n'était pas un Berserker, il l'aurait peut-être vaincu.

— Ou alors ils auraient fini par s'entretuer.

— C'est une possibilité. Comment ça se passe, entre Aymeric et les autres ?

— Il n'est pas facile à vivre. Aloys est fou de rage de voir son cousin à la place de lieutenant, mais il se tient tranquille pour l'instant.

— Par les dieux… Ces deux-là sont pires que les jumeaux ! Faolan et Ciaran font des blagues douteuses, mais au moins, ils ne passent pas leur temps à vouloir s'écorcher vif !

— Je ne nie pas que certains jours, je regrette d'avoir accordé la morsure aux cousins.

La voix de Duncan interrompit la conversation entre la guérisseuse et son patient. L'Alpha tira un tabouret pour s'asseoir près du lit.

— Comment tu te sens ?

— J'ai connu des jours meilleurs, mais je survivrai.

Kerwan ajouta en hésitant :

— Ce n'est pas trop dur, avec Aymeric ?

Duncan regarda longuement celui qui avait été son lieutenant pendant plus de deux siècles, et de qui il était plus proche que n'importe quel autre membre de la meute, puis soupira :

— C'est… différent d'avec toi. Il ne se gêne pas pour contester mes décisions quand il estime que j'ai tort, ce que tu ne faisais jamais. Nos discussions sont pour le moins… animées.

— Je suis désolé d'avoir perdu, Seigneur.

— Sans vouloir te faire de peine, tu ne pouvais pas gagner contre lui. J'ai dû laisser sortir le

Berserker dans son intégralité pour le soumettre, chose que je n'avais jamais faite auparavant. Il a tout pour être un Alpha, sauf que je suis plus fort que lui.

— Il pourrait vouloir créer sa propre meute, suggéra Ailis.

— Non, la contredit Duncan. Il est ce qu'il est, mais il est viscéralement attaché à notre famille. Il mourrait pour elle s'il le fallait, sans hésiter une seule seconde. Ce n'est pas un mauvais lieutenant, loin de là. C'est juste qu'il a une personnalité de chef et qu'il doit se contenter du second rôle.

— Tu lui fais confiance, alors ? poursuivit Kerwan.

— Oui. Je lui confierais ma vie, comme je te l'aurais confiée jadis.

L'ancien second était traversé par tant d'émotions contradictoires qu'il ne savait plus où il en était. D'un côté, la satisfaction de voir la meute entre de bonnes mains, celles de Duncan et celles d'Aymeric. De l'autre, la jalousie envers celui qui jouait à présent son rôle et l'amertume d'avoir été vaincu. Il sursauta lorsque Duncan reprit doucement la parole :

— Kerwan, je ne nie pas que je regrette ta présence auprès de moi, mais c'est la loi des meutes. Je comprends ce que tu ressens, et si tu désires t'éloigner, je le comprendrai aussi, même si je le déplorerais. Mais si vraiment tu ne te sens pas capable d'admettre ta défaite, tu sais que tu n'auras plus ta place parmi nous. Tu devras soit fonder ta propre meute, soit en trouver une autre qui t'acceptera.

Le loup-garou resta silencieux. Il n'était pas facile pour lui de s'effacer, pourtant souhaitait-il pour autant quitter les siens ? Il songea à tout ce qu'il avait traversé avec Duncan, avant même de solliciter la morsure et après. Pouvait-il tourner le dos à leur passé ? Ou au contraire, devait-il ravaler sa fierté et reconnaître que l'énervante petite voix qui lui soufflait qu'Aymeric était plus apte à remplir le rôle de second que lui avait raison ?

— Tu as le temps de réfléchir, fit Duncan en se levant. Quelle que soit ta décision, je la respecterai.

— Je ne partirai pas.

L'Alpha, qui était déjà à la porte, se retourna.

— Tu en es sûr ?

— La meute est ma famille. Même si ça m'arrache les tripes de l'avouer, je ne pouvais pas vaincre Aymeric. Cette place est la sienne. Il me faudra peut-être un peu de temps pour me conformer à mon nouveau rang, mais j'y arriverai.

L'ombre d'un sourire éclaira les traits de Duncan.

— Je n'en attendais pas moins de toi. Et n'oublie pas : tu resteras toujours le compagnon des premiers jours. Cela, personne ne pourra jamais te l'enlever.

— Merci, Seigneur.

***

An 1497, en Avalon

— Je pense que tu mens.

La voix froide d'Aymeric fit se recroqueviller son interlocuteur.

— Je vous jure… je vous jure que non ! Je… je ne mens pas.

— Si, tu mens.

L'homme en face avait beau être grand et costaud, il ne faisait pas le poids face au lieutenant de la meute de Chânais, qui reprit sur un ton tout aussi coupant :

— Tu sais parfaitement qui recopie et distribue ces pamphlets ridicules sur la Dame du Lac. Des pamphlets qui ont beaucoup, beaucoup fâché mon Seigneur, puisqu'il est concerné par leurs mensonges. Je parie même que si on descendait au sous-sol de cette taverne miteuse, on y trouverait des choses intéressantes, comme des parchemins, des plumes, de l'encre, voire un ou deux magiciens pour accélérer le recopiage. Qu'en penses-tu, Kerwan ?

Aymeric se tourna vers son compagnon, appuyé avec nonchalance contre un pilier, et qui le regardait avec une lueur amusée au fond de ses prunelles claires.

— Je pense que je vais y jeter un œil. Voire les deux…

— Non, non, il n'y a rien, en bas ! protesta l'homme d'une voix stridente. C'est… c'est inondé !

— En pleine sécheresse ? railla Aymeric.

Déjà Kerwan ouvrait la trappe menant à la cave et, négligeant l'échelle, y descendit d'un bond. Il se reçut souplement sur le sol en terre battue et regarda autour de lui. Sa vision de loup-garou ne rendait pas nécessaire une lumière autre que celle dispensée par l'ouverture au-dessus de lui, si bien qu'il ne tarda pas à renseigner son compagnon :

— Gagné ! Tout vient d'ici.

— Bien, approuva Aymeric avant de reporter son attention sur l'homme qui tremblait : Le nom de tes complices, je te prie ?

Moins d'une heure après, la taverne était en flammes, et les coupables terrifiés entre les mains du duo.

— On les mange ? proposa Kerwan.

— C'est de la viande empoisonnée, elle ne doit pas avoir bon goût.

— Tu n'as pas tort. Qu'est-ce qu'on en fait, alors ?

— On peut les découper en morceaux, ils seront plus faciles à emmener au palais d'Ysolda.

— Oui, mais avec la chaleur qu'il fait, ça va sentir…

— Ah oui, un inconvénient de taille… Nous sommes donc contraints d'en revenir aux anciennes méthodes : les attacher derrière nos chevaux et les faire courir.

— Oui. Dommage qu'ils soient si fragiles, ça limite notre créativité.

— Tout à fait d'accord.

Le ton badin employé par Aymeric et Kerwan durant la conversation ne fit pas que terroriser leurs prisonniers. Ceux qui assistaient à la scène faillirent également mourir de frayeur. Ils gagnèrent ce jour-là un surnom qui répandait la peur dans les cœurs de ceux aux trousses desquels ils se lançaient, et qui savaient n'avoir aucune chance de leur échapper, car les Exécuteurs n'échouaient jamais…

Ce fut aussi cette histoire qui scella la réconciliation définitive entre l'ancien et le nouveau second. Duncan avait hésité avant de les envoyer en mission ensemble, puis il avait fini par suivre son intuition, ce qu'il ne regretta jamais par la suite, car si le chemin aller s'était effectué dans une ambiance froide, celui du retour fut nettement plus détendu. De fait, quand ils s'arrêtèrent pour bivouaquer, ce fut Aymeric qui entama la conversation :

— J'ai apprécié de t'avoir avec moi aujourd'hui.

— Vraiment ?

Le loup-garou aux cheveux noirs leva la tête pour croiser le regard de son vis-à-vis.

— Je n'aime pas étaler mes sentiments, et je suis loin d'être celui qui a le plus de facilités à parler avec les autres, surtout lorsque ça me touche intimement, mais je voulais que tu saches que même si je t'ai vaincu, je te respecte infiniment.

Aymeric ajouta avec un petit sourire qui ressemblait presque à un sourire d'excuse :

— C'est juste que… Je n'ai jamais aimé obéir, et j'aime être le meilleur. Nous avons fait du bon travail, ensemble, aujourd'hui, et j'aurai plaisir à repartir en mission avec toi.

Stupéfait, Kerwan mit une interminable minute avant de pouvoir répondre :

— Si je m'attendais à ça…

— Tu as le droit de m'en vouloir. Tu as aussi le droit de vouloir me défier à nouveau, mais sache que je te vaincrai une fois encore.

— Ça, je n'en doute pas une seconde.

Aymeric leva un sourcil surpris tandis que Kerwan continuait :

— Nous sommes des loups-garous. Les luttes de pouvoir sont quasiment notre pain quotidien. La majorité des meutes ne sont pas aussi stables que la nôtre. Les places d'Alpha changent fréquemment, et celles de lieutenant plus fréquemment encore. Tu as joué selon les règles du jeu. J'ai perdu, tu as gagné.

Je ne nie pas que ma fierté en a pris un sacré coup, mais… Tu es un excellent lieutenant, Aymeric. Si un jour tu devais relever un défi pour cette place, il ne viendrait pas de moi.

Aymeric n'ajouta rien, se contentant de partager le pain restant et d'en envoyer un morceau à Kerwan, qui l'attrapa avec un sourire. Tout était dit entre eux. Il n'y aurait plus d'affrontement, plus de rivalité désormais.

***

An 1546, en Avalon

— Tu sais que j'ai vraiment, vraiment envie de t'étriper ?

Duncan apprécia qu'Aymeric juge plus sage de ne pas répondre. Il était en colère, vraiment très en colère, et qu'on ose le contredire ne faisait pas partie de ses plans. Son lieutenant baissa la tête tandis qu'il poursuivait :

— Remarque, quelque part, ta malédiction, tu l'as bien méritée[13], et si ce n'était pas Morrigane qui te l'avait infligée, je t'aurais volontiers laissé mariner dans tes problèmes, mais elle… Avec tous les ennuis qu'elle a déjà causés en Avalon, il fallait qu'en plus

---

[13] Voir *La meute de Chânais tome 1 : Aymeric – la malédiction.*

tu lui donnes barre sur la meute ! Tu ne crois pas que c'est suffisamment difficile comme ça ? Cela fait des siècles qu'Ysolda et moi tentons de prouver son implication dans les complots qui déstabilisent le pouvoir de la Dame du Lac, et toi, tu ne trouves rien de plus intelligent à faire que de la mettre dans ton lit puis de l'en expulser ?

Duncan savait qu'il était injuste. Si Aymeric connaissait Morrigane de nom, il ne l'avait jamais rencontrée avant ce funeste jour dans la taverne, ou alors seulement de loin. De plus, l'Alpha soupçonnait la druidesse d'avoir eu recours à un enchantement pour modifier subtilement son apparence, et sans doute aussi pour dissimuler sa nature à un non-druide. Le Seigneur des de Chânais l'aurait sans difficulté percée à jour s'il l'avait vue, mais comme Aymeric ne présentait jamais ses éphémères conquêtes à la meute, il ne s'en était pas préoccupé. Surtout qu'elle s'était bien gardée d'utiliser sa magie sur le loup-garou, magie que Duncan aurait pu détecter.

L'Alpha baissa son regard brûlant de colère sur la silhouette agenouillée à ses pieds. Il était seul avec son lieutenant, qui avait regagné sa chambre à grand-peine après la flagellation dont il avait été la victime. Pour avoir éprouvé la force et le feu du fouet d'Avalon quelques siècles plus tôt, Duncan devinait ce qu'il devait ressentir en cet instant, ainsi que le prouvait le spectacle du dos ravagé d'Aymeric. Son regard s'adoucit.

— Très franchement, je pense qu'elle t'a piégé. Il était impossible qu'elle ne sache pas qui vous étiez lorsqu'elle a jeté son dévolu sur Aloys et toi. Désolé de te dire ça, mais vous n'aviez pas une chance face à ses pouvoirs. Vous êtes bien trop coureurs de jupons pour ça.

Aymeric encaissa la révélation en silence. Quand il était seul avec Duncan, il cédait beaucoup plus facilement que lorsqu'il était en société. Il n'avait rien à prouver face à son Alpha.

— Lève-toi, soupira Duncan, sa colère envolée. Je vais prévenir Ysolda, nous chercherons un moyen de contrer cette malédiction.

— Merci, Seigneur.

Ni l'un ni l'autre ne se doutaient que le pire était encore à venir pour le loup-garou aux cheveux noirs ni qu'il faudrait plusieurs siècles pour qu'enfin Aymeric soit délivré du sort qui le frappait…

Chapitre 7

An 1555, en Avalon

Duncan s'étira voluptueusement avant de se lever et de se diriger à pas lents vers l'une des fenêtres de la chambre. Il ouvrit les rideaux et la croisée d'un geste vif et s'accouda sur le rebord de pierre. Ses yeux verts erraient sur les alentours, songeurs.

— Joli spectacle, commenta une voix féminine depuis le lit.

— Pardon ? fit-il en se retournant pour faire face à sa compagne.

Il était perdu si loin dans ses pensées qu'il n'avait pas vraiment entendu les paroles d'Ysolda. La Dame du Lac haussa un sourcil moqueur tandis qu'une moue appréciatrice se peignait sur ses traits délicats.

— Encore plus… intéressant de ce côté-là.

Le Seigneur des de Chânais finit par réaliser ce qu'elle voulait dire et éclata de rire à son tour. La nudité lui était tellement naturelle qu'il n'avait absolument pas prêté attention au fait qu'il s'était montré à la fenêtre dans le plus simple appareil.

— Admire tout à loisir, ô ma Dame, badina-t-il en tournant lentement sur lui-même, les bras écartés. Je ne suis que ton consort. Ou plutôt, celui que tu as choisi pour amant ce soir.

— Duncan de Chânais qui fait le modeste ? J'aurai décidément tout entendu ! railla Ysolda.

— N'est-ce pas la vérité ? poursuivit-il en la rejoignant sous les draps du lit.

— Voyons voir… réfléchit-elle tout en se coulant dans ses bras. Tu es l'Alpha de la meute la plus puissante des loups-garous d'Avalon. Tu es un Berserker qui doit ses pouvoirs à une Lune de Sang. Tu es le seul capable de museler un certain Aymeric de Chânais, dont le nom fait trembler la plupart de ceux devant qui on le prononce, surtout s'ils ont un quelconque contentieux avec lui. En Terre des hommes, tu es à la tête d'un clan influent, respecté et richissime, au point que même votre Église n'ose pas s'y attaquer. Et par-dessus, être modeste n'est pas dans tes habitudes.

— Aïe, je suis découvert…

— On ne peut rien cacher à la Dame du Lac.

Une lueur mutine s'alluma dans ses yeux bleu-violet tandis que sa main accrochait les draps et édredons sous lesquels ils étaient enfouis.

— D'ailleurs, en ce moment, tu lui en caches bien trop…

Le rire de Duncan reprit tandis qu'il se retrouvait exposé au regard appréciateur de sa compagne. L'érection qui se dressait entre ses cuisses ne permettait aucun doute sur l'étendue de son désir, et lorsqu'elle se pencha pour embrasser l'extrémité impatiente de son membre, il laissa échapper un gémissement de plaisir.

— Prêt à servir ta souveraine, prince consort ? murmura Ysolda en posant ses lèvres sur les siennes.

— Je suis à l'entière disposition de la Dame du Lac.

Les bras puissants de Duncan se refermèrent sur le corps svelte d'Ysolda. Les prochaines heures seraient un cadeau qu'ils s'offraient au milieu de leur vie tumultueuse. Il serait temps plus tard d'affronter les problèmes. Ni l'un ni l'autre n'en manquaient.

La malédiction d'Aymeric.

Les attaques insidieuses visant à renverser Ysolda, orchestrées dans l'ombre par Morrigane, toujours aussi insaisissable.

Le fait qu'Archambauld ait à nouveau été vu en Avalon.

Et toutes les petites choses du quotidien, comme les remarques perfides sur le fait que la Dame du Lac choisisse constamment Duncan comme amant, la difficulté de plus en plus grande de cacher la nature des loups-garous en Terre des hommes, les retours épisodiques, mais perpétuellement meurtriers de la Lune de Sang, les simples conflits qui pouvaient dégénérer en rancunes larvées s'ils n'étaient pas réglés de manière satisfaisante, enfin bref, toutes les contraintes pas forcément agréables qu'apportait le pouvoir qui était le leur.

***

An 1556, en Avalon

Le poignard projeté par Blodwyn se ficha si profondément dans l'écorce de l'arbre qu'il était peu probable que quelqu'un puisse le retirer un jour sans découper le tronc ou utiliser la magie.

— On l'a encore manqué… grogna-t-elle d'une voix sourde. *On l'a encore manqué !*

— Ce n'est que partie remise, tenta de la calmer Faolan. Il ne pourra pas nous échapper éternellement.

La jeune femme se tourna vers lui avec brusquerie, de tels éclairs dans ses yeux bleus que son compagnon aurait péri carbonisé si elle avait pu les lancer.

— Ah oui ? Tu en es si sûr que ça ?

Le loup-garou s'approcha lentement et passa un bras précautionneux autour de ses épaules. Il savait qu'elle n'aimait pas qu'on la traite comme une petite fille fragile, mais il avait tellement envie de lui offrir du réconfort qu'il tenta sa chance. Elle l'aurait peut-être d'ailleurs repoussé si Duncan n'était pas intervenu à cet instant :

— Il semblerait qu'Archambauld ait trouvé un moyen de passer du Monde Souterrain à Avalon, mais il semblerait aussi qu'il ne puisse pas rester longtemps en Avalon.

— Que sait-on exactement de ce Monde Souterrain ? l'interrogea Aymeric.

— Pas grand-chose, je le crains. Les druides n'ont toujours pas compris comment Ysolda et moi avons fait pour y envoyer Archambauld, qui plus est accompagné de toute sa meute. Quoique, pour cette dernière, nous avons une théorie.

— Laquelle ? s'enquit Kerwan.

L'Alpha se tourna vers lui avec une expression de connivence qui fit se crisper les mâchoires de son lieutenant. Aymeric avait encore du mal à accepter que Duncan et Kerwan aient un passé commun duquel il serait toujours exclu. La pointe de jalousie qui le torturait s'évanouit cependant lorsque Duncan répondit :

— Archambauld a très probablement lié les membres de sa meute à sa personne.

— Comme… Harold ? fit Kerwan d'un air écœuré.

— Je ne pense pas. Quand je me suis battu contre lui, au palais d'Ysolda, je n'ai pas ressenti ce que j'avais ressenti avec Harold. Ce n'est pas simple à expliquer, car quand j'ai affronté Harold, je ne savais pas du tout qu'il avait fait lier sa meute à lui de telle sorte qu'elle mourrait s'il mourait. Cela lui permettait aussi de puiser en eux son énergie, et c'est pour ça qu'il était si difficile à vaincre. C'est la raison pour laquelle j'ai dû faire appel à une partie du Berserker.

La mention de ce nom fit se raidir Aymeric. Il n'ignorait pas qu'il était le seul à avoir eu face à lui le Berserker dans son entier, et chaque fois qu'il y repensait, il se demandait comment il avait bien pu s'en sortir vivant. La voix de Duncan le ramena à l'instant présent :

— Pour faire court, je sentais bien qu'il y avait quelque chose d'anormal dans l'esprit d'Harold, mais sans comprendre quoi. Je n'ai réalisé que plus tard. Ce que j'ai ressenti chez Archambauld, c'est un autre genre de pouvoir.

— Et pourquoi n'irions-nous pas nous dans le Monde Souterrain ? intervint impatiemment Blodwyn. Personne donc ne sait comment y entrer ?

— Si, quelques-uns le savent. L'ennui, c'est que personne ne sait comment en sortir.

— On dirait pourtant qu'Archambauld a trouvé, lui, constata Eanna, la dernière à avoir rejoindre la meute, et dont les capacités d'empathe faisaient merveille.

— Oui, on dirait, et ça ne me fait pas vraiment plaisir… Aymeric, Kerwan, je crois qu'il est temps que les Exécuteurs partent en mission. Aloys, tu les accompagnes.

Personne ne s'étonna de cette exigence. La malédiction risquait de frapper durant leur voyage, et tout le monde savait qu'Aymeric ne tolérait personne d'autre que son cousin dans ces moments-là.

***

Quelques jours plus tard, en Avalon

Aymeric descendit les escaliers de l'étage de l'auberge d'un pas lourd. Ses mâchoires verrouillées et l'expression glaciale de ses yeux indiquaient clairement qu'il valait mieux ne pas le contrarier. Quelques heures plus tôt, il avait ressenti la brûlure à présent familière au creux de ses reins. Ni Kerwan ni Aloys n'avaient fait de remarques lorsqu'il s'était arrêté devant un établissement miteux et avait jeté les rênes de son cheval à son cousin. Il y avait longtemps déjà que le lieutenant de la meute avait compris que faire appel à des prostituées adoucissait sa punition. Comme elles n'attendaient rien d'autre de lui qu'un paiement en espèces sonnantes et trébuchantes, le fouet s'abattait avec moins de vigueur.

Morose, le loup-garou se dirigeait vers une table lorsqu'une voix goguenarde l'interpella :

— Quel spectacle… Un de Chânais contraint d'aller aux putes… Rien que pour voir ça, ça valait le coup de venir ! Mais d'un autre côté, qui voudrait d'un ancien esclave… ?

Aymeric pivota d'un bloc. Juste à l'entrée se découpait la haute silhouette d'un autre loup-garou, une silhouette qu'il n'avait jusque-là fait que croiser depuis leur première rencontre.

Beowyn d'Avalon, l'Alpha de la Meute Sauvage.

— Retourne dans tes bois, Beowyn, grogna Aymeric tandis que les lueurs de la métamorphose dansaient dans ses prunelles couleur d'orage. Personne n'a besoin de ton avis !

— Ce qui ne m'empêchera pas de le donner quand même… railla son interlocuteur.

Aymeric se jeta en avant sans le moindre avertissement, et bientôt les deux hommes roulaient sur le sol sale, enlacés dans une violente empoignade.

— Ça devait arriver un jour, soupira Aloys, qui avait amorcé trop tard le geste de tirer son cousin en arrière.

— Oui, approuva Kerwan, qui lui, n'avait pas bougé. Depuis la première fois qu'ils ont posé les yeux l'un sur l'autre, tout le monde a su que ce jour arriverait. Mais j'aurais préféré que Duncan soit là *et* qu'on ne soit pas en mission pour chercher des renseignements sur la manière dont Archambauld peut revenir du Monde Souterrain.

— Trop de conditions, diagnostiqua Aloys en haussant les épaules. De toute façon, maintenant, on n'a plus qu'à attendre la fin de la bagarre.

Le loup-garou blond se fit servir une autre bière en songeant à l'inimitié immédiate qui avait flambé entre Aymeric et Beowyn quand leurs chemins s'étaient croisés, au cœur d'une forêt d'Avalon. Les deux meutes étaient sous leur forme lupine, et lorsque les deux loups noirs s'étaient vus, la tension était aussitôt montée. Sans l'intervention de Duncan, ils se seraient sans doute battus jusqu'à ce que mort s'ensuive, mais quand le grand loup crème s'était interposé entre eux, ils avaient reculé, Aymeric par obéissance envers son Alpha, Beowyn parce qu'il avait reconnu le Berseker dans les yeux fixés sur lui et qu'il se savait incapable de le vaincre.

Mais aujourd'hui Duncan n'était pas là, et personne n'osait arrêter la lutte.

— *Une chance, ils restent sous forme humaine*, fit Aloys à l'adresse de Kerwan par le lien de la meute.

— *C'est parce que ça leur permet de s'insulter*, répondit ce dernier avec un petit sourire.

Aloys faillit s'étouffer avec sa bière. En effet, Aymeric et Beowyn échangeaient force noms d'oiseaux en plus des coups qu'ils s'administraient. Ils avaient roulé plus qu'autre chose en dehors de la taverne – au grand soulagement de son tenancier, qui voyait ainsi son mobilier en partie épargné –, poursuivant leur lutte dans la poussière de la rue.

— *Neuf fois sur dix, c'est la même chose quand on va en ville avec lui*, soupira Kerwan, désabusé. *Il faut qu'il se batte.*

— *Je sais*, lui accorda Aloys.

— *Avec qui, cette fois ?*

La voix mentale de Duncan surprit les loups-garous, qui mirent quelques secondes avant de pouvoir répondre.

— *Beowyn*, finit par dire Kerwan.

— *Ça devait bien arriver un jour ou l'autre*, commenta Duncan, faisant écho sans le savoir aux paroles prononcées par Aloys quelques instants plus tôt. *Qui gagne ?*

— *Pour l'instant, statu quo. Ah non, pas tout à fait.*

Aymeric venait en effet de renverser son adversaire. À plat ventre sur le sol, son antagoniste assis sur ses cuisses et les bras relevés dans le dos par la poigne de fer d'Aymeric, Beowyn ne pouvait plus bouger.

— Tu t'avoues vaincu ? grogna le lieutenant des de Chânais en raffermissant sa prise.

— Tu peux… toujours… rêver !

— Pas de problèmes, j'ai tout mon temps.

Tout en parlant, Aymeric se fit plus lourd sur le dos de Beowyn, l'obligeant dans le même temps à remonter encore ses bras douloureusement pliés. Un premier craquement retentit tandis que l'articulation de l'épaule gauche du loup sauvage cédait. Un deuxième suivit aussitôt lorsque le poignet du même bras se fractura. Si Beowyn ne cria pas, Aymeric sentit cependant le corps étendu sous lui tressauter sous la souffrance.

— Je continue ? s'enquit impitoyablement le lieutenant des de Chânais.

Beowyn tergiversa un dernier moment, mais quand son vainqueur menaça de recommencer avec son bras droit, il capitula. S'il retournait blessé ainsi au sein de la Meute Sauvage, il se retrouverait défié et vaincu en moins de temps qu'il n'en fallait pour le dire.

— D'accord, grinça-t-il d'une voix contrainte.

— D'accord quoi ?

— D'accord, tu… tu as gagné.

— Tu vois, quand tu veux…

Aymeric se releva sans paraître se ressentir des coups reçus. D'un geste de la main, il essuya son arcade sourcilière ruisselante de sang avant de baisser les yeux vers son adversaire toujours à terre.

— Je pourrais exiger ta soumission et prendre le contrôle de ta meute, mais comme il ne s'agit pas vraiment d'un défi entre nous, que nous sommes sous forme humaine et que j'ai prêté allégeance à Duncan, je me contenterai de t'avoir à mon service jusqu'à demain matin.

— À ton… ? s'étrangla Beowyn, incapable même de finir sa phrase.

— À mon service, un collier autour du cou et enchaîné à mes pieds. Choisis entre ça et ta place d'Alpha.

Beowyn tremblait de rage, cependant que pouvait-il faire ? Il avait reconnu sa défaite, et qui plus est, il n'était pas en état d'affronter à nouveau Aymeric ni les siens s'il revenait blessé ainsi, car dans la Meute Sauvage, un Alpha blessé était automatiquement défié. Une haine à l'état brut suintait dans les mots qu'il prononça :

— Très bien, je… me soumettrai à toi.

— Tu acceptes donc de porter un collier ? insista Aymeric.

— Oui.

— Oui, quoi ?

— Oui, je… j'accepte de porter un collier.

— Je suis sûr que ça t'ira très bien.

— *Je ne sais pas si on apprendra grand-chose sur Archambauld*, soupira Kerwan à l'adresse de Duncan, *mais une chose est sûre : on a appris qu'entre Aymeric et Beowyn, ce n'est pas le grand amour.*

— *Ça tombe bien, je ne l'aime pas non plus.*

Kerwan tressaillit. La voix de son Alpha lui paraissait bien plus proche que tout à l'heure, ce qui était étonnant, vu qu'il était censé être à une bonne centaine de lieues de l'endroit où ils se trouvaient. Si le lien de la meute leur permettait de communiquer entre eux, quelles que soient les distances qui les séparaient, celles-ci faisaient cependant que ce qu'ils percevaient était plus ou moins assourdi selon leur importance. Mû par son instinct, l'ancien second se tourna vers la porte de l'auberge, et y découvrit une silhouette blonde qui gagnait leur table d'un pas décidé. Visiblement, Duncan avait ouvert un passage pour les rejoindre. Tout aussi stupéfaits que lui, Aymeric et Aloys le détaillaient en silence, mais leur Alpha ne s'intéressait pas à eux. Ses prunelles vertes étaient fixées sur Beowyn. À genoux à côté de son vainqueur, un collier muni d'une chaîne dont l'autre extrémité était enroulée sur le poing gauche d'Aymeric autour du cou, il lui rendait regard pour regard, une rage impuissante brûlant au fond de ses yeux noirs.

— Que voilà un doux spectacle, susurra Duncan en le toisant moqueusement. Tu occupes la place que tu mérites, Beowyn d'Avalon.

La haine qui flambait entre eux était presque palpable. Beowyn comprit que Duncan ne lui pardonnerait jamais d'avoir été son premier accusateur le jour où il avait défié Archambauld, tout comme Duncan sut que Beowyn n'avait jamais digéré la défaite subie lors de leur première rencontre.

— Finalement, je crois que je vais rester ici, décida l'Alpha en s'asseyant à leur table, sur la chaise située juste à côté de celle d'Aymeric, de l'autre côté de Beowyn. Je crois que la soirée s'annonce… intéressante.

Le tavernier, lui, n'en était pas vraiment convaincu, mais que pouvait-il faire ? En plus d'être un loup-garou d'une redoutable puissance, Duncan de Chânais était l'amant de la Dame du Lac.

Plus personne n'osait contester son pouvoir, et surtout pas un simple aubergiste. Il ne lui restait plus qu'à espérer que le Seigneur des de Chânais se montrerait aussi généreux que le disait sa réputation et qu'il paierait pour la casse…

De nos jours…

Épilogue

De nos jours, en Terre des hommes

Duncan soupira. Combien de temps était-il resté ainsi, au sommet de cette colline ? Cette fois encore le passé l'avait entraîné dans ses méandres, lui faisant revivre des moments, qui, bien que lointains, étaient toujours gravés dans sa mémoire.

Ses succès.

Ses échecs.

Les questions qui n'avaient pas trouvé de réponses, bien que savoir comment Archambauld réussissait à voyager du Monde Souterrain à Avalon avait moins d'importance depuis sa mort. Bien sûr, un jour, il faudrait sans doute élucider ce mystère. Le passage était-il aisé ? Dangereux ? Où menait-il exactement ? Décidément, même à présent qu'Archambauld n'était plus, il semblerait bien qu'il n'en ait pas encore fini avec lui…

Les incertitudes de l'avenir d'une meute qui ne ressemblait à aucune autre, une meute où cohabitaient quatre Alphas.

Lui-même, bien sûr.

Aymeric, qui avait développé les pouvoirs d'un Alpha pour sauver son cousin et qui, s'il lui avait prêté à nouveau allégeance, n'en restait pas moins un loup-garou avec l'âme d'un chef.

Blodwyn, qui avait hérité des survivants de la meute d'Archambauld, lesquels du coup avaient été intégrés à la meute de Chânais sans pourtant lui appartenir vraiment.

Et Beowyn, qui, s'il s'était soumis à Aymeric pour préserver Avalon, ne l'avait fait que contraint et forcé et ne pouvait à ce titre être réellement considéré comme vaincu.

Certes, sa meute était soudée, ainsi qu'elle l'avait démontrée de nombreuses fois au fil des siècles, mais il avait vécu trop longtemps pour ne pas savoir que tout pouvait changer en un éclair. Les pensées du Seigneur des de Chânais dérivèrent vers les couples qui s'étaient formés et un sourire éclaira son visage.

Aymeric, tout d'abord, enfin délivré de la malédiction qui le tuait à petit feu grâce à Yseult.

Aloys, qui avait gagné le cœur de sa petite sœur. Bon, là, d'accord, il grinçait un peu des dents, mais que pouvait-il y faire ? Et puis au fond, Aloys était quelqu'un de bien, et Duncan le savait parfaitement. C'était juste que… Ailis était sa sœur, voilà tout !

Faolan, qui pendant des siècles avait caché à tous, y compris à son jumeau, son amour pour Blodwyn, l'écorchée vive.

Ciaran enfin, qui avait failli périr sous la possession de la Chose issue de la Lune de Sang et s'était raccroché à Eanna pour ne pas sombrer, permettant ainsi à leur amour d'éclore au milieu de l'horreur.

L'Alpha refusa de s'attarder sur l'étrange couple qu'il formait avec Ysolda. Il y avait tant d'obstacles, entre eux… Malgré les siècles, les règles n'avaient pas changé. Certes, la Dame du Lac les transgressait subtilement en le gardant comme amant envers et contre tout, allant jusqu'à le laisser siéger comme consort au cours de certaines audiences. Bien sûr, il n'avait rien à dire, la souveraine d'Avalon prenait seule ses décisions, mais qu'elle impose sa présence était déjà beaucoup.

Un jour sans doute il leur faudrait payer l'addition.

Mais pour l'heure, l'Alpha de la meute de Chânais avait plus urgent à régler. Il émergeait à peine de la forêt entourant le manoir qu'une altercation attira son attention. Il n'avait pas besoin de faire le moindre effort pour identifier les voix qui s'insultaient. Il ne lui était pas non plus nécessaire d'écouter les noms d'oiseaux qu'elles se lançaient à la figure. Quant au motif, il n'avait pas la plus petite importance.

Aymeric et Beowyn, encore… Le second avait beau porter des chaînes, cela ne l'empêchait pas de riposter lorsque le premier le cherchait un peu trop.

Et Aymeric prenait un plaisir immense à pousser Beowyn hors de ses retranchements, tout comme celui-ci adorait l'asticoter en faisant ouvertement la cour à Yseult.

Finalement, je me demande si je ne préférais pas l'époque où les cousins se tapaient dessus... soupira intérieurement un Duncan hésitant entre l'amusement et le découragement.

Quels que fussent les désirs du Seigneur des de Chânais, il lui faudrait avant tout régler l'inimitié entre son lieutenant et l'ancien Alpha de la Meute Sauvage. Une dizaine de jours après avoir été rossé, Aymeric avait osé lui demander d'où venait le Berserker. Duncan était resté sans répondre, si longtemps que son second avait cru qu'il avait outrepassé ses droits en posant cette question que personne ne lui avait jamais posée et qu'il allait le payer de son sang, mais Duncan s'était au final contenté de lui dire que lorsque lui-même le saurait, sa vie serait peut-être plus facile.

Comme le lui avait dit un jour Myrdin, le pouvoir avait un prix...

Le mot d'Ysaline

Le sentiment que j'éprouve en refermant le parchemin contant l'histoire de Duncan est étrange. J'ai parcouru plus de huit siècles en l'espace de quelques mois. De tous les parchemins qui sont venus à moi, seuls quelques-uns ont servi pour condenser le passé du Seigneur des de Chânais.

On ne résume pas une vie aussi longue et aussi riche que celle de Duncan de Chânais en si peu de pages… Seuls les évènements les plus marquants ont été consignés en lettres d'or sur le parchemin couleur de lune. Si certains des amis que Duncan s'est fait au cours des siècles n'ont pas reparu sur celui-ci, cela ne signifie pas qu'il ne les a pas revus. Simplement, parfois, même Duncan de Chânais a un peu de calme dans sa vie et peut boire tranquillement un verre avec un ami sans que son univers s'effondre.

Duncan de Chânais dont l'histoire avec la Dame du Lac n'a pas encore fini de s'écrire… Un jour, je le souhaite, je l'espère, un nouveau parchemin viendra à moi, un parchemin dans lequel je pourrai consigner la manière dont Duncan et Ysolda auront réussi à contourner les lois d'Avalon pour se dire enfin ces mots qu'ils gardent par-devers eux depuis si longtemps.

J'en suis là de mes pensées vagabondes lorsque soudain, un autre parchemin se dépose devant moi. Un parchemin qui me surprend, car il ne porte pas le sceau de la lignée des de Chânais.

Un parchemin bleu nuit sur lequel le nom de Beowyn d'Avalon est écrit en lettres de flammes…

Ces flammes vont-elles brûler pour ou contre la meute de Chânais… ?

Bonus

Il était une fois un plat de champignons…

Les mâles de la meute de Chânais regardaient avec une certaine inquiétude le contenu de leur assiette.

Une omelette.

Une omelette aux champignons.

Une simple, banale, inoffensive omelette aux champignons.

Préparée par les filles.

Par Ailis…

Note plus inquiétante encore : les filles et Beowyn avaient dans leur assiette une omelette aux pommes de terre, et Charles et Anthony, eux, une omelette… à l'omelette.

— *Pourquoi nous on a des champignons et pas eux ?* s'enquit Kerwan en s'adressant à ses frères de meute.

— *Bonne question,* répondit Aymeric en coulant un regard préoccupé vers une Yseult impassible. *Qu'est-ce que tu as encore fait, Faolan ?*

— *Hé !* protesta ce dernier, outré. *Pourquoi toujours moi ?*

— *Peut-être parce que tu as le don de mettre les filles en colère ?* suggéra perfidement Aloys.

— *Toi, le blondinet, on ne t'a pas sonné,* grommela Faolan, vexé.

— *Duncan, tu as une idée, toi ?* intervint Elwyn.

— *Aucune,* reconnut l'Alpha, tout aussi perplexe qu'eux.

— *Qu'est-ce qu'on fait ?* reprit Aymeric. *Si on mange, on prend le risque de subir quelques... désagréments digestifs, mais si on ne mange pas alors qu'elles ont cuisiné pour nous, elles risquent de se vexer.*

— *Si je comprends bien, dans tous les cas, on prend des risques ?* soupira Ciaran.

— *On dirait bien,* approuva Duncan. *Il ne nous reste plus qu'à être très courageux. Les éventuels désagréments digestifs dureront moins longtemps qu'une possible vengeance des filles.*

— *De toute façon, toi, tu ne risques rien,* grommela Kerwan. *Dans tous les cas, tu y échapperas !*

— *C'est l'avantage d'être le chef, le roi, l'empereur, le calife, le tsar... bref, d'être moi.*

Le ton ironique de l'Alpha fit se renfrogner encore un peu plus ses compagnons. D'accord, ils savaient tous que jamais les filles ne feraient quoi que ce soit qui les rendrait vraiment malades. Au pire, ils s'en tireraient avec quelques crampes d'estomac. Avec un peu de chance, ils parviendraient à amadouer suffisamment Ailis pour qu'elle leur donne l'antidote qu'elle avait probablement déjà préparé.

— *Ils sont mignons, pas vrai ?* s'amusa Ailis en voyant leurs compagnons hésiter devant leurs assiettes.

— *Oui,* répondit Blodwyn en entamant joyeusement la sienne. *Il faut dire que ta réputation en matière de champignons n'est plus à faire.*

— *Tout de suite les grands mots...,* soupira Ailis sur un ton faussement outragé.

— *Vous croyez qu'ils vont manger ?* intervint Yseult.

— *Bien sûr que oui,* affirma Eryn. *Ils préfèrent prendre le risque d'être malades plutôt que de passer pour des lâches. Les hommes sont tellement faciles à manipuler...*

— *Tous en même temps, soyez des hommes !* ironisa Duncan en levant sa fourchette débordante d'œufs et de champignons.

Courageusement, les mâles de Chânais l'imitèrent… et une expression stupéfaite se peignit sur leurs traits.

La seconde d'après, ils enfournaient joyeusement le contenu de leur assiette.

— Où est-che que vous avez trouvé cha ? les questionna Aloys, la bouche pleine.

— Secret professionnel, lui répondit sa compagne.

— Profechionnel ? répliqua Elwyn sans cesser de mâcher. Mais ch'est de la nourriture, pas des remèdes !

— N'empêche que personne ne dévoile jamais ses coins à chanterelles, riposta sentencieusement Ailis.

— Tu n'es pas allée cueillir cha toute seule, quand même ! contra Kerwan.

— Les filles sont venues avec moi.

— Alors elles peuvent chavoir et pas nous ? fit Ciaran d'un air chagrin.

— Tout juste.

— Faolan ! Rends-moi cette assiette !

— Déjolé, frangin, ch'est trop bon.

Profitant de la distraction de son jumeau, Faolan lui avait subtilisé sa part et l'avait engloutie d'une bouchée.

— Pas de panique, les garçons, il en reste encore autant à la cuisine, sourit Blodwyn alors que Ciaran s'apprêtait à faire un mauvais parti à son frère.

— Au fait, pourquoi est-ce que *vous, vous* n'en avez pas ? s'enquit soudain Duncan.

— On sait que vous adorez ça, et ce n'est pas tous les jours qu'on trouve des chanterelles, répondit Eanna.

— Et puis c'était tellement drôle de voir vos têtes que ça valait le coup de s'en passer, susurra Blodwyn.

Un éclat de rire général retentit autour de la table. Certes les louves les faisaient souvent tourner en bourrique et ne manquaient pas une occasion de les taquiner, mais au fond, elles auraient fait n'importe quoi pour faire plaisir à leurs compagnons.

La meute de Chânais au fil des siècles

XIIIe siècle :

Duncan de Chânais : né en 1200, devenu loup en 1220. Druide, Alpha de la meute et Seigneur du clan. Blond aux yeux verts, son nom est d'origine celte et signifie « guerrier sombre ». Son loup est crème. Entre autres pouvoirs, collecte et restitue les souvenirs. Mordu par un loup d'Avalon pendant une Lune de Sang, il peut devenir un Berserker.

Ailis de Chânais : née en 1203, devenue louve en 1223. Rousse aux yeux verts, son nom est d'origine irlandaise et signifie « noble et lande ». Sa louve est rousse. Guérisseuse, elle connaît les propriétés des plantes juste en les regardant.

Kerwan de Chânais : né en 1219, devenu loup en 1239. Âme de la révolte contre Harold, ancien second de Duncan, il n'avait jamais été vaincu avant qu'Aymeric ne le défie. Brun aux yeux bleus, son nom est d'origine irlandaise et signifie « brun ». Son loup est gris argenté. Il a le pouvoir de dérégler les machines.

Ternoc de Chânais : né en 1228, devenu loup en 1248. Il a les cheveux brun très foncé, presque noirs, et des yeux bleu-vert. Son nom est d'origine celte et signifie « chef ». Son loup est brun très foncé, presque noir. C'est le meilleur observateur de la meute.

Aydan de Chânais : né en 1267, devenu loup en 1287. Châtain aux yeux bleus, son nom est d'origine gaélique et signifie « feu ». Son loup est brun. C'est un financier de génie.

Rodhlann de Chânais : né en 1299, devenu loup en 1319. Brun aux yeux bleus, son nom est d'origine germanique et signifie « gloire et terre ». Son loup est gris. C'est un hacker de génie.

XIVe siècle :

Finnian de Chânais : né en 1316, devenu loup en 1336. Châtain aux yeux verts, son nom est d'origine irlandaise et signifie « blanc ». Son loup est brun-gris. C'est un hacker de génie.

Blodwyn de Chânais : née en 1337, devenue louve en 1357. Elle a des cheveux châtain clair et des yeux bleus. Son nom est d'origine irlandaise et signifie « fleur blanche ». Sa louve est brune. Elle est capable de se fondre dans l'environnement mieux que n'importe qui.

Faolan de Chânais : né en 1372, devenu loup en 1392. Brun aux yeux bleu glacier, son nom est d'origine irlandaise et signifie « loup ». Son loup est gris. C'est l'un des deux meilleurs traqueurs de la meute, l'autre étant son frère Ciaran, né juste avant lui. Ciaran et Faolan sont en réalité des faux jumeaux, mais ils se ressemblent tant que tout le monde a tendance à l'oublier.

Ciaran de Chânais : né en 1372, devenu loup en 1392. Châtain aux yeux bleu glacier, son nom est d'origine gaélique et signifie « prince des ténèbres ». Son loup est gris. C'est l'un des deux meilleurs traqueurs de la meute, l'autre étant son frère Faolan, né juste après lui. Ciaran et Faolan sont en réalité des faux jumeaux, mais ils se ressemblent tant que tout le monde a tendance à l'oublier.

XVe siècle :

Aymeric de Chânais : né en 1436, devenu loup en 1456. Il a les cheveux noirs et les yeux gris. Son nom est d'origine germanique et signifie « domaine, puissant et roi ». Son loup est noir. Il est capable de parler avec les animaux. Maudit par Morrigane en 1546 et délivré par Yseult près de cinq siècles plus tard, il est le second de la meute depuis 1496. Aloys et lui sont cousins et sont nés le même jour.

Aloys de Chânais : né en 1436, devenu loup en 1456. Blond aux yeux verts, son nom est d'origine germanique et signifie « gloire et combat ». Son loup est crème. Il est capable de détecter les poisons. Aymeric et lui sont cousins et sont nés le même jour.

Eryn de Chânais : né en 1479, devenue louve en 1499. Brune aux yeux verts, son nom est d'origine irlandaise et signifie « Irlande ». Sa louve est gris argenté. C'est une redoutable archère.

XVIe siècle :

Eanna de Chânais : née en 1521, devenue louve en 1541. Brune aux yeux aigue-marine, son nom est d'origine irlandaise et signifie « oiseau ». Sa louve est grise avec les pattes blanches. Empathe, c'est elle la plus féminine de toutes les filles de la meute.

Niall de Chânais : né en 1553, devenu loup en 1573. Il a les cheveux brun clair et les yeux bleus. Son nom est d'origine gaélique et signifie « champion ». Son loup est gris clair.

XVIIe siècle :

Corin de Chânais : né en 1639, devenu loup en 1659. Blond aux yeux bleu-vert, son nom est d'origine française et signifie « lance ». Son loup est crème.

Alaric de Chânais : né en 1685, devenu loup en 1705. Il a les cheveux brun foncé et les yeux bleus. Son nom est d'origine germanique et signifie « tout puissant ». Son loup est brun foncé.

XVIIIe siècle :

Elwyn de Chânais : né en 1729, devenu loup en 1749. Il a les cheveux blond foncé, presque châtain clair et les yeux gris-bleu. Son nom est d'origine irlandaise et signifie « bataille ». Son loup est brun clair. Au grand dam d'Aymeric, qu'il se plaît à asticoter malgré les risques, c'est le poète de la meute.

Phelan de Chânais : né en 1771, devenu loup en 1791. Il a les cheveux blond foncé et les yeux bleu marine. Son nom est d'origine irlandaise et signifie « petit loup ». Son loup est brun clair.

XIXe siècle :

Roderick de Chânais : né en 1894, devenu loup en 1914. Brun aux yeux gris vert, son nom est d'origine germanique et signifie « gloire et roi ». Son loup est gris.

XXe siècle :

Yseult Chandrett : née en 1989, devenue louve en 2014, grâce à Ysolda, la Dame du Lac, qui lui a transmis magiquement le pouvoir de changer. Brune aux yeux bleus, son nom signifie « belle » en celte. Sa louve est argentée. C'est une druidesse, maîtrisant la magie sauvage, et descendante directe de la lignée d'Eireann, l'une des rares druidesses à savoir manier le chaos.

Série « La meute de Chânais » (Ysaline Fearfaol)

La meute de Chânais, une meute pas comme les autres…

Une meute forte et puissante, avec des mâles sexy à mourir et des filles qui ne s'en laissent pas compter…

Une meute qui a des ennemis et qui doit se défendre…

Amour, humour, aventure, magie… Le quotidien des de Chânais ne laisse pas de place à l'ennui

Série « Les Légendes de Djaïd » (Ysaline Fearfaol)

Quand parle le Sang de la Forêt…

Djaïd, un autre univers où certaines femmes portent en elles un sang différent qui fascine et effraie à la fois. Femmes-félines, elles portent en elle une destinée qui peut être mortelle ou donner naissance aux plus belles histoires d'amour de Djaïd…

Série « Les Plumes d'Ysaline » (Ysaline Fearfaol)

Les Plumes d'Ysaline sont des recueils de textes écrits dans le cadre de défis littéraires. Ils répondent tous à deux exigences : se conformer à une consigne précise – expliquée au début de chaque texte —, et ne pas dépasser la longueur de deux pages format A4.

Amour, magie, poésie, féérie… Les thèmes sont nombreux, et servent parfois à raconter de petits moments de vie des personnages d'Ayleen et d'Ysaline.

Série « Désirs inconnus » : (Ayleen Night)

Il n'est pas si facile d'obliger son corps à obéir lorsque des désirs inconnus éclosent au plus secret de l'esprit…

Dans un autre monde, où l'homosexualité est interdite et souvent punie de mort, le Duché de Kerrouan fait figure d'hérétique, car le Duc Aldric de Kerrouan y accueille ceux qui sont rejetés ailleurs, en particulier les hommes qui aiment d'autres hommes.

Destins qui s'entrecroisent, désirs qui se révèlent, la vie à Kerrouan embrase les sens et tisse des destins improbables...

Série « La défaite » (Ayleen Night)

Chaudes amours estudiantines, paris fous et démones qui veillent au grain…

Ils sont beaux, ils sont jeunes, ils s'aiment et parfois se perdent… Terence et Alexandre sont étudiants et basketteurs. Ils sont aussi très amoureux l'un de l'autre, mais la vie prend plaisir à malmener les amoureux et leur entourage.

Heureusement, Sandrine, la sœur de Terence, veille en compagnie des démones du campus…

Série « Terre de Castes » : (Ayleen Night)

Un monde régi par des Castes, où les Seigneurs dominent et où les Intouchables sont la Caste la plus basse…

Celdric est un Seigneur, Falko un Intouchable. Pourtant ils s'aiment, et ils feront tout pour gagner le droit d'être ensemble, malgré les manigances de Reyjean, un Seigneur amoureux de Celdric.

Entre esclavage sexuel et cauchemars du passé, Celdric et Falko parviendront-ils à se trouver… ?

AVERTISSEMENT DE L'AUTEURE : bien que cette histoire soit avant tout une romance, elle se déroule dans un monde dur et violent où tous les coups sont permis. Ce livre contient des scènes à caractère BDSM explicites, en particulier lorsque Falko est l'esclave de Reyjean

Série « Mon enfer dans tes yeux » : (Ayleen Night)

L'un est un tueur à gages vénitien et hétérosexuel.

L'autre est le fils unique et homosexuel d'un mafieux russe redouté.

Ils n'auraient jamais dû se rencontrer.

Leurs regards n'auraient jamais dû se croiser.

Et l'enfer ne se serait pas ouvert sous leurs pieds…

À PROPOS DE L'AUTEUR

Née le 29 mai 1967, Ysaline Fearfaol écrit depuis l'âge de 12 ans et lit depuis bien plus longtemps encore. Elle a commencé à écrire pour « corriger » les fins de livres et de films qui ne lui plaisaient pas, mais très vite elle a commencé à inventer ses propres histoires. Elle aime les romances, la fantasy, le fantastique, les polars, historiques surtout, les romans historiques et les découvertes littéraires inattendues.

Grâce à l'édition indépendante, elle publie le premier tome de *La Meute de Chânais* sur Amazon, en ebook et papier. La série est née suite à un défi littéraire lancé sur le net. Le petit texte écrit à l'époque est devenu un roman sous la pression amicale de deux de ses amies.

En plus des *de Chânais*, elle publie une série nommée *Les Plumes d'Ysaline*, qui regroupe par thème et ordonne certains des textes écrits lors de défis littéraires, et dont le deuxième recueil contient une nouvelle ayant remporté le Prix des Ecrivains de Fondcombe en 2015, *Le livre qui voulait une maison.* Enfin elle écrit *Les Légendes de Djaïd*, une série qui a pour vocation de raconter les histoires d'amour les plus remarquables d'un univers aujourd'hui disparu.

Sous le nom d'Ayleen Night, elle publie des romances érotiques gays, en édition indépendante sur Amazon. Sa première série, *Désirs inconnus*, est née suite au visionnage d'une photo envoyée par une amie sur Facebook. Les séries *La défaite* et *Terre de Castes*, nées toutes les deux grâce à deux défis photos sur Facebook, ont suivi. La série *Mon enfer dans tes yeux* est née sous la pression insistante de son amie écrivain Bettina Nordet (l'auteur de *La Geste des Exilés*).

Elle vit avec son mari et sa fille chez ses chats, près de l'enclos de ses chevaux, dans une maison jaune aux volets orange et au toit rouge, au milieu des champs, avec pour voisins et voisines des vaches et des moutons

Pour suivre mes actualités, je vous invite aux adresses suivantes :

http://fearfaolysaline.canalblog.com/

https://www.facebook.com/LesChroniquesdYsalineFearfaol

https://www.facebook.com/AyleenNightromancesMM

https://www.facebook.com/LesPlumesdYsaline

http://www.pinterest.com/ysalinefearfaol/

23200515R00222

Printed in Poland
by Amazon Fulfillment
Poland Sp. z o.o., Wrocław